Death Game

Yvonne Asmussen

Zu diesem Buch:
Als ein Mitglied des Motorradclubs *Wild Rascals* erschossen wird, gerät Neil »Duke« McKinnley unter Verdacht. Das bringt nicht nur ihn, sondern auch seinen eigenen Club, die *Wizards of Doom*, in Schwierigkeiten. Duke will seine Unschuld beweisen und glaubt sogar, den Täter zu kennen. Doch plötzlich befindet er sich selbst im Fadenkreuz des Snipers. Und der hat Christina in seiner Gewalt - Dukes Lady. Das tödliche Spiel nimmt seinen Lauf.

Anmerkung:
Dies ist ein Roman, alle Personen und Ereignisse sind frei erfunden. Jede Ähnlichkeit ist deshalb rein zufällig.

Über die Autorin:
Yvonne Asmussen, Jahrgang 1967, ist eine Hamburger Autorin zahlreicher Romane unter verschiedenen Pseudonymen. Als Yvonne Asmussen schreibt sie Krimis, die überwiegend in der Biker-Szene angesiedelt sind. Das »Death Game« ist der dritte Fall mit Duke, Christina und dem »Wizards of Doom MC Flensburg«.

Außerdem erhältlich: »Fördehaie« (Emons, 2014)
　　　　　　　　　　　　»Fördewölfe« (Emons 2015)

Für mehr Informationen: www.yvonnes-romanwelten.de oder auf Facebook unter Yvonnes Romanwelten.

YVONNE ASMUSSEN

DEATH GAME

Bibliografische Information der Deutschen Nationalbibliothek:
Die Deutsche Nationalbibliothek verzeichnet diese Publikation in der
Deutschen Nationalbibliografie; detaillierte bibliografische Daten sind
im Internet über http://dnb.dnb.de abrufbar.

Yvonne Asmussen – Death Game
© 2017 Yvonne Wüstel Hamburg
yvonnes.romanwelten@gmail.com
Covergestaltung: © Traumstoff Buchdesign,
www.traumstoff.at
Covermotive: © Chuck Rausin and Sanderson Design,
www.shutterstock.com
Korrektorat und E-Book: Lennart Kolbe,
www.lektorat-kolbe.de
Herstellung und Verlag: BoD – Books on Demand, Norderstedt
*ISBN: 978-3-**7448-3588-6**

Für meine Familie.

Denn die Arme der Frevler werden zerschmettert,
die Gerechten aber stützt der Herr.

Ps 37,17

Prolog

Anschwellendes Motorengrollen übertönte das Vogelgezwitscher. Auf Harleys kann man sich nicht anschleichen. Und an ein brach liegendes Industriegelände mitten im Wald schon gar nicht. Das Dröhnen und Grollen der schweren Maschinen näherte sich und verstummte. Chester nahm das Fernglas und suchte die Umgebung der Halle ab. Ja, da waren sie. Sie kamen zu Fuß. Die Motorräder hatten sie offensichtlich irgendwo jenseits des Zauns beim Forstweg stehen lassen. Es waren fünf. Fünf Kerle in Kutten, allesamt Mitglieder des »Wizards of Doom MC«. Es überraschte ihn nicht. Im Gegenteil: Er wäre misstrauisch geworden, wenn das Ziel allein aufgetaucht wäre.

Mein Ziel.

Er liebte diese Worte, kostete sie in Gedanken aus. Dieses Mal war es *sein* Ziel im buchstäblichen Sinn. Keiner der üblichen Aufträge. Das hier war persönlich. Wer hätte sich auch bereit erklärt, zwanzig bis dreißig Riesen für die Eliminierung eines Rockers zu bezahlen? Außer ihm selbst vielleicht. Wäre die Verbindung zwischen ihm und dem Ziel enger, augenfälliger gewesen, hätte er die Sache abgegeben. Aber das alles war Jahre her. Er konnte sich das Geld sparen. Und nebenbei den Job in vollen Zügen genießen. Zweifellos war er nicht der Einzige, der das Ende dieses Tages mit einem Bier oder einem Glas Champagner als Sieg für die Menschheit feiern würde.

Chester warf einen Blick auf seine Armbanduhr. 11-5-4. Etwas zu früh, vereinbart war 12-0-0.

Durch das Fernglas sah er, dass die Männer miteinander redeten. Sie standen in einem Pulk beieinander, sahen sich um. Sie wussten, er war hier. Irgendwo. Überall. Das machte den besonderen Reiz dieses Spiels aus: Die Nervosität des Ziels und seiner Begleiter zu sehen, während er in sicherer Entfernung von der Halle auf seinem Point hockte und auf den richtigen Zeitpunkt wartete. Wenn es vorbei war, würde er keine drei Minuten brauchen, um zu verschwinden.

11-5-5.

Die Männer gestikulierten, rüttelten an dem mit einer Kette verschlossenen Tor. Schließlich gab einer von ihnen den anderen ein Zeichen, kletterte über das Gitter und ging allein auf die Halle zu.

Das musste er sein.

Chester richtete das Fernglas auf diesen Mann, um sicherzugehen. Die Statur stimmte. Ebenso der dunkle Zopf, der sich bei jedem Schritt bewegte. Dann drehte sich der Mann zu seinen Kameraden um. Chester sah sein Gesicht.

Das war er. Neil McKinnley, aka Duke.

McKinnley rief den anderen etwas zu, dann wandte er sich ab, sodass Chester das Logo der berüchtigten »Wizards of Doom« auf seinem Rücken sehen konnte. Der Totenkopf auf der Kutte bleckte sein Gebiss mit den großen Reißzähnen. Es machte den Eindruck, als würde er ihn auslachen.

Lach nur, solange du noch kannst.

8

Für einen Moment erwog Chester, von seinem ursprünglichen Plan abzuweichen und den Schuss mitten in die Stirn des Totenkopfes abzugeben. Genau hinter dem Aufnäher, hinter Rippen und Wirbelsäule, trafen sich Aorta und Vena Cava, umschlangen sich wie ein Liebespaar. Das Projektil würde beide Blutgefäße treffen und zum Platzen bringen. Dem Ziel blieben nur wenige Herzschläge. Fünf vielleicht. Dann Exitus. Die Polizei würde zunächst von einer durch Gangrivalitäten motivierten Tat ausgehen. Falsche Fährten konnte man bei seinem Job immer brauchen.

Allerdings blieb bei einem Schuss in den Rücken in Höhe des Aortenbogens die Effizienz mit 98 Prozent deutlich unter seiner Toleranzgrenze. Eine winzige anatomische Anomalie, eine dezent verschoben verheilte alte Fraktur, und schon wurde das Projektil an einer der Rippen oder an einem Wirbelkörper um wenige Millimeter abgelenkt. Das reichte aus, um statt der Blutgefäße eine der beiden Herzkammern zu treffen. Und das wiederum gab dem Ziel die Chance, durchzukommen. Zwei Prozent. Ein nicht zu vernachlässigendes Restrisiko, somit inakzeptabel.

11-5-8.

Es war so weit.

Ohne McKinnley aus den Augen zu lassen, strich er sanft über den schlanken, mattschwarzen Lauf. Das fehlende Zielfernrohr verlieh dem SR Hades 11 ein für ein Scharfschützengewehr ungewöhnliches Aussehen. Stattdessen verfügte es über eine Zieloptik, die mit der Abschussvorrichtung verkabelt war. Sie wirkte wie eine klobige Skibrille und ließ ihn in die Welt des Hades 11 eintauchen. Die perfekte Verschmelzung von Gewehr und Schütze.

Als McKinnley die Halle erreichte, setzte Chester die Zieloptik auf. Sofort erschienen in seinem Sichtfeld sekundengenaue Uhrzeit, Entfernungsangaben, Windstärke und -richtung. Seit seinem visuellen Test vor 30 Minuten hatte sich der Wind nicht geändert. Gut.

McKinnley, in der Mixed Reality eine dunkelgraue Fläche mit den Konturen eines Menschen, blieb vor dem Hallentor stehen, rüttelte daran, schlug mit der Faust gegen das Metall, trat gegen die Tür. Es würde nichts nützen. Die Tür war gut gesichert, davon hatte er sich überzeugt. Dreimal.

11-5-9.

Sein Visus verengte sich auf das Ziel. Die Entfernungsangabe blieb auf 522,7 Metern stehen. In der Mitte der Brille erschien ein grüner Punkt, der auf die richtige Stelle zeigte: McKinnleys Hinterkopf. Schädelknochen, den die Munition wie Butter durchdringen würde.

Dahinter lagen Klein- und Stammhirn. Weiches Gewebe, frei von jeder Ablenkung. Ein Treffer dort führte zum sofortigen Exitus. Keine Rettung möglich. Kein Risiko.

Chester legte seinen Zeigefinger behutsam um den Abzug.

Freitag

1 - Minus 214 Stunden - **Duke**

Das Leben fühlte sich gerade verdammt gut an. Der hämmernde Bass des Motors. Sein tiefes, sattes Grollen. Donnern zwischen den Beinen, Vibrieren im Bauch. Die Straße im Blick, der Asphalt ein grauer Fluss unter den Rädern. In den Geruch nach Zweizylinder mischte sich der von frisch gemähtem Gras, kurz darauf roch es nach feuchtem Laub und Holz.

Duke nahm Gas weg, neigte sich mit seinem Bike in die Kurve. Dann hatten sie das Waldstück hinter sich gelassen. Vor ihnen lag eine gerade Strecke. Er beschleunigte und schloss zu Steve auf. Der Anblick des dreiteiligen Patches auf dem Rücken des Clubbruders steigerte die Drehzahl, mit der sein Herz das Blut durch seine Adern pumpte: der Toprocker mit dem Schriftzug »Wizards of Doom« in dunkelgrünen Buchstaben auf weißem Grund, der Bottomrocker »Flensburg«, in der Mitte der flammenumgebene Totenkopf mit den Reißzähnen und den gewundenen Hörnern. Ein endlos scheinendes Jahr lang hatten sie das Color im Schrank lassen müssen. Noch mehr als ohnehin üblich hatten die Bullen jede Ausfahrt überwacht: Sämtliche Teile am Bike, vom Tankdeckel bis zu den Schraubenkappen, waren auf das Emblem der Wizards kontrolliert wor-

11

den. Selbst ein winziger Ohrstecker mit dem charakteristischen Totenkopf, nach dem Rasieren vergessen, wurde sofort einkassiert. Die nachfolgenden Bußgelder konnten nicht von jedem Bruder gezahlt werden und rissen tiefe Löcher in die Clubkasse. Dieser wahnwitzige Bann galt sogar für Tätowierungen. Wer ein sichtbares Tattoo der Wizards trug, musste dieses beim Verlassen seiner Wohnung oder des Clubhauses abdecken. Womit auch immer. Die meisten von ihnen hatten Pflaster benutzt. Phil, der den Dreiteiler auf seinem Schädel eintätowiert hatte, hatte sich einfach Tape auf die Glatze geklebt. Silberfarbenes Tape. Er hatte damit zwar ausgesehen wie einer dieser Spinner, die sich gegen extraterrestrische Strahlen und Gedankenkontrolle schützen wollten. Wenigstens konnten die Normalos nicht glauben, er hätte sich verletzt.

Duke hatte den Tankdeckel und das Sidecover an seinem Bike austauschen müssen, Ring und Gürtelschnalle zu Hause gelassen und sich einen Stapel neuer Klamotten gekauft. Und dabei war er sich vorgekommen, als müsste er sich jeden Tag vor dem Verlassen seiner Wohnung verkleiden. Kurioserweise waren es im Laufe der Wochen und Monate zunehmend die Polizisten selbst gewesen, die sich über das Kuttenverbot beschwerten – weil sie die Wizards auf der Straße nicht mehr als solche erkennen konnten.

Vor einer Woche endlich hatte das Verfassungsgericht die Urteile aufgehoben. Wie viele andere Clubs durften sie wieder Farbe zeigen, und Duke fühlte sich endlich wieder wie ein ganzer Mensch.

Er tauschte mit Steve einen kurzen Blick, dann gaben sie gemeinsam Gas. Sie überholten einen klapprigen Golf und einen Fahrradfahrer, der sich einen Hügel hinaufkämpfte. Im Rückspiegel konnte Duke für einen Moment das verkniffene, rot geschwitzte Gesicht des Mannes erkennen. Spaß sieht wohl eher anders aus: Das Leben mit beiden Händen an den Griffen des Lenkers packen und die Straße rocken. Fahrtwind im Gesicht, gelegentlich ein Sonnenstrahl. Den Sound des Bikes im ganzen Körper spüren. Leben. In jeder Zelle. Bis in die Knochen. *Live to ride, ride to live. Wer es besser sagen kann, soll sich bei mir melden.*

Sie hatten den Feldweg, der zur Wiese führte, noch lange nicht erreicht, als Duke der erste Polizeiwagen auffiel: ein Transporter. Die Türen waren geschlossen und zwei Bullen in gewöhnlicher Uniform standen mit vor der Brust verschränkten Armen daneben. Noch vor wenigen Tagen hätten sie ihn und Steve an die Seite gewunken und jeden Zentimeter von Mann und Bike kontrolliert. Jetzt blieb ihnen nur, grimmig zu gucken und ihre Kennzeichen in die kleinen Geräte einzutippen, die sie bei sich hatten. Damit konnten sie die bösen Jungs wenigstens beim Kommen und Gehen überwachen.

Sie kamen an weiteren Polizisten vorbei – gewöhnliche Streifenwagen, zwei Mannschaftswagen, ein paar Bullen mit Helmen und Westen. Bei 22 Grad und Sonnenschein mitten auf dem Feld ohne Schatten auf Dauer kein Zuckerschlecken. Duke selbst trug nur die Kutte über seinem Shirt und genoss das Wetter. Sein Mitleid mit den Ordnungshütern hielt sich in Grenzen.

Endlich erreichten sie die Wiese und fuhren unter dem Banner hindurch, das Hugger und Mütze über dem Gatter aufspannten. Im Schritttempo lenkten sie ihre Bikes zum Festzelt. Bert und Big J standen davor und waren damit beschäftigt, Lieferlisten zu kontrollieren. Andere Brüder und Supporter hoben Sitzbänke und Tische von einem Laster, kümmerten sich um die Elektrik, schichteten Latten und Paletten für das Lagerfeuer auf oder schraubten die mobile Bar zusammen.

Das satte Grollen verstummte, als Duke den Motor seiner Harley ausschaltete. Neben ihm kam Steve auf seiner Maschine zum Stehen. Sie stiegen ab und nahmen ihre Helme vom Kopf.

»Alles klar?« Bert kam auf sie zu und sie begrüßten einander. Der President der Wizards of Doom Flensburg wirkte angespannt, fast nervös. Ein ungewöhnlicher Anblick. »Hat Kurt euch doch früher gehen lassen?«

»Yepp.« Steve nickte. »Hat gepasst. Kurt lässt noch ausrichten, dass er und seine Werkstatt zur Verfügung stehen, wenn es mit einem der Bikes Probleme geben sollte. Für alle Fälle hat er mir die Werkstattschlüssel gegeben. Er selbst wird wohl erst heute Abend hier auftauchen.«

Bert nickte.

»Schlagt erstmal euer Zelt auf. Ihr seht ja, wo die anderen stehen. Und dann schaut euch um. Hände werden noch überall gebraucht. Und der nächste LKW kommt gleich.« Berts Handy meldete sich. Er warf einen Blick auf das Display und verzog das

Gesicht, als hätte er Zahnschmerzen. »Die Herren von der Rennleitung haben spitzgekriegt, dass auch Rascals unter den Gästen sein werden. Hoffen wir mal, dass denen nicht einfällt, den Run wegen »potentieller Gefährdung« abzusagen.« Er nahm das Gespräch an. »Ja? ... Moin Andy. ... Klar. Einen Augenblick.« Er winkte Big J zu sich, nahm ihm das Klemmbrett ab und blätterte in den Listen.

Duke und Steve warfen sich einen langen Blick zu. Andy war der President der Wild Rascals Rendsburg. Die Beziehungen der Wizards zu den Wild Rascals konnte man nicht gerade als freundschaftlich bezeichnen. Wenn sich Member der beiden Clubs irgendwo begegneten, knisterte regelmäßig der Kabelbaum. Erst vor ein paar Monaten hatte es zwischen den Wizards aus Koblenz und Rascals aus Limburg eine Schlägerei mit einigen Verletzten gegeben, es waren sogar Schüsse gefallen. Die Presse skandierte bereits einen neuen Rockerkrieg. Deshalb hatten Bert und der Vice-President Big J den Vorschlag gemacht, zu ihrem 25th-Anniversary-Run auch die Rendsburger Rascals einzuladen. Die gemeinsame Party sollte ein Zeichen für die Öffentlichkeit sein. Ein Zeichen, dass sich die Clubs gegenseitig respektierten und ein »Rockerkrieg« nichts als eine Erfindung der Presse war, um das alljährliche Sommerloch auflagensteigernd zu stopfen.

Das Voting hatte einstimmig sein müssen. Stundenlang hatten sie diskutiert, bis am Ende alle überzeugt waren, dass beide Clubs von dieser Aktion nur profitieren konnten. Duke war einer der Skeptiker gewesen und gemeinsam mit Red der Letzte, der schließlich doch zu einem Ja die Hand gehoben hatte. Jetzt stand er hinter dieser Entscheidung. Das Einzige, was ihm Sorgen machte, waren die Bullen. Manchmal schien es, als hassten sie es, wenn andere ihren Spaß hatten.

Nachdem Duke und Steve ihr Zelt aufgebaut und Isomatten und Schlafsäcke ausgerollt hatten, kehrten sie zum Festzelt zurück, vor dem der LKW eines Getränkelieferanten parkte.

Sie gingen hin und halfen beim Abladen.

Samstag

2 - Minus 181 Stunden - **Duke**

»Ein Bier!«

Duke zog einen der großen Plastikbecher aus der Tüte unter dem Tresen und stellte ihn unter den Zapfhahn. Sein letzter Tresendienst lag Jahre zurück. Es machte ihm direkt Spaß. Die Band hatte Pause. Anstatt des hämmernden Blues erklangen jetzt mächtige Gitarrenriffs, und die Gänsehautstimme der Sängerin wurde von Axl Roses bis ins Mark dringender Kreissäge ersetzt. Duke hätte nicht sagen können, was ihm besser gefiel. Beides war hammergeil.

Wie die ganze Party. Die Stimmung war bestens, das Wetter spielte mit. Durst hatten alle, Hunger auch. Der Schwenkgrill vor dem Zelt glühte, und gelegentlich konnte man sogar an der Bar die leckeren Grillwürste und Steaks riechen, die die Supporter Schmiddel und Frico brieten. Doch man merkte, dass morgen die Gäste wieder fahren würden – der Umsatz an Bier, Whisky und Wodka war im Vergleich zum Vorabend gesunken, obwohl noch mehr Leute da waren.

Jemand tippte ihm auf die Schulter.

»Ablösung, Duke! Ich bin dran.« Hinter ihm stand Heiko, ein weiterer Mann aus der Riege der Unterstützer der Flensburger Wizards. »Danke, dass du für mich eingesprungen bist.«

»Kein Problem.«

Duke zapfte das Bier zu Ende, stellte den Plastik-becher auf den Tresen und strich mit einem dicken Filzstift zwei Euro auf der dunkelgrünen Bonkarte ab. Der Mann mit dem Patch eines befreundeten Clubs aus Süddeutschland nickte ihm kurz zu, schnappte sich den Becher und verschwand.

Duke nahm das Geschirrtuch von der Schulter und reichte es Heiko.

»Hast du Christina gesehen?«

»Ja.« Heiko war bereits damit beschäftigt, die nächsten Bestellungen anzunehmen. »Die sitzt hin-ten in der Ecke.«

»Und dieser Rascal?«

»Den habe ich schon eine ganze Zeit nicht gese-hen. Keine Ahnung, wo der steckt. Aber«, er griff unter den Tresen und holte ein Sektglas aus Kunst-stoff aus einem Beutel, »keine Sorge, Duke. Deine Lady ist well and safe. Marion und Sabrina sind bei ihr und passen auf sie auf.« Er deutete mit dem Kopf in die entsprechende Richtung.

»Danke, Heiko. Wenn du eine Pause brauchst, meldest du dich, okay?«

»Ich komm schon klar.«

Duke bahnte sich seinen Weg durch die Men-schenmenge. Die Hütte war voll bis zum Letzten, und in der Nähe der Bar standen sie fast zu zweit auf einem Quadratzentimeter. Mühsam kam er vor-an, drückte erhobene Hände und wechselte Worte mit Leuten, die er von den unterschiedlichsten Ver-anstaltungen her kannte: von Sommer-, Winter-, Seasonstarter- oder Geburtstagspartys irgendwo in

Deutschland, Runs befreundeter Clubs und Jamborees. Alle waren entspannt und locker drauf. Sogar die Rascals.

Fünf Mann des Rendsburger Chapters waren in Flensburg angerollt: Andy, der President, überraschend klein und trotzdem nicht zu übersehen, der Vice Ase, Road Captain Kolben sowie die beiden Member Toby und Boje. Sie waren erst heute am späten Nachmittag angereist. Vielleicht, um einem Konflikt so wenig Zeit wie möglich zu lassen. Aber sie schienen mit dem festen Vorsatz gekommen zu sein, sich zu amüsieren. Bei der Stripshow hatten die Fünf am lautesten gegrölt und am breitesten gegrinst. Trotzdem war es zwischendurch brenzlig geworden, als Duke feststellen musste, dass Toby seine Freundin Christina anbaggerte. Der Rascal war dabei zwar höflich, respektvoll und dezent gewesen – und der Fairness halber musste Duke zugeben, dass Toby gar nicht hatte wissen können, dass sie bereits in festen Händen war. Dennoch hatte er seine Fäuste ganz tief in den Taschen versenken müssen, um dem Kerl nicht eine auf die Nase zu zimmern. Seine Ansage hatte Toby jedenfalls begriffen, denn soweit Duke es beurteilen konnte, hielt sich der Rascal seitdem von ihr fern. Dabei konnte er es ihm nicht einmal verdenken. Christina war eine besondere Frau, das blieb selbst so einem Typen nicht verborgen.

In der Ecke saß sie, zusammen mit Sabrina, Marion und Big Js Frau Carina, auf einer aus Paletten zusammengeschraubten Sitzgelegenheit. Sie wirkte erschöpft. Und blass, fand Duke.

»Hey, Lady.« Er ließ sich auf der Kante neben ihr nieder und küsste sie. »Alles gut? Du siehst müde aus.«

»Ja, bin ich auch«, sagte sie und lehnte gähnend ihren Kopf an seine Schulter. »War wohl ein bisschen viel diese Woche.«

»Soll Leon dich nach Hause fahren?« Leon, einer der beiden Prospects, hatte die Anweisung, nüchtern zu bleiben, damit er gegebenenfalls Brüder nach Hause oder in die Pensionen fahren konnte. Oder eben ihre Frauen.

»Vielleicht ist das keine schlechte Idee.« Christina gähnte hinter vorgehaltener Hand. »Ich bin wirklich hundemüde. Ich könnte hier auf der Stelle einschlafen.« Sie hob ihren Kopf und sah ihn an. »Wärest du mir sehr böse?«

»Unsinn.«

Sie lächelte ihn an, als wäre sie bereits im Halbschlaf. Duke gab Christina einen Kuss.

»Ich bin gleich wieder da.«

»Okay.«

Er bahnte sich seinen Weg zurück zur Bar, als ihn Marion antippte.

»Sag mal, Duke, was ist mit Christina los?«

»Nichts. Wieso? Sie ist müde. Auf Station ist der Bär am Tanzen. Irgend so ein Virus hat mächtig zugeschlagen.«

»Ein Virus? Aha.«

»Die Hälfte der Belegschaft fehlt. Diese Woche war sie nicht ein Mal vor acht zu Hause.« Er neigte seinen Kopf und sah Marion forschend an. »Wieso habe ich gerade das Gefühl, dass du mir etwas sagen willst?«

»Nun, ich ...«

»Rede Klartext.«

»Nichts, Duke. Es ist nichts. Mir ist nur aufgefallen, dass Christina blass und erschöpft aussieht. Aber wenn du sagst, dass sie viel arbeitet, hat das bestimmt damit zu tun. Oder?«

»Sicher.«

»Vielleicht hat sie sich mit diesem Virus angesteckt.«

»Möglich.«

»Ärzte sind schließlich nicht immun gegen alle Bazillen, die sich im Krankenhaus tummeln.«

»Da hast du recht.«

»Und sonst ist nichts?«

»Nein. Gibt es etwas, das du mir sagen willst?«

»Nein, ich ... Manchmal höre ich die Flöhe in Kiel husten. Entschuldige, Duke. Vergiss einfach, dass wir darüber gesprochen haben. Es geht mich ja auch nichts an.«

»Stimmt.«

Marion legte ihm eine Hand auf den Arm. »Tu mir nur den Gefallen und pass gut auf deine Lady auf.«

Jetzt musste Duke lachen.

»Danke für den Rat.«

»Und jetzt halte ich auch schon meine Klappe.«

Marion lächelte. »Ich würde Christina ja gern nach Hause fahren, aber ich habe drei Prosecco und ein Bier getrunken.«

»Mach dir keinen Kopf. Ich sage Leon Bescheid.«

Duke bahnte sich erneut einen Weg durch die Menschenmenge und stieß dabei auf Leon. Der Prospect stand am Zelteingang, in der einen Hand einen Becher Cola, in der anderen eine Zigarette.

»Fährst du bitte Christina nach Hause?«

»Klar.«

Duke holte Christina, Leon stürzte den Rest seiner Cola mit einem Zug hinunter und warf den leeren Becher in einen der Müllsäcke.

Zu dritt gingen sie zu Berts Kombi, der in der Nähe der Zufahrt auf der Wiese parkte.

»Schlaf gut, Lady«, sagte Duke, strich ihr das Haar aus dem Gesicht und küsste sie. Sie sah total fertig aus.

»Das werde ich tun. Kommst du auch?«

»Nein. Ich schlafe wieder hier. Bis morgen.«

»Bis morgen!«

Duke schlug die Beifahrertür zu.

»Ich passe auf Christina auf.«

»Ich weiß.«

Unter anderem deshalb schätzte Duke den jungen Mann: Leon war hilfsbereit und zuverlässig. Wenn man ihn brauchte, war er da, ohne Murren, ohne großes Gerede. Und ohne einen Orden zu erwarten. Gute Voraussetzungen für das Clubleben.

Er zündete sich eine Zigarette an und sah noch zu, wie der Wagen auf den Feldweg einbog. Zwei Polizisten stoppten den Kombi, einer von ihnen beugte sich vor. Es dauerte ein bisschen, möglicherweise musste Leon einen Alkoholtest machen, bevor sich der Kombi langsam an den parkenden Polizeifahrzeugen vorbeischieben durfte. Die Polizisten standen auf dem Feldweg, als würden sie auf etwas warten – einen Fehler, eine Eskalation, einen Skandal. Duke konnte Ferngläser sehen, Scheinwerfer, zwei Gefangenentransporter und einen Hubschrauber. An einem der Mannschaftswagen lehnten ein paar SEK-Leute.

Duke ging wieder zurück. Um das Lagerfeuer herum standen bestimmt fünfzig Leute, die redeten, lachten, tranken. Die Supporter schufteten am Schwenkgrill. Die beiden Männer hatten schweißverklebte Haare und große Schweißflecken auf ihren T-Shirts. Während Frico einen Sack Grillkohle leerte, gab Schmiddel Steaks aus und legte eine eben geöffnete Großpackung Grillwürste auf den Rost.

Irgendwann in den letzten zwei Stunden musste es geregnet haben. Nur gerade so viel, dass das Gras feucht geworden war. Es glänzte im Feuerschein, und die Luft fühlte sich auf der Haut an wie frisch gewaschen. Ein leichter Wind trug Asche und glühende Funken in einen Himmel, der mittlerweile völlig dunkel war.

Duke machte sich auf den Weg zu den Dixie-Klos am Rande der Wiese. Die Toiletten waren besetzt, und davor stand bereits eine ganze Reihe Brüder. Er hatte keine Lust zu warten und ging um die Klos herum zum Zaun. Hier war es stockdunkel. Langsam tastete er sich voran. Dann stolperte er über etwas zu seinen Füßen. Dass es kein Stock war, wusste er sofort.

Er schaltete die Taschenlampe seines Handys an. In ihrem Schein sah er einen Mann auf dem Boden liegen. Rücklings, das Gesicht nach oben. Die Frontflasher rechts und links auf der Kutte waren gelb. Und man musste nicht Sherlock heißen, um sich auszurechnen, welche Farbe die dunkle Schrift darauf bei Tageslicht hatte: Blau. Blau und Gelb, die Farben der Rascals.

»Hey, was ...«

Dann sah Duke, dass die Augen des Mannes in den Himmel starrten. Auf seiner Stirn war ein hässlicher, schwarzer Fleck, der dort nicht hingehörte. Sofort kniete er sich hin, berührte den Mann an der Schulter, rüttelte ihn kurz, tastete am Hals nach seinem Puls. Nichts.

Fuck.

Der Ärger begann einen Augenblick später. Schritte näherten sich.

»Was zur Hölle ...«

Drei Männer waren um die Ecke gekommen, die im Grunde das Gleiche vorgehabt hatten wie er. Duke war nicht überrascht, dass es ausgerechnet Kolben, Ase und Boje waren. Das war nicht anders zu erwarten gewesen, bei seinem Glück. Klar, dass sie mit einem Blick die Lage einschätzen konnten und natürlich auch sofort zu wissen meinten, was passiert war. Langsam stand Duke auf und trat zwei Schritte zurück.

»Toby? Was ist ...«

»Fuck, er ist tot!« Ase hatte sich über seinen Club-Bruder gebeugt und richtete sich auf. »Irgendwer hat ihn gekillt!«

»Du verdammtes Arschloch! Du hast ihn umgebracht! Du verficktes Schwein! Elender Wichser!«

Mit wutverzerrtem Gesicht stürzte sich Boje auf Duke. Jetzt zahlte es sich aus, dass er den Großteil des Abends nur Cola getrunken hatte.

»Hey! Ich habe ihn nicht ...« Er wich einem Schlag aus, packte Boje am Arm und drückte ihm das Knie in den Magen. »Listen! Ich habe nichts damit zu tun! Als ich kam, lag er schon so da.« Das Gesicht des Rascals war nur wenige Zentimeter von seinem entfernt. Der Atem roch nach Bier und Grillwurst.

»Red keinen Müll, Arschloch!« Boje schrie so laut, dass es in Dukes Ohren klingelte. Ein Speichelregen sprühte ihm entgegen. »Wir haben doch gesehen, dass du vorhin mit ihm aneinandergeraten bist!«

Jemand packte Duke am Kragen von T-Shirt und Kutte und riss ihn zurück. Er taumelte, stolperte und lag kurz darauf rücklings im Gras. Sofort knieten Boje und Kolben auf ihm, drückten seine Arme und Beine zu Boden und verhinderten jede Gegenwehr. Ein eingespieltes Team.

»Ich war's ...«

Ein gut platzierter Faustschlag, und für einen Augenblick hörte und sah er nichts außer einem Meteoritenschauer. Weitere Schläge trafen sein Gesicht, seine Rippen, seinen Magen. Ein Stiefel rammte sich in seinen Unterleib. Dann sah er im schwachen Lichtschein Ase über sich stehen. Etwas blitzte metallisch auf. Ein kurzes, breites Messer, das der Vice der Rascals aus seiner Gürtelschnalle zog.

Fuck. Das war's dann also. Wenn ich's wenigstens gewesen wäre.

Endlich, wie aus weiter Ferne, kamen andere Stimmen dazu. Die Schläge gegen seinen Kopf und seine Rippen hörten auf, das Gewicht auf ihm verschwand.

»Zurück, verdammt!«

»Hört auf!«

»Sofort aufhören!«

Eine der Stimmen kam Duke bekannt vor. Jemand packte ihn und zog ihn auf die Füße, wenn auch nicht gerade behutsam. Er taumelte, beugte sich vor, stützte sich mit den Händen auf seinen Oberschenkeln ab und spuckte wütend eine Ladung Blut und Schleim ins Gras. Dann machte er sich bereit. Ein Highkick und Ase könnte sich nach einem Gesichtschirurgen umsehen. Und danach wären die anderen dran.

Doch jemand hielt ihn zurück.

»Ho. Stopp, Bruder.«

»Fuck! Was ...«

»Komm runter, Duke. Bist du okay?« Big J legte ihm seine Pranke auf den Rücken. »Etwas gebrochen?«

Beim Atmen schmerzte sein Brustkorb. Ihm war übel. Und er sehnte sich danach, Ase, Boje und Kolben das heimzuzahlen.

»Alles klar. Nur ein wenig verbeult.« Beim Sprechen kam es ihm vor, als ob sein Gesicht nicht mehr zu ihm gehörte. Es fühlte sich taub an. Seine Lippen schienen die Größe von Schlauchbooten zu haben. Vorsichtig tastete er mit der Zunge seine Zähne ab. Sie saßen alle noch fest im Kiefer, kein Stück fehlte.

»Lass mich los, damit ich ...«

»Nun mal ganz ruhig.« Das war Bert. Wie immer schaffte es der President, sich Gehör zu verschaffen. Doch seine Stimme klang nicht so gelassen wie sonst. Die Anspannung war ihm deutlich anzuhören.

»Kann mal einer erzählen, was passiert ist?«

»Was passiert ist?« Kolben schrie und deutete auf den toten Rascal im Gras. »Habt ihr keine Augen im Kopf? Toby ist tot.«

Big J kniete neben der Leiche nieder.

»Lass deine verfickten Finger von ihm, Wizard, oder ich ...« Kolben hob seine Faust, um auf Big J loszugehen, doch Red und Steve stellten sich ihm drohend in den Weg.

»Lass es!«

»Und diese elende Ratte ...« Boje schien sich wieder auf Duke stürzen zu wollen, doch Andy riss ihn an der Schulter zurück.

»Still jetzt!«, brüllte der President der Rascals. »Erst wird geredet. Klar? Und dann entscheiden wir. Also: Was war los? Was habt ihr gesehen? Ase.«

Breitbeinig, mit vor der Brust verschränkten Armen stand der Vice der Rascals da.

»Wir wollten pissen. Bei den Klos war viel Betrieb, darum sind wir um die Ecke. Und da hockte der da«, mit finsterer Miene ruckte sein Kinn in Richtung Duke, »direkt über Toby.«

»Habt ihr das auch so gesehen?« Andy sah seine Männer der Reihe nach an und Kolben und Boje nickten.

»Wir wissen doch, dass sich die beiden ordentlich gezofft haben.«

»Danke, Kolben, ich war dabei.« Andy verschränkte seine mächtigen Arme vor der Brust. »Nun bin ich gespannt, was unsere Gastgeber dazu zu sagen haben.« Das Wort „Gastgeber" betonte er so, dass kein Zweifel blieb, wie er es meinte.

»Duke?« Bert sah ihn an.

»Ich kam zum Pissen her. Bin um die Ecke gegangen und da lag er.«

»Na klar, die Unschuld vom Lande.«

»Und warum hocktest du über ihm wie so ein verdammter Aasgeier?«

»Weil ich nachsehen wollte, ob er noch lebt, Shitface! Und wenn du das nicht glaubst ...«

Der Abstand zwischen Duke, Kolben und Boje verringerte sich in Bruchteilen einer Sekunde. Mehrere Hände gingen dazwischen, schoben Duke und die beiden Rascals unsanft auseinander. Die Stimmung war so geladen, dass ein vom Lagerfeuer herübergewehter Funke gereicht hätte, und alles wäre in die Luft geflogen.

»Ruhe! Wir wissen noch nichts. Und ich verspreche dir, Andy, dass wir alles tun werden, um diese Sache aufzuklären.«

Ase lachte zornig.

»Logisch. Klärt ruhig auf. Unser Bruder ist dann immer noch tot.«

Bert schüttelte den Kopf.

»Big J, was hast du ...«

»Schuss in die Stirn, wenn man mich fragt.«

»Eine Hinrichtung. Die Rache eines eifersüchtigen, durchgeknallten Wizards, dem ein paar Sicherungen durchgebrannt sind. Und seine Brüder ...«

»Nein!« Berts Stimme donnerte. »Wir werden die Sache klären. Und damit ...«

»Fuck! Die Bullen haben uns beobachtet. Die sind gleich hier.« Red deutete auf den Feldweg, wo sich Polizisten in voller Montur in ihre Einsatzwagen schwangen. Andere stürmten über die benachbarte

Wiese. Am Hubschrauber begannen sich die Rotorblätter zu drehen.

»Scheiße!«, brüllte Bert.

Der Helikopter hob ab, bewegte sich auf sie zu und tauchte sie in das grelle Licht seiner Scheinwerfer. Und dann waren auch schon die ersten Bullen bei ihnen.

»Polizei!«, dröhnte eine Stimme aus einem Lautsprecher. »Alle auf den Boden, Hände über dem Kopf.«

Im nächsten Moment spürte Duke den Lauf einer Waffe im Rücken. Er hob die Arme, verschränkte die Hände am Hinterkopf ineinander und ließ sich auf die Knie fallen. Ein Tritt traf ihn zwischen den Schulterblättern, und er lag mit dem Gesicht im Gras.

In Dukes Kopf dröhnte es. Unmittelbar neben seinem Gesicht stand ein Paar schwerer Stiefel mit dicker, fester Sohle, und er hörte das Knacken und Rauschen eines Funkgeräts.

»Hier 14-11. Hier liegt ein Toter. Vermutlich ein Rascal. Schusswunde in der Stirn. Ende.«

Wieder Knacken, dann erklang eine Stimme, etwas verzerrt.

»Wunderbar. Darauf haben wir gewartet. Festnehmen. Die ganze Bande. Ende.«

Es knackte wieder.

»Dann brauchen wir noch ein paar Gefangenentransporter. Ende.«

»Sind schon unterwegs. Ende.«

Duke sah, wie sich einer der beiden Stiefel hob, dann spürte er die Sohle in seinem Nacken – hart, kühl und feucht. Seine Arme wurden nach hinten gerissen. Es folgte das allmählich vertraute Gefühl von Kabelbindern, die fest um seine Handgelenke gezurrt wurden.

Mühsam hob Duke den Kopf und drehte ihn zur anderen Seite. Neben ihm lag Boje. Der Typ fletschte die Zähne.

»Das wirst du büßen. Niemand bringt ungestraft einen unserer Brüder um.«

»Was habe ich gerade gehört?« Irgendwo außerhalb seines Sichtfeldes war ein Ninja Turtle aufgetaucht, der Boje den Lauf seines Maschinengewehrs zwischen die Schulterblätter stieß. »Kannst du das wiederholen?«

Boje richtete sich halb auf und irgendwie gelang es ihm, dem Bullen ins Gesicht zu spucken. Unter dem nachfolgenden Tritt stöhnte der Rascal auf, verdrehte die Augen und rührte sich erst mal nicht.

Dukes Fingerspitzen fingen an zu kribbeln. Offenbar hatten sie die Kabelbinder diesmal besonders festgezogen.

Das Funkgerät rauschte wieder.

»14-11, bitte kommen. Gibt's Ärger bei euch? Ende.«

»Alles unter Kontrolle, Delta 1. Wir haben den mutmaßlichen Täter. Ende.«

»Das wird ja immer besser. Wo ist er? Ende.«

»Er liegt hier direkt vor mir. Es ist ein Wizard. Ende.«

Der Bulle mit der einprägsamen Nummer 14-11 stieß ihm den Stiefel in die Seite.

Duke schloss die Augen.

Der Plan war, einen unvergesslichen Anniversary-Run zu organisieren.

30

Das hatten sie geschafft. Wenn auch auf andere Weise.

Sonntag

3 - Minus 174 Stunden, 30 Minuten - Christina

Das klingelnde Telefon riss Christina brutal aus dem Schlaf.

Sie sprang aus dem Bett und wusste bereits auf dem kurzen Weg in den Flur, dass sie keine guten Nachrichten erwarten würden. Zwei Jahre an der Seite eines Wizards waren lange genug, um diese Lektion zu lernen.

»Ja?«

»Christina?«

Dass nicht Duke am Telefon war, ließ ihre Pulsfrequenz weiter nach oben schnellen. Ihr wurde schlagartig kalt, und sie begann, am ganzen Körper zu zittern.

»Was ist los? Was ist mit Duke?«

»Er lebt und ist nicht verletzt.«

Jetzt endlich erkannte sie Berts Stimme. Und sie war dem Presi dankbar, dass er das Wichtigste sofort genannt hatte – Unversehrtheit.

»Gott sei Dank!«, flüsterte sie und lehnte sich an die Wand. »Ich dachte ...«

»Nun, ganz so toll ist es nicht«, fuhr Bert fort. »Wir hatten Probleme beim Run. Einer der Rascals ist tot und Duke ...«

Christina schluckte, ihr Mund wurde trocken.

»Bist du noch da?«

»Ja. Aber ...«

»Okay. Duke wird verdächtigt, den Rascal erschossen zu haben. Die Bullen haben uns alle einkassiert, aber ihn haben sie jetzt als Tatverdächtigen dabehalten. Vering ist bei ihm, also brauchst du dir keine Sorgen zu machen. Das wird sich alles klären.«

Sie hätte schreien wollen. So laut, dass es sogar die Polizeibeamten im Flensburger Präsidium an der Hafenspitze hören konnten. Doch was sie herausbekam, war nichts als ein heiseres Flüstern.

»Er war es nicht.«

»Natürlich war er es nicht. Das weißt du, das wissen wir. Die Bullen werden das auch noch kapieren, dafür wird Vering sorgen. Kann nur sein, dass Duke eine Zeit lang nicht nach Hause kommt.« Bert machte eine Pause, und Christina hatte das ungute Gefühl, dass eine weitere Hiobsbotschaft auf sie wartete. »Wegen Untersuchungshaft und so.«

»Untersuchungshaft? Aber wenn er doch ...«

»Nun ...« Es gab im Hörer ein schabendes Geräusch, und sie sah Bert vor sich, wie er sich durch seinen gepflegten, silbrigen Vollbart strich. »Drei Rascals haben gesehen, wie er sich über den Toten beugte. Ein Bulle hat gehört, wie einer dieser Hornochsen ihn beschuldigt hat. Und ... nun ja. Beim Toten handelt es sich um den Typen, mit dem Duke sich ein paar Stunden vorher gezofft hat. Wegen ...« Bert räusperte sich. »Wie dem auch sei. Dringenden Tatverdacht nennt man das wohl. Solange die Ermittlungen andauern, wird Duke wahrscheinlich im Knast bleiben müssen. Vering war da nicht sehr optimistisch. Und ich bin es auch nicht, ehrlich gesagt. Bei MCs sind die Behörden nicht zimperlich.

Immer nach der Devise: Nur hinter Gittern ist ein Rocker ein guter Rocker.«

Christina lehnte sich mit dem Rücken an die Wand und sank langsam auf den Boden. Dabei hielt sie den Hörer umklammert, als sei er ein Rettungsring. Ein Rettungsring, der sie aus diesem schwarzen Schlund der Hölle ins Licht zurückreißen konnte.

»Christina?«

»Ja.«

»Wir kriegen Duke da wieder raus. Er war es nicht.«

»Aber ... wie ... geht es ihm?«

»Gut, soweit ich weiß. Vering wird dafür sorgen, dass alles nach Recht und Gesetz abläuft und er nicht zu Schaden kommt.«

»Wann darf ich ihn besuchen?«

»Das kann ich dir nicht sagen. Das hängt davon ab, wie das Verhör läuft, welche Ergebnisse die Untersuchungen der KTU und was weiß ich noch ergeben. Und was der Quincy in Kiel sagt. Mach dir mal keine Sorgen, okay? Duke steht das durch. Ist ja für ihn nicht das erste Mal.«

Aber für mich, dachte Christina. Ihr wurde übel.

»Kann ... kann ich mit Vering sprechen?«

»Das weiß ich nicht, er ist ja jetzt gerade bei Duke. Aber er wird sich bestimmt bei dir melden, sobald er mehr weiß. Und wenn du irgendetwas brauchst, kannst du mich oder Marion jederzeit anrufen, okay? Oder soll sie gleich vorbeikommen?«

»Vie... vielleicht ist das eine gute Idee.« Christina zitterte jetzt so stark, dass sie ihren Körper kaum noch unter Kontrolle hatte und die Zähne aufeinanderschlugen.

34

»Gut, ich sage es ihr. Sie ist spätestens in einer halben Stunde bei dir.«

»Danke, Bert.«

»Wofür?«

»Für's Anrufen. Und dass ihr euch kümmert und ... und ...«

»Ach, darüber brauchen wir nicht zu reden. Familie. Du verstehst?« Bert lachte sein raues Lachen. »Marion ist gleich da. Und mach dir keine Sorgen, Christina. Es kommt alles in Ordnung.«

Er legte auf. Das Display des Telefons zeigte die Uhrzeit: 5:43.

Christina blieb auf dem Parkett sitzen und presste den Hörer gegen die Stirn.

Keine Sorgen machen.

Duke im Gefängnis.

Verdächtigt des Mordes an einem Rascal.

Keine Sorgen machen?

Wie sollte sie das anstellen? Sie hatte keine Übung darin, ihren Lebensgefährten, ihren Mann, im Gefängnis zu wissen. Sie wusste nicht, wie es dort zuging. Wie lange eine Untersuchungshaft dauern konnte. Welche Gefahren dort auf ihn lauerten. Wie oft sie ihn besuchen durfte. Ob sie ihn überhaupt besuchen durfte. Wie die Besuche aussehen würden. Ob sie durch eine Scheibe aus dickem Panzerglas getrennt sein würden. Würde man ihm dort den Kopf kahl scheren? Würde er einen dieser seltsamen Overalls tragen müssen, wie in den Filmen? Und wenn seine Unschuld wider Erwarten nicht bewiesen werden konnte? Was dann?

Ein heftiger Würgereiz überfiel sie. Christina sprang auf und schaffte es noch rechtzeitig ins Bad, um sich in die Toilette zu übergeben.

4 - Minus 169 Stunden, 30 Minuten - Chester

Ein anderes Hotel, ein anderer Mann, ein anderer Wagen. Der Major entpuppte sich als ebenso vorsichtig wie er selbst. Chester schätzte es, wenn sich seine Kunden professionell verhielten. Er sah aus dem Seitenfenster des silberfarbenen Mercedes. Ein typischer Mittelklassewagen und ebenso unauffällig wie der Fahrer, ein Mann Anfang dreißig, dem man bedenkenlos seine Finanzen, seine Versicherungen oder seine Immobilien anvertraut hätte. Er hätte ein Zwilling jenes Mannes sein können, der ihm vor einer knappen Woche die Informationen zu seinem Auftrag gegeben hatte.

Sie fuhren die Landstraße bis Westerholz entlang und bogen in die Allee ab, die er schon kannte. Auf dem Hof des Herrenhauses hielt der Mercedes, er stieg aus.

Im langgestreckten Stallgebäude standen alle Luken offen. Doch diesmal schaute kein Pferd neugierig aus seiner Box. Stattdessen hörte er Wiehern, Schnauben, Hufestampfen und das Klappern eines Blechnapfes. Fütterung. Die Pferde erwarteten ihre morgendliche Ration.

Der Fahrer stieg die Stufen zum Eingang des herrschaftlichen Hauses empor. Chester folgte ihm erst in die Halle, dann in das Wohnzimmer. Er war schon einmal hier gewesen, vor zwei Jahren. Der Raum war eine Mischung aus Moderne und Antiquitäten und strahlte jenen Reichtum aus, der sich nur im Laufe vieler Generationen entwickelte. Auch das ausgestopfte Krokodil hing an gleicher Stelle über dem Kamin. Ein Mitbringsel seines Großvaters aus dem Afrikafeldzug, wie ihm der Major beim letzten Besuch erzählt hatte.

Der Hausherr kam auf ihn zu. Auch er hatte sich kaum verändert. Das Haar immer noch dunkel und akkurat geschnitten, der Körper schlank und durchtrainiert, die Haut gebräunt von zahlreichen Aktivitäten im Freien. Wenn überhaupt, so waren ein paar Fältchen um Mund und Augen hinzugekommen. Bei einem Mann Mitte fünfzig keine Überraschung. Lächelnd streckte der Major ihm die Hand entgegen.

»Guten Morgen, Mr. Williams. Freut mich, Sie wiederzusehen. Sind Sie mit Ihrem Hotel zufrieden?«

»Danke.« Er hatte für diesen Aufenthalt ein Hotel auf der anderen Seite der Förde gewählt, für den Fall, dass sich einer der Angestellten des Hotels, in dem er vor zwei Jahren abgestiegen war, noch an ihn erinnern konnte. Manche Menschen hatten ein erstaunliches Gedächtnis. »Es erfüllt seinen Zweck.«

Der Major hob eine Augenbraue.

»Enthusiastisch klingt das nicht gerade.«

»Ich brauche einen Ort zum Schlafen, an dem ich nicht auffalle, Herr Major. Wenn ich Urlaub machen wollte, würde ich kaum Flensburg als Reiseziel wählen.«

Der Major lachte.

»Sie gefallen mir, Mr. Williams. Kommen Sie. Haben Sie schon gefrühstückt?«

»Im Hotel nannten sie es so.« Chester dachte an die Tasse Kaffee, den Orangensaft – nicht einmal frisch gepresst, sondern aus dem Tetra Pak – und die Scheibe Toast.

»Dann werden Sie bestimmt nichts dagegen haben, dass ich den Tisch für zwei decken ließ.« Er ging voraus durch eine Doppelflügeltür in eine verglaste Veranda. »Setzen Sie sich.«

Chester nahm Platz. Der köstliche Duft von Rührei, gebratenem Speck, Würstchen und gegrillten Champignons stieg ihm in die Nase. Der Mann, der ihn hergefahren hatte, eilte herbei und goss Kaffee in eine Tasse mit einem Golddekor, das an Ähren und Füllhorn erinnerte.

Es klopfte. Ein zweiter Mann kam mit einem Tablett herein und trug es zum Tisch. Aus der zugedeckten Schüssel stieg Dampf auf.

»Porridge?« Chester mochte seiner Nase kaum trauen, als die Terrine neben ihm abgestellt wurde.

»Ihnen zu Ehren, Mr. Williams.« Der Major entfaltete lächelnd seine Leinenserviette. »Greifen Sie zu.«

Chester nahm sich von dem Porridge.

»Sahne?« Der Major hielt ein Porzellankännchen in die Höhe.

»Gerne.«

Während sie aßen, sprachen sie über Belanglosigkeiten: Pferde, die allgemeine politische Lage, das Wetter. Von der Veranda aus hatte man einen fantastischen Blick über die Förde, auf der Segler unterwegs waren.

Dann wurde das Frühstück abgetragen, nur die Kaffeetassen blieben noch stehen. Der Major wischte sich den Mund mit der Serviette ab und lehnte sich zurück.

»Kommen wir nun zum Geschäftlichen«, sagte er und schnippte mit den Fingern. Der Fahrer eilte herbei und zog zwei Umschläge aus der Innenseite seines Jacketts: einen großen, wattierten braunen und einen schmalen weißen. Beide reichte er dem Major.

»Bitte.« Der Major schob ihm den braunen Umschlag zu. »Ihr verdienter Lohn. Mein Geschäftspartner ist sehr zufrieden.«

»Alles andere wäre auch eine Enttäuschung.« Chester öffnete den Umschlag. Es waren Zwanziger, Fünfziger und einige Hunderter darin, manche neu, andere mit deutlichen Gebrauchsspuren. Bestens. Er blätterte sie rasch mit dem Daumen durch.

»Trauen Sie mir nicht?«, erkundigte sich der Major nicht ohne Spott.

»Gewohnheit«, entgegnete Chester und steckte den Umschlag in seine Laptoptasche. Er zweifelte nicht daran, dass es sich wie besprochen um zwanzigtausend Euro handelte. Der Major war ein zuverlässiger und vorsichtiger Geschäftspartner. In jeder Hinsicht. »Ist das der zweite Auftrag?«

Der weiße Umschlag wechselte die Tischseite. Chester öffnete ihn und entnahm ihm einen Computerausdruck, ein Foto und weitere Geldscheine.

»Zehntausend. Im Voraus. Und weitere zwanzig nach Erledigung. Es muss aber noch in dieser Woche sein.«

Chester las aufmerksam die Kopie und prägte sich die wichtigen Angaben zum Ziel ein, dann sah er sich das Foto an.

»Abgemacht.« Er schob den Umschlag zu dem anderen in seine Tasche.

»Das Foto und ...«

Chester schüttelte den Kopf.

»Ach ja, ich vergaß. Sie vergessen nie ein Gesicht.«

»Eine sinnvolle Gabe, die vieles vereinfacht. Für beide Seiten.«

»Ich verstehe.«

»Ich muss mich jetzt leider verabschieden, Herr Major. Vielen Dank für das ausgezeichnete Frühstück.«

»Gern geschehen.«

Sie erhoben sich und der Major brachte Chester persönlich zur Tür. Ein weiteres Fingerschnippen.

»Henning wird Sie nach Flensburg zurückfahren. Viel Erfolg. Und vergessen Sie nicht: Es ist wichtig, dass die Angelegenheit diese Woche erledigt wird.«

Chester lächelte.

»Ich habe Ihnen mein Wort gegeben, Herr Major.«

Der Händedruck des Majors war erfreulich fest und kurz. Dann stieg Chester wieder in den Mercedes.

»Wo soll ich Sie hinfahren, Mr. Williams?« erkundigte sich der Fahrer, ein Ausbund an Höflichkeit, dem zum Chauffeur aus dem Bilderbuch nur die Livree fehlte. Natürlich war der Anzug viel unauffälliger.

»Bringen Sie mich nach Murwik. Ich habe Lust, noch ein bisschen spazieren zu gehen.«

»Geht klar!«, sagte der Fahrer und enttäuschte damit Chesters Erwartungen auf ein zackiges »Jawohl, Sir.«

5 - Minus 169 Stunden - Duke

Er hatte die Schnauze gestrichen voll von der ganzen Fragerei. Gefühlt saß er seit Tagen auf diesem beschissenen Plastikstuhl. Sein Hintern war taub und seine Beine begannen allmählich einzuschlafen. Er konnte sie nicht bequem platzieren, und die Kante der Sitzschale drückte in seine Oberschenkel und behinderte auf Dauer die Blutzufuhr. Dabei ging es ihm noch gut, auch wenn er sich in dem Einmal-Overall der KTU wie in einer Plastiktüte vorkam; seine Hände waren nicht mit Handschellen auf den Rücken gefesselt, sodass ihm alles von den Schultern abwärts abstarb wie beim letzten Mal. Dafür hatte Torsten Vering gesorgt.

Der Anwalt neben ihm sprach mit den Polizisten und machte sich Notizen. Ihnen gegenüber saßen die beiden ermittelnden Bullen. Der eine war ein korpulenter, gutmütiger und sachlicher Kerl namens Petersen. Der andere war weder gutmütig noch sachlich. Es war Thomas, Christinas Bruder. Duke brauchte nicht viel Fantasie, um sich auszumalen, was Thomas dachte: »*Endlich habe ich etwas in der Hand, um diesen Kerl wegzusperren und von meiner Schwester fernzuhalten – am liebsten für immer.*«

»Also noch mal«, sagte Thomas gerade. »Wie kam es zu diesem Streit?«

41

Duke warf Vering einen kurzen Blick zu.

»Welcher Streit?«

»Die Augenzeugen berichten von einer Auseinandersetzung mit Tobias Schneider am frühen Abend – zwischen siebzehn und achtzehn Uhr. Ein Wortgefecht, das beinahe eskaliert sein soll.«

Duke fragte sich, ob Thomas wirklich wissen wollte, worum es gegangen war, und hielt seinen Mund.

»Ich denke, diese Frage haben wir bereits umfassend erörtert«, antwortete Vering an seiner Stelle. »Es handelte sich um ein Missverständnis, das rasch geklärt werden konnte, nichts weiter. Nicht wahr, Herr McKinnley?«

Duke nickte.

»So ist es.«

Thomas schnalzte mit der Zunge und beugte sich vor. Seine Augen funkelten.

»Und doch ist es – natürlich rein zufällig – genau jener Tobias Schneider, der um dreiundzwanzig Uhr fünfundvierzig tot auf der Wiese liegt. Getötet von einem Schuss mitten in die Stirn, wie bei einer Hinrichtung. Wie mag das Opfer dorthin gekommen sein?«

Duke schüttelte langsam den Kopf und sah Thomas direkt in die Augen.

»Keine Ahnung.«

»Wer mag das getan haben und warum?«

»Woher soll ich das wissen? Ist das nicht d...«

Vering legte ihm hastig eine Hand auf den Arm und er schwieg.

»Alles reine Spekulation. Ist das wirklich alles, was Sie haben? Vermutungen?«

Thomas' Augen und Lippen wurden schmal.

»Wir haben Zeugenaussagen, Herr Vering. Zeugen, die von dem Streit zwischen Schneider und McKinnley berichten. Es ging um eine Frau, nicht wahr?« Ein kurzer, zorniger Blick traf Duke. Sie wussten beide, welche Frau gemeint war. »Und wir haben Zeugen, die gesehen haben, wie McKinnley sich über die Leiche beugte. Ferner haben wir einen Polizeibeamten, der gehört hat, wie einer der anwesenden Rascals McKinnley beschuldigt hat, Schneider erschossen zu haben.«

Vering lächelte nachsichtig.

»Spekulationen und Vermutungen. Nichts weiter. Wo sind Ihre Zeugen? Was ist mit Schmauchspuren? Und wo ist die Tatwaffe? Mein Mandant hatte sie nicht bei sich, wie Sie wissen.«

»Deshalb haben wir Ihrem Mandanten die Kleidung abgenommen. Sie befindet sich derzeit in der KTU. Und die Waffe werden wir schon noch finden.«

»Wissen Sie was? Bisher beruht alles auf Indizien, Vermutungen und irgendwelchen dubiosen Zeugenaussagen. Ich schlage vor, wir beenden diese Farce und Sie entlassen meinen Mandanten nach Hause. Je früher, umso besser.«

»Oh, da wäre ich mir an Ihrer Stelle nicht so sicher. Der Haftrichter ist auf dem Weg. Und ...« Die Tür öffnete sich und ein weiterer Polizist in Zivil kam herein. Thomas drehte sich zu ihm um. »Vielleicht ist er ja bereits im Haus.«

»Martens, Petersen, kommen Sie mal kurz?« Es war eindeutig die Ansprache eines Vorgesetzten, auch wenn Duke den Mann nicht kannte.

»Was ...«

»Das besprechen wir vor der Tür.«

»Gut.« Thomas warf Petersen einen kurzen Blick zu, und beide erhoben sich. »Kurze Pause. Wir sind gleich zurück.«

Sie gingen zur Tür.

»Nehmen Sie Ihre Jacke mit, Martens«, sagte der Mann. Überraschung malte sich jetzt auf Thomas' Gesicht, doch er nahm sein Jackett von der Stuhllehne. Die Tür fiel hinter den Beamten ins Schloss. Vering beugte sich zu Duke.

»Ich schätze, Ihr Schwager wird wegen Befangenheit vom Fall abgezogen. Weil er Sie kennt.«

Jetzt musste Duke lachen.

»Da schätzen die unseren Kontakt völlig falsch ein. Wenn Thomas könnte, würde er mich in die hinterste Zelle sperren und den Schlüssel wegwerfen.«

»Das mag sein, aber die Staatsanwaltschaft will natürlich nicht das Risiko eingehen, dass man ihnen eine unfaire Beweisaufnahme vorwirft.«

»Wie kommen die denn auf die Idee?« Duke lachte wieder. Sollte Vering recht haben, würde Thomas bestimmt nicht glücklich darüber sein.

Die Tür öffnete sich und Petersen kam zurück. Er war allein, und in der Hand hielt er ein Schriftstück.

»Und? Lassen Sie endlich die lächerlichen Anschuldigungen gegen meinen Mandanten fallen?«

Petersen nahm sein Jackett vom Stuhl. Das breite Grinsen auf seinem Gesicht gefiel Duke gar nicht. Es hatte etwas Bösartiges.

»Nein, Herr Vering. Der Haftrichter ist jetzt da. Wenn Sie sich bitte erheben würden, Herr McKinnley?«

Duke stand auf. Vering hatte ihm vor dem Verhör erklärt, dass es mit aller Wahrscheinlichkeit auf den

44

Haftrichter und Untersuchungshaft hinauslaufen würde. Trotzdem hatte er gehofft, dass der Anwalt die Sache noch einmal gebogen bekäme.

Knast.

Der letzte Ort, an dem er sein wollte.

6 - Minus 168 Stunden, 30 Minuten - **Christina**

Mit angezogenen Knien kauerte sie auf ihrer Récamiere, unfähig, einen klaren Gedanken zu fassen. Ihr Kopf fühlte sich an wie mit Blei ausgegossen. Ihr war kalt. So kalt, als würde draußen tiefster Winter herrschen und drinnen die Heizung ausgefallen sein. Marion hatte ihr die Bettdecke aus dem Schlafzimmer gebracht, woraufhin Christina in Tränen ausgebrochen war – unter dieser Decke hätte eigentlich Duke schlafen sollen.

»Hier, Christina, vielleicht ist das besser.« Marion hielt ihr eine Tasse hin, aus der Dampf aufstieg. »Schlichter schwarzer Tee. Sag Bescheid, wenn du Zucker haben möchtest.«

Christina nahm die Tasse und roch vorsichtig daran. Vorhin hatte Marion es schon mal mit warmer Milch mit Honig versucht. Doch allein der Geruch hatte ihr heftige Übelkeit verursacht. Im letzten Moment hatte sie es zur Toilette geschafft.

Der Tee hingegen schien keine Probleme zu bereiten.

»Danke.« Sie nippte an der heißen Flüssigkeit und schloss erleichtert die Augen. Die Wärme tat gut.

»Hier, bitte«, sagte Marion und schob ihr einen kleinen Teller zu. »Sorry, ich habe deine Schränke durchwühlt. Aber du musst etwas in den Magen bekommen, wenigstens ein bisschen.«

»Kräcker? Salzbrezeln?« Was für ein Frühstück! Christina hätte gern darüber gelacht, aber sie fühlte sich zu elend. »Ich wusste gar nicht, dass ich so etwas im Haus habe.«

»Hast du auch nicht.« Marion lächelte. »Ich habe sie aus meinem Wagen geholt. Ich habe immer Salzstangen oder Kräcker dabei, für den Fall, dass meine Schwester es nicht geschafft hat, sich welche zu besorgen. Manchmal ist sie zu schwach zum Einkaufen. Und wenn sie sich nach der Chemo die Seele aus dem Leib kotzt, sind Salzstangen und schwarzer Tee das Einzige, was sie bei sich behält.«

»Oh. Das tut mir leid.« Christina bekam ein schlechtes Gewissen. Jetzt futterte sie auch noch einer kranken Frau die Kräcker weg. »Wie geht es deiner Schwester denn?«

Marion zuckte mit den Schultern, sah aus dem Fenster und seufzte.

»Es ist ein ständiges Auf und Ab. Mal geht es ihr gut und sie kann sich sogar um ihren Haushalt kümmern. Dann gibt es Tage, an denen sie nicht einmal selbst zum Klo gehen kann. Aber das ist wohl so bei diesem Scheiß, oder?«

Christina nickte.

»Ja, das hört man leider oft von den Patienten.« Sie hatte nicht gewusst, dass Marion eine Schwester hatte. Und sie fragte sich, wo diese Frau neben Club und eigener Familie die Zeit hernahm,

46

sich auch noch um ihre kranke Schwester zu kümmern. Sie nippte wieder am Tee und nahm einen der
Kräcker. Der Tee schien gutzutun, ihr war gerade
kein bisschen übel.

»Gibt es was Neues?«

Marion schüttelte den Kopf. »Nein. Weder Bert
noch Vering noch sonst einer der Jungs hat sich bisher gemeldet.«

Christina wärmte sich ihre kalten Finger an der
Tasse.

»Du hast das mit Bert auch schon durchgemacht,
oder?«

»Du meinst Verhaftungen, Verhöre, Untersu-
chungsgefängnis?« Marion lachte auf. »Und ob. Und
nicht nur ein Mal.«

»Wie steht man das durch?«

Marion runzelte die Stirn, als müsste sie erst
nachdenken.

»Einfach tun, was nötig ist: Sich um die Kinder
kümmern, kochen, Wäsche waschen, staubsaugen.
Was eben anfällt und getan werden muss. Und
dabei nach vorne sehen. Immer. Jeder Tag, der ver-
geht, bringt ihn wieder nach Hause.«

Christina dachte eine Weile nach. Ihre Achtung
vor der Frau des Presis stieg weiter. Dann schüttelte
sie den Kopf.

»Ich weiß nicht, ob ich das hinkriege«, flüsterte
sie. »Ich bin nicht so stark wie du.«

Marion lächelte.

»Doch, das bist du. Du weißt es nur noch nicht.«

Das Geräusch der Türklingel ließ Christina so heftig zusammenzucken, dass der Tee aus der Tasse
schwappte.

»Ich gehe.« Marion reichte ihr eine Packung Taschentücher und verschwand im Flur. Während Christina sich den schwarzen Tee vom Shirt und den Händen tupfte, hörte sie die Stimme einer Frau. Stefanie. Ihre Schwägerin war gekommen. »Hallo, Christina! Thomas hat es mir erzählt.« Steffi wollte sich neben die Récamiere knien, doch Christina winkte mit beiden Händen ab. »Komm nicht näher! Ich habe mir so ein blödes Virus auf der Station eingefangen. Seit heute Nacht kotze ich mir die Seele aus dem Leib. Das möchte ich euch nicht antun.« Sie versuchte ein Lächeln. »Ein Unglück kommt selten allein, oder wie sagt man?«

»Ach du Arme! Was für ein Schlamassel. Brauchst du etwas? Soll ich dir etwas aus der Apotheke holen?«

»Marion hat mir schwarzen Tee gemacht und Salzkräcker gebracht. Das scheint zu helfen.«

»Hast du Nachrichten von Duke?«

Sie schüttelte den Kopf.

»Es hat sich noch niemand ...« Sie presste die Lippen zusammen. Eigentlich wollte sie nicht weinen, nicht schon wieder. Doch sie konnte es nicht mehr aufhalten. »Das Einzige, was ich weiß, ist, dass er ...« Sie wischte sich mit dem Daumen die Tränen aus dem Augenwinkel. »Sie werden ihn wohl dabehalten und das heißt ... das heißt ...« Sie begann zu schluchzen.

»Dieses Virus kann mich mal«, sagte Stefanie und schlang ihre Arme um sie. Eine Weile weinte Christina in die Schulter ihrer Schwägerin.

»Kann ich irgendetwas für euch beide tun?«, fragte Steffi leise.

»Sag Thomas, er soll Duke freilassen!« Christina lachte und heulte gleichzeitig. »Scherz. Ich weiß ja, dass du keinen Einfluss darauf hast.« Sie wischte sich mit ihrem Ärmel über das Gesicht.

Da klingelte es schon wieder. Marion hatte die Tür kaum geöffnet, als laute, schwere Schritte auf dem Flur zu hören waren. Und dann stand Thomas im Wohnzimmer.

Christina sah ihren Bruder an, ihr Herz raste. Irgendetwas war passiert. Und es war nichts Gutes.

»Was ...«

»Ich wurde vom Fall abgezogen«, sagte er laut. »Mein Chef hat mich von dem Mordfall abgezogen, weil meine Schwester mit diesem ...«

»Thomas!« Stefanie runzelte die Stirn. »Komm auf den Teppich!«

»Ich soll mich beruhigen? Ist das dein Ernst? Wirklich?«

»Thomas. Du bist ...«

»Auf einer »Party«, einer angeblich ganz harmlosen Feier, ist ein Mann erschossen worden. Die Aufklärung dieses Verbrechens ist mein Job. Wir haben den Verdächtigen verhaftet. Wir haben Zeugen. Wir sind mittendrin in der Arbeit, ich leite das Verhör. Und ich werde vom Fall abgezogen, weil meine Schwester mit ebenjenem Tatverdächtigen, einem vorbestraften Kriminellen, liiert ist. Ich könnte ja befangen sein!« Er verschränkte die Arme vor der Brust und starrte Christina wütend an. »Finde den Fehler!«

»Du bist befangen, Thomas«, sagte Stefanie mit Nachdruck. »Und das Schlimme ist, du merkst es noch nicht einmal. Für dich ist Duke doch bereits schuldig, bevor du überhaupt die Fakten kennst!« Einen Augenblick starrte Thomas seine Frau mit offenem Mund an. Dann polterte er los. »Das glaube ich jetzt nicht! Du sprichst von Fakten? Welche Fakten kennst du, die ich nicht kenne? Du weißt natürlich, dass McKinnley unschuldig ist. Dass der arme Junge nur unverstanden ist. Ein rechtschaffener Mann, eine Stütze der Gesellschaft! Der Polizist in Glasgow hat sich seine Verletzungen ja auch selbst zuzuschreiben. Erst provoziert er den armen Kerl, und dann stolpert er auch noch blöd! Abgesehen davon sind die Platten und Nägel, mit denen sein Kiefer gerichtet werden musste, schon längst wieder entfernt worden. Schnee von gestern. Nicht so wichtig. Was rege ich mich darüber auf? Die Frauen, die für ihn anschaffen gegangen sind, haben ihm das natürlich auch aus freien Stücken angeboten. Und wer was anderes denkt, ist ein verbohrtes, vorurteilsbelastetes Arschloch!«

»Wenn du dich reden hören könntest ...«

»Was dann? Wir erleben täglich, was da draußen los ist. Wir müssen uns um all die Scheiße kümmern, die Typen wie McKinnley unter sich lassen. Jeden gottverdammten Tag. Wir sorgen dafür, dass die Täter ihre gerechte Strafe erhalten. Dass Mord nicht zu einem Kavaliersdelikt verkommt, sondern angemessen bestraft wird. Unabhängig davon, wer da umgebracht wurde. Dafür werden wir beschimpft, verleumdet, angespuckt und was weiß ich noch alles. Aber das alles ist zu ertragen, solange man das Gefühl hat, dass die eigene Familie hinter einem steht!«

»Ich stehe hinter dir, Thomas. Aber nicht, wenn du erkennbar Müll redest!«

»Ich ...«

»Bitte!«, unterbrach Christina. Sie hielt sich die Ohren zu. »Bitte, hört doch auf!«

»Du hast recht, Christina«, sagte Stefanie etwas ruhiger. »Was ist denn jetzt mit Duke?«

Thomas schnappte hörbar nach Luft.

»Dieser Kerl treibt einen Keil in unsere Familie. Merkt ihr das eigentlich?«

Stefanie schüttelte langsam den Kopf.

»Nein, Thomas. Derjenige, der den Keil hineintreibt, bist du. Nicht Duke.«

Eine Weile war es still im Raum. Thomas war blass geworden. Dann machte er abrupt auf dem Absatz kehrt.

»Wo willst du hin?«

»Raus. Hier habe ich nichts verloren!«

»Und was ist jetzt mit Duke?«

»Fragt euren Anwalt!«

Dann fiel die Tür mit lautem Krachen hinter ihm ins Schloss.

Die drei Frauen sahen sich an.

»Es tut mir so leid«, sagte Christina und streckte ihre Hand nach Stefanie aus, die sichtlich mit den Tränen kämpfte. Was für ein Heulen, Wehklagen und Zähneklappern!

»Nein. Das muss dir nicht leidtun«, sagte Stefanie leise. »Ich finde, das musste mal auf den Tisch. Thomas wird sich wieder einkriegen.«

»Ja.« Christina nickte und versuchte, selbst daran zu glauben. »Ich weiß. Das tut er immer. Irgendwann wird er wieder vernünftig.«

Sie sah hinüber zu Marion, die am Türrahmen lehnte, beide Hände in den Taschen ihrer Jeans. Ihre Blicke trafen sich, und Christina glaubte zu wissen, was Marion dachte:

Typisch Bulle.

7 - Minus 168 Stunden - Torben

»Wenn du was brauchst ...«

Den Rest des Satzes ließ Ase in der Luft hängen. Der Vice warf den anderen einen Blick zu und räusperte sich verlegen.

Zu dritt hatten sie vor seiner Tür gestanden, um ihm zu sagen, was er bereits wusste: Toby war tot. Sein Bruder. Erschossen.

»Also, Tobbe ...«

Der Klang seines alten Nicknames hinterließ einen schmerzhaften Stich in seiner Brust. Er runzelte überrascht die Stirn, sah die drei Männer an und fragte sich einen Augenblick, was sie überhaupt von ihm wollten.

»Was ...« Selbst in seinen Ohren klang seine Stimme schleppend und heiser. Er blinzelte und schwieg. In der kleinen Wohnung war es still. Er hörte die Küchenuhr. Tick. Tick. Tick.

Die drei wirkten nervös, ruckten unbehaglich mit den Schultern. Ase kratzte sich am Kopf.

»Wir gehen dann mal.«

Einen Moment blieben sie stehen, als warteten sie auf etwas. Allmählich begriff er, dass ein anderer Mann in einem anderen Leben aufgestanden wäre, sie zur Tür begleitet, ihnen auf die Schulter geklopft und sich für ihren Besuch und ihre Anteilnahme bedankt hätte.

Aber er war kein anderer. Nur Torben Schneider, Bruder von Tobias. Der jetzt tot war.

Ase gab ein kurzes Zeichen mit der Hand, sie drehten sich um und gingen zur Tür. Die Skelett-hand auf dem Dreiteiler zeigte ihm den Mittelfinger, dann waren sie weg. Er hörte auf der Treppe noch ihre schnellen Schritte. Die Motoren der Bikes klangen, als wären sie erleichtert, wegzukommen. Ab in die Freiheit. Ab ins Leben.

Tick. Tick. Tick.

Er legte die Hand auf seine linke Brustseite, spürte das Klopfen unter den Rippen – regelmäßig wie eine Maschine. Oder eine Uhr. Vielleicht eine Zeitbombe. Aber warum tat es da weh?

Tobbe. Er war lange nicht mehr so genannt worden. Zum letzten Mal, als er sein Patch abgegeben hatte. Damals, wenige Monate nach seiner Rückkehr aus der Hölle. Er blinzelte, sah aus dem Fenster, bis alles um ihn herum versank wie in trüben, grauen Fluten. Tiefer. Und tiefer.

Ein heißer Schmerz zwang seine Aufmerksamkeit auf seine Finger. Die Zigarette war heruntergebrannt. Er konnte sich nicht daran erinnern, sich eine angesteckt zu haben.

Doch wie so oft holte der Schmerz ihn wieder an die Oberfläche. Gedanken kehrten zurück und mit ihnen auch die Kraft, sich zu bewegen. Er drückte die Kippe auf der Tischplatte aus, ließ sie liegen und griff zur halb vollen Bierflasche. Die warme, schale Flüssigkeit rann in seine Kehle. Der bittere Geschmack erinnerte ihn daran, dass er am Leben war. Toby nicht.

Fuck.

Toby war der Lebendige von ihnen beiden gewesen. Der, der jede Sekunde ausgekostet hatte – auf seinem Bike, im Club, mit seiner Kleinen. Ein hübsches Ding. Wie hieß sie noch? Lara oder Leonie oder Laura. Irgendwas mit L. Er hatte sie erst einmal gesehen. Vielleicht würde er sie bald wiedersehen. Am Tag von Tobys Beerdigung.

Torben streckte die Hand nach dem Bild aus, das auf dem Tisch zwischen Aschenbecher, leeren Flaschen und alten Zeitschriften lag. Der Rahmen war an einer Seite angeschlagen, unter der abgeplatzten dunklen Farbe schimmerte helles Holz. Auf dem Foto waren sie beide zu sehen. Arm in Arm standen sie vor der Tür des Clubhauses der Wild Rascals Rendsburg und grinsten in die Kamera, als gehörte ihnen die Welt. Toby und Tobbe. Nicht nur Club-, sondern auch leibliche Brüder.

Plötzlich verstand er, dass seine Zeitrechnung eine weitere Markierung bekommen hatte: Jetzt war die Zeit nach seiner Rückkehr zusätzlich eingeteilt in vor und nach Tobys Tod.

Er schluckte. Alles fühlte sich trocken an – sein Mund, seine Haut. Vor allem aber sein Herz. Trocken und zäh wie ein Stück Dörrfleisch. Schlug es noch?

Tick. Tick. Tick.

Gleichmäßig wie die Küchenuhr.

Verficktes Leben.

Er drehte sich zum kleinen Tisch neben dem Sofa um. Zwei Dosen lagen darauf, beide aus blankem Metall, die eine rund und klein, die andere viereckig und groß wie ein Ziegelstein. Eine Weile schwebte seine Hand über der runden Dose, dann entschied er sich für die andere. Aus besonderem Anlass. Der Blechkasten klapperte, als er ihn vor sich auf den Tisch stellte. Er strich mit der Hand darüber. Es war ein Sarg. Ein Sarg aus Blech. Wie würde Tobys Sarg aussehen? Würden sie ihn einäschern? Die Eltern waren bestimmt dagegen, wollten ein anständiges Grab mit Stein und Blumen und allem. Was hatte Toby gewollt? Hatte sein Bruder überhaupt je darüber nachgedacht, so wie er? Er wollte nichts. Keine Feier. Und schon gar kein Grab. Eingeäschert und verstreut werden. Verschwinden und vergessen sein. Endgültig. Manchmal freute er sich darauf.

Scheiße, Toby. Der alte Sensenmann hat einen Fehler gemacht. Ich bin der, den er eigentlich hätte holen sollen.

Torben klappte den Deckel auf und starrte eine Weile auf das schmale Lederetui und die Ampullen. Ein kostbarer Vorrat von vier Ampullen à fünfzig Milliliter, die er sorgsam hütete, weil sie für ihn kaum zu beschaffen waren. Ein wertvolles Elixier für besonders dunkle Momente. Wie der Tod seines Bruders.

Bedächtig nahm er das Etui aus dem Kasten. Er öffnete es, schraubte die Injektionsnadel auf die Spritze aus Glas und Metall, durchstach den Gummistopfen der Ampulle und zog einen Milliliter auf. Dann wickelte er den Gummischlauch um den Oberarm, zog ihn an und beobachtete, wie die Adern anschwollen. Er ließ sich Zeit mit der Auswahl der Vene und dem Ansetzen der Kanüle. Er hatte keine Eile, er verspürte keinen Drang. Es war beinahe eine heilige Zeremonie. *Trauerfeier für Toby.* Den Einstich spürte er kaum. Langsam drückte er den Stempel der Spritze runter, öffnete die Stauung und fühlte, wie das Ding in seiner Brust das Blut und mit ihm das Morphium durch seinen Körper pumpte. Nach wenigen Augenblicken entfaltete sich die Wirkung: Der dumpfe Schmerz ließ nach, er wurde leichter, schwebte davon, eingehüllt in etwas, das alle Leiden dämpfte – sogar die, die schlimmer waren als die physischen. Er ließ sich in das Sofa zurücksinken und gab sich dem Vergessen hin.

8 - Minus 167 Stunden, 30 Minuten - Chester

Der Fahrer hatte Chester auf seinen Wunsch hin nahe an der Förde abgesetzt. Der staubige Parkplatz war voll besetzt, die meisten Autos waren Kombis mit Kindersitzen auf der Rückbank. Auf dem gut gepflegten Minigolfplatz daneben herrschte Hochbetrieb. Zwischen Rosenbüschen und Chinaschilf konnte er erkennen, wie die Spieler von Bahn zu Bahn schlenderten. Gegenüber auf dem Naturspielplatz vergnügten sich zwei Kinder. Kreischend ließen sie sich von einer Seilbahn über die Wiese tragen, während ihre Eltern ihnen von einer Bank aus zusahen. Den kleinen Hügel hinab ging es zum Strand, die Förde schimmerte zwischen den Bäumen hindurch. Doch er wollte nicht zum Wasser. Er wollte die Wohnstraßen entlangspazieren, sich umsehen. Und bei der Gelegenheit – natürlich – etwas über das Ziel seines neuen Auftrags herausfinden.

Chester schulterte seine Jacke und die Laptop-Tasche.

Solitude.

Die Einheimischen sprachen diese Gegend mit einem Umlaut aus, den Chester nicht über seine Lippen brachte. Einsamkeit, Abgeschiedenheit. Das mochte früher so gewesen sein, bevor die Stadt gewachsen war und betuchte Flensburger hier Grundstücke gekauft und sich niedergelassen hatten. Mittlerweile war Solitüde ein ruhiges Wohngebiet mit Einzel- und Doppelhäusern, kleinen Villen, großen Bungalows, dazwischen Häuser unter Reet.

Gemächlich schlenderte er die Straßen entlang, registrierte das Spielzeug auf der Rasenfläche des einen Gartens, den mit einem grünen Netz abgedeckten Teich im nächsten. Unter den Carports standen SUVs aller großen Automobilhersteller – Mercedes, Audi, VW, einige Porsche Cayennes. Wer hier wohnte, musste bestimmt nicht jeden Cent dreimal umdrehen.

Und da war sie endlich, Hausnummer 23: eine großzügige Doppelhaushälfte, ein moderner, weißer Würfel mit viel Glas. Die Fensterfront zeigte Richtung Förde, und Chester hätte Wetten darauf abgeschlossen, dass man von dort aus das Wasser sehen konnte.

Die Terrassentür stand offen. Zwei Kinder saßen auf dem Rasen neben einem quadratischen Gehege, in dem ein Meerschweinchen hockte. Eines der Kinder hielt ein zweites Meerschweinchen auf dem Schoß und fütterte es mit einer Möhre. Eine Frau trat auf die Terrasse hinaus und stellte ein Tablett mit Gläsern und einem Saftkrug auf den Teakholztisch. Dann kam ein blonder Mann in Jeans und Freizeithemd aus dem Haus, legte seine Arme von hinten um sie und küsste sie auf die Wange.

Der Mann hieß Axel Bender, geboren am 23. März 1978, verheiratet mit Annika. Zwei Kinder: Niels, 7 Jahre, und Jette, 5. Sie war Lehrerin an einer Grundschule in Mürwik, Bender arbeitete als Sekretär von Paul Ohnesorge, dem derzeitigen Pressesprecher der Regierungspartei des Landes Schleswig-Holstein. Beide verließen das Haus morgens um sieben Uhr dreißig. Die Frau in Richtung Schule, Bender fuhr nach Kiel, um in der Landeshauptstadt seinen Job zu machen. Ausnahmen waren aktuelle Termine, von denen es diese Woche einige gab. Mittwoch würde Bender in Flensburg bleiben, wegen der feierlichen Grundsteinlegung für ein soziales Wohnungsbauprojekt, an der Ohnesorge teilnehmen würde. Das war der Zeitpunkt, den Chester für die Erledigung des Auftrags am günstigsten hielt. Zweiundsiebzig Stunden von jetzt an.

Während er in sonntäglicher Gelassenheit am Haus vorbeischlenderte, prägte er sich jede Einzelheit ein: Benders Aussehen, seine Art, sich zu bewegen, die Marken der beiden in der Auffahrt stehenden Wagen, ihre Kennzeichen, jeden einzelnen Aufkleber.

Weder Bender noch seine Frau schien ihn zu bemerken. Sie waren ineinander versunken. Aber sie wirkten nicht glücklich. Keiner von ihnen lachte. Die Wahrscheinlichkeit, dass ihre Sorgen mit seinem Auftrag zu tun hatten, war groß. Viele seiner Ziele hatten eine Ahnung, was ihnen bevorstehen könnte. Aber das kümmerte Chester nicht. Er hatte einen Job zu erledigen. Nicht mehr und nicht weniger.

9 - Minus 163 Stunden - Duke

Keine Viertelstunde, und er hatte sich in einen Häftling verwandelt. Zumindest äußerlich. In dem Raum, in dem Neuankömmlinge eingekleidet wurden, hatte er Handy und Schmuck ablegen müssen – die silbernen Ohrringe, den Ring, die Kette mit dem Totenkopf der Wizards. Dann hatte er sich zum zweiten Mal an diesem Tag ausziehen müssen. Vollständig. Der Kämmerer und die beiden Knastwärter sahen zu. Vielleicht wollten sie den Häftlingen damit einen Teil ihrer Identität nehmen, die erste Kerbe schlagen, um sie zu brechen. Nun gut, sollten sie es versuchen, an ihm würden sie sich die Zähne ausbeißen. Er trug seine Identität für jeden sichtbar auf der Haut, mit schwarzer und grüner Tinte und rund hundert Stichen pro Sekunde eintätowiert.

Duke zog die Gefängniskleidung an. Sie fühlte sich hart an und roch nach dem gleichen Industriewaschmittel, das sie auch in Krankenhäusern verwendeten. Aber sie war besser als der Einmal-

Overall. Der Kämmerer notierte jedes einzelne Kleidungs- und Schmuckstück sowie die Inhalte seiner Hosentaschen und legte alles in eine Box. Das dauerte, er wartete. Warten würde er in der kommenden Zeit oft genug. Bis zum Erbrechen.

»Fragen Sie Ihre Familie, ob die Ihnen Wäsche bringen können.« Der Kämmerer verschloss die Box mit einem Deckel und reichte ihm einen Stapel Ersatzklamotten. Socken, Unterwäsche, T-Shirt. »Sonst bekommen Sie welche von der Justizvollzugsanstalt gestellt.«

Duke nickte. Er würde mit Vering sprechen. Der Stapel auf seinen Armen wuchs, als noch Bettwäsche, Handtücher, Waschlappen, Plastikgeschirr und Besteck dazukamen.

»Fertig.«

Ein lauter Summton ertönte, eine Tür öffnete sich. Augenblicklich roch es nach Knast. Nach dieser ganz eigenen Mischung aus Reinigungsmitteln, abgestandener Luft, Schweiß, Kartoffelflocken, Bratensoße und irgendwelchen weiteren zwar unbekannten, aber immer gleichen Zutaten. Wer diesen Geruch einmal in der Nase hatte, vergaß ihn nie. Er bleibt im Hirn kleben. Forever.

»Kommen Sie.«

Duke trat in den Flur und hatte den Eindruck, zehn Jahre in der Zeit zurückzureisen. Es sah hier fast so aus wie in Glasgow: der breite Flur, das Neonlicht, der graue Boden, die bis zur Mitte hellbraun, darüber in trübem Gelb gestrichenen Wände; rechts und links Metalltüren mit massiven Schlössern und einer Klappe in Augenhöhe zum Hindurchgucken.

Die beiden Wärter begleiteten Duke zu seiner Zelle. Einer von ihnen trug eine Schlüsseltasche, der andere hielt mit seiner Hand ständigen Kontakt zum Pfefferspray an seinem Gürtel. Wenn er lange genug bliebe, würde er ihre Dienstpläne kennen. Wissen, welche Wärter miteinander klarkamen und welche nicht. Welche Teams locker waren. Vor allem aber wer noch einsaß, wie die anderen Gefangenen tickten. Wen er kannte. Mit wem er die Hierarchie ausdiskutieren musste. Und wem er lieber aus dem Weg ging, weil Psychopathen für klärende Gespräche unempfänglich waren. So wie in Glasgow.

Etwa in der Mitte des Flurs stand eine Tür offen, vor der die beiden Schließer stehen blieben. Die Zahl 9 stand in Schwarz neben der Tür.

Nine lives. Der Wahlspruch der Wizards. Da hatte jemand offenbar Humor.

»Das ist Ihre Zelle«, sagte der mit der Schlüsseltasche. Ein kleiner, pummeliger Mann in den Dreißigern, dessen Bauch jetzt schon über den Gürtel ragte und bei guter Pflege eines Tages die Gürtelschnalle verdecken würde. Er hatte sich als Jansen vorgestellt. Der andere hieß Freese. Herr Jansen und Herr Freese. Immer höflich bleiben. In Glasgow nannten alle die Knastwärter »Screw«. Duke fragte sich, ob die hier in Flensburg diesen Ausdruck kannten.

»Gehen Sie bitte hinein«, sagte Freese. Er war kaum jünger als Pummelchen, wirkte aber deutlich sportlicher. Duke tat ihm den Gefallen, ging in die Zelle und war zum ersten Mal positiv überrascht. Der Raum war um einiges größer als die Zelle in

Glasgow, und das Mobiliar machte zwar einen gebrauchten, aber sauberen Eindruck. Wenn auch die Ausstattung gleich war: Bett, Tisch, Stuhl, ein schmaler Spind, ein Fenster gegenüber der Tür, eine Heizung an der hellgrün getünchten Wand, ein Waschbecken und ein Klo, beides aus Edelstahl. Das war's. Einfach, überschaubar. Doch im Vergleich zum Knast in Glasgow richtig komfortabel.

Er legte seinen Wäschestapel auf das Bett und warf einen Blick ins Klo – auch das war sauber, er konnte sich fast in der Schüssel spiegeln.

»Hier ist die Fahne«, sagte Jansen und deutete auf einen Knopf an der Wand direkt neben der Tür. »Die sollten Sie nur im Notfall benutzen. Sie wissen, was wir unter Notfall verstehen?«

Duke nickte. In Glasgow hatte ein Typ die Screws geärgert und die Fahne benutzt, um nach einer Flasche Wasser zu fragen oder zu melden, dass er keinen Fernsehempfang hatte. Der Mann war anschließend durch einige schwere Wochen gegangen. Allerdings hatte kaum jemand Mitleid mit ihm gehabt. Wer sich so blöd anstellte ...

»Wecken ist um sieben«, fuhr Jansen fort. »Frühstück gibt es um acht, Mittag um zwölf, Abendbrot um sechs, um zehn wird das Licht ausgeschaltet. Sie haben eine Stunde Hofzeit am Tag. Wann die in Ihrem Fall ist, wird der Direktor noch festlegen. Über Gemeinschaftszeiten und Beschäftigungen wird der Richter entscheiden. Sollten Sie einen Fernseher oder ein Radio haben wollen, müssen Sie einen Antrag stellen, das Gerät müssen Ihre Angehörigen besorgen. Besuch können Sie zu den Besuchszeiten empfangen, sofern er richterlich genehmigt wurde. Sie dürfen Briefe schreiben und erhalten, allerdings wird die Post kontrolliert. Außerdem können Sie lesen. Sie bekommen morgen eine Liste der ausleihbaren Bücher, Sie kreuzen an, was Sie haben möchten. Montags und donnerstags werden die Bücher geliefert oder abgeholt. Freitags ist Einkauf. Die Liste mit Lebensmitteln und Toilettenartikeln muss bis Mittwoch zwölf Uhr vorliegen, sonst können Ihre Wünsche für die kommende Lieferung nicht mehr berücksichtigt werden. Selbstverständlich wird die Liste kontrolliert, alle von Ihnen bestellten Güter müssen genehmigt werden.«

Duke musste sich das Lachen verkneifen. Er und lesen? Wie sollte das funktionieren? Und wie sollte er eine Liste schreiben?

»Haben Sie noch Fragen?«

»Wie sieht es mit Zigaretten aus?«

Die beiden Wärter sahen sich an.

»Mit dem Abendessen bekommen Sie eine Schachtel, die Kosten werden Ihnen in Rechnung gestellt. Das gilt auch für den Einkauf. Am besten sagen Sie Ihrem Anwalt oder Ihren Angehörigen, dass sie Ihnen Geld auf Ihr Anstaltskonto überweisen, damit solche Ausgaben abgedeckt sind.«

Jansen trat zur Seite.

»Wir wünschen einen ruhigen Aufenthalt.«

Täuschte er sich oder zuckte Freeses Mundwinkel dabei spöttisch? Arsch!

Die Tür vor ihm schlug zu, der Schlüssel drehte sich im Schloss. Duke konnte hören, wie die Riegel einschnappten. Ein Geräusch, ebenso unverwechselbar und unvergesslich wie der Geruch.

Die Klappe vor dem Spion bewegte sich hörbar. Einer der beiden Screws beobachtete ihn. Eine weitere Demonstration ihrer Macht. Die Schließer konnten ihn beobachten, wann sie wollten. Und nicht immer würde er es hören. Man konnte die verdammte Klappe nämlich auch lautlos öffnen. Noch etwas, mit dem er auf unbestimmte Zeit klarkommen musste.

Duke drehte sich um und ging zum Fenster. Unter ihm lag der von einem Drahtzaun und roten, mit Stacheldraht versehenen Backsteinmauern eingefasste Hof. Hinter der Mauer konnte er das Tor erkennen, durch das sein Transport gefahren war. Andere Zellenfenster konnte er nicht sehen, egal, wie sehr er auch den Kopf drehte.

Unten im Hof hielten sich etwa zwei Dutzend Gefangene auf. Einige schlenderten zu zweit in langsamen Schritten im Kreis und redeten, andere zu dritt oder viert. Duke kam keiner von ihnen bekannt vor. Besonders interessant war ein schwarzhaariger Mann, groß und breitschultrig, die Muskeln sichtbar im Fitnessstudio gepimpt. Er ging allein, eine Hand in der Hosentasche, und rauchte. Doch Duke bemerkte, dass die anderen ihn beobachteten. Und dass er seinerseits alle im Blick hatte, auch wenn es aussah, als interessierten ihn nur die Spitzen seiner Sneakers. Gelegentlich löste sich einer aus den Gruppen, schloss zu ihm auf, wechselte ein paar Worte und kehrte zu seinen Leuten zurück. Dieser Mann stand an der Spitze der Gefangenenhierarchie. Mit ihm galt es, die Standpunkte zu klären. Wenn er überhaupt den Hofgang in Anspruch nehmen würde.

Ein Pfiff ertönte und die Häftlinge kehrten unter Aufsicht der Schließer ins Gebäude zurück. Duke wandte sich vom Fenster ab. Mehr Informationen konnte er zu diesem Zeitpunkt nicht erhalten. Damit musste er warten, bis ihm das Essen gebracht wurde. Also inspizierte er das Waschbecken und das Klo – drehte den Wasserhahn auf, betätigte die Spülung. Dann setzte er sich auf das Bett. Die Matratze war nicht sehr hart, zum Glück auch nicht durchgelegen, das Kopfkissen war flach. Die Decke bestand aus diesem dünnen Material, unter dem man sich nach kurzer Zeit wie unter Gewächshausfolie fühlte. Frieren würde er jedenfalls nicht.

Er legte den Wäschestapel auf den Tisch, faltete das Laken auseinander und zog es über die Matratze. Dann kam der Kopfkissenbezug an die Reihe. Die Bettwäsche war blau kariert. Richtig schick ...

Draußen auf dem Flur wurde es lebhaft. Schlüssel klapperten, eine Zellentür wurde geöffnet, Sprachfetzen. Duke erkannte das Geräusch der Räder eines Kantinenwagens auf Linoleum. Essenszeit.

Das erste Abendbrot. Üblicherweise verteilte ein Kalfaktor, ein Gefangener, unter der Aufsicht von Schließern das Essen – ein Job, um den sich mancher riss. Es war eine Vertrauensstellung. Außerdem kam man rum und konnte mit Brot und Kartoffeln mit Soße Nachrichten austauschen und Botschaften liefern.

Die Geräusche kamen näher. Duke war gespannt.

Der Schlüssel drehte sich im Schloss, die Riegel fuhren zurück.

»Moin, das Abendbrot.«

Die beiden Schließer blieben neben der Tür stehen, der Kalfaktor mit dem Tablett in den Händen in ihrer Mitte. Er war ein dünnes, unscheinbares Jüngelchen mit raspelkurzen Haaren, kaum älter als zwanzig. Seinem Äußeren nach zu urteilen, konnte er höchstens Kaugummis geklaut haben. Aber Duke ließ sich nicht täuschen. Der Kleine vor ihm hatte die Verschlagenheit einer Ratte. Einer jener Typen, die einem ergeben folgten, bis sie einen größeren Arsch gefunden hatten, den sie lecken konnten.

»Du bist neu«, stellte der Rattenkerl fest. Seine Stimme passte zu seinem Äußeren. Eine Stimme, in der »sofort, Boss« und »Sie haben recht, Boss« immer richtig klangen.

»Seit ein paar Stunden.«

»Nicht aus Flensburg? Gebürtig, meine ich.«

»Nein. Glasgow.«

Duke nahm ihm das Tablett ab, und der Kalli streifte mit dem Blick die Tätowierungen auf seinen Armen. Er sah ihn kurz an. Und Duke war sicher, noch innerhalb dieser Runde würden die anderen Häftlinge erfahren, dass seit heute in Zelle neun ein Wizard einsaß.

»Wenn du Nachschlag haben willst, wir kommen noch mal rum.« Der Kalli zwinkerte ihm zu und ging.

Die Tür wurde geschlossen, die Riegel schnappten zu. Duke stellte das Tablett auf dem Tisch ab und setzte sich. Das Geschirr war aus weißem Kunststoff, das Messer mäßig scharf und aus Weichmetall. Auf dem Teller lagen zwei Scheiben Kastenbrot, eine Scheibe Wurst und Käse, zwei Päckchen Butter, ein Schälchen mit Salat – Gurken- und Tomatenscheiben, die in einem wässrigen Dressing schwammen –, eine PET-Flasche Wasser, ein Becher aus Plastik.

Er sollte sich eine dritte Scheibe Brot geben lassen. Wahrscheinlich hatte der Kalli bei seiner zweiten Runde eine Botschaft für ihn. Vielleicht von dem Schwarzhaarigen?

Als der Kantinenwagen wenig später wieder vor seiner Tür stehen blieb, stand Duke auf, als die Tür geöffnet wurde.

»Möchtest du noch mehr?«

Er nickte und der Kalli reichte ihm mit einer Brotzange eine Scheibe. »Neun Leben verdienen Respekt. Schönen Abend noch, Duke.«

Dann wurde die Tür wieder geschlossen.

Duke setzte sich. Er hatte dem Kalli seinen Namen nicht genannt, ergo gab es hier jemanden, der ihn kannte.

So beschissen die vor ihm liegende Zeit sein mochte – ein Wizard hatte überall Freunde. Sogar in der Hölle.

10 - Minus 161 Stunden, 30 Minuten - **Christina**

Sie stand am Fenster und starrte in den Garten hinaus. Eine Amsel flog unter lautem Gezeter über den Rasen, Möwen kreischten am Himmel, in der Batteriestraße fuhr ein Auto vorbei. Da draußen ging das Leben seinen gewohnten Gang. Wie überall. Nur hier nicht. Fröstelnd zog sie die Schultern hoch und rieb sich die Arme. Kaum zu glauben, dass

Sommer war, dass ein angenehm lauer Sommerabend bevorstand. Es war trocken, nicht zu heiß – ideales Wetter, um mit dem Bike eine kleine Tour zu unternehmen. Nach Dänemark rüber oder auf die andere Seite der Förde Richtung Glücksburg. Nur sie und Duke. Das Vibrieren des Motors spüren, den Fahrtwind im Gesicht, ihre Hände um seine Taille und an seine Hüften legen, den Duft von Leder einatmen. Manchmal kitzelten seine Haare in ihrem Gesicht, wenn der Wind es schaffte, eine Strähne seines Zopfes unter dem Helm hervorzuzupfen. Es war der richtige Moment für einen Ride. Wäre es gewesen.

Denn Duke war nicht da.

Christina lehnte den Kopf gegen die Fensterlaibung, schloss die Augen und riss sie gleich wieder auf. In der Dunkelheit war die Stille noch größer, noch erdrückender, noch schmerzhafter. Kein Klappern irgendwo in der Wohnung, kein Wasserrauschen, keine Stimme, kein Handy, keine startende oder heranrollende Harley. Noch vor zwei Stunden hatten die ganzen Leute hier im Haus sie nervös gemacht. Sie hatte sich danach gesehnt, einfach nur still im Bett zu liegen und sich die Decke über den Kopf zu ziehen. Marion hatte es gemerkt – natürlich war sie es gewesen – und alle in ihrer direkten Art hinausbefördert: Steffi, Big J und Carina, Steve, Sabrina, Bert und sich selbst. Christina war ins Bett gewankt, hatte sich auf die Seite gedreht, die Decke bis über die Augen gezogen. Sie hatte ihrem Atem gelauscht. Und war dann aufgesprungen, zutiefst verzweifelt, weil es nur ihr eigener Atem war, den sie hören konnte. Die tiefen, gleichmäßigen Atemzüge, die sie so sehr liebte, und die ihr jeden Tag und jede Nacht das Gefühl gaben, geliebt zu werden, fehlten.

Nach kilometerlangen, ziellosen Wanderungen durch die Wohnung wünschte sie sich Marion und die anderen wieder her. Sie hatten ihr versprochen zu kommen. Jederzeit. Sie hatte sogar schon das Telefon in der Hand gehabt, um anzurufen – und es zur Seite gelegt. Sie alle hatten Familien, um die sie sich kümmern mussten.

Wieder setzte Christina zu einer Wanderung an. Ihr Blick fiel auf die Uhr im Flur. Zwanzig vor sieben. Ob sie in den Regionalnachrichten Dukes Verhaftung melden würden? Torsten Vering, der Anwalt, der die Wizards in allen Belangen vertrat, war für eine halbe Stunde da gewesen und hatte ihr ein paar Dinge erklärt: Dass Duke jetzt in Untersuchungshaft war. Sie musste einen Antrag stellen, wenn sie ihn besuchen wollte. Jeder Gegenstand, jede Nachricht, jeder Brief würde kontrolliert. Aber er hatte auch erwähnt, dass der Richter heute lediglich der Bereitschaftsrichter gewesen war, und dass Duke im Laufe der Woche einen Termin beim zuständigen Haftrichter haben würde. Bis dahin wollte Vering alles tun, um genug Argumente zu sammeln, die eine Untersuchungshaft überflüssig machten. Ein winziger Hoffnungsschimmer. Vielleicht gab es schon Neuigkeiten? Auch wenn sie die bestimmt eher von Torsten Vering als durch die Nachrichten erfahren würde.

Eine Weile stand sie unentschlossen vor dem Fernseher. Sie konnte Dukes Stimme in ihren Gedanken hören. *»Willst du dir wirklich diesen Scheiß geben, den die in den Medien erzählen?«*

69

Sie zögerte. Wollte sie? Nein. Aber vielleicht sagten sie wenigstens, dass es Duke gut ging. Vielleicht konnte sie ihn sogar sehen. Also schaltete sie das Gerät an und kauerte sich mit angezogenen Beinen auf die Récamiere. Zuerst ging es um eine Frau, die einen neuartigen Kindergarten eröffnet hatte. Dann kam der Bericht über den toten Rascal, der während einer Party der Wizards erschossen worden war. Es wurden Bilder vom Festplatz gezeigt – das Banner mit dem Logo der Wizards über der Einfahrt, das Festzelt, ein paar Bikes. Männer in Kutten fuhren auf ihren Motorrädern weg, schüttelten beim Blick auf die vorgehaltenen Mikrofone den Kopf oder hielten den erhobenen Mittelfinger in die Kamera. Ein Foto zeigte den Toten Tobias S. mit einem dicken schwarzen Balken über den Augen. Der Pressesprecher der Regierung des Landes Schleswig-Holstein, Paul Ohnesorge, stand vor einem Mikrofon und erklärte, dass die zuständigen Behörden in Alarmbereitschaft versetzt worden waren. Niemand würde einen Rockerkrieg in Flensburg dulden, und er verbürgte sich für ein hartes Durchgreifen. Und dann kam es: Ein amtlich aussehendes Foto von Duke, das Gesicht zum Teil verpixelt. Und doch erkannte sie ihn – sein Haar, sein Kinn, die beiden Ringe im linken Ohrläppchen. »Der dringend tatverdächtige Neil M. wurde bereits dem Haftrichter vorgeführt.« Sie zeigten Polizisten, Duke in ihrer Mitte. Sie konnte ihn nur von hinten sehen, seine Hände, die in Handschellen steckten. Er trug das T-Shirt, das er gestern Abend angehabt hatte. Es war grün wie die Schrift der Wizards, und an den Bündchen der Ärmel stand in weißen Buchstaben »WoD FL«. Die Hand eines Beamten lag auf seinem Rücken. Sie wusste genau, wie sich diese Stelle anfühlte: sein Trapezmuskel unter der Haut, die Schulterblätter rechts und links daneben. Warum konnte es nicht ihre Hand sein, die ihn dort berührte?

Die Polizisten schoben ihn irgendwohin, im Hintergrund konnte sie die Umrisse einer Tür erkennen. Sie drängten ihn unsanft in die Richtung, fast grob. Und zum ersten Mal dachte sie an das Wort, das sie aus den Mündern der anderen ständig hörte, mit der gleichen Wut:

Bullen.

Montag

11 - Minus 148 Stunden - **Duke**

Es war Montag. Ein beschissener Montagmorgen. Duke fühlte sich wie gerädert, was allerdings nicht am Bett lag. Er hatte schon deutlich unbequemer gelegen und trotzdem tief und fest geschlafen. Nein. Es lag am Knast. An den Metalltüren mit den riesigen Schlössern. Den Gittern vor dem Fenster. Den Geräuschen auf dem Flur – Schritte, Rufe, das Klimpern von Schlüsseln. An der Kälte der nackten Wand in seinem Rücken. Am Geruch der Wäsche. An den Gedanken an Christina, die Brüder, sein Bike, die sich in der Nacht nicht bannen ließen.

Aber er kannte das und er würde da durchkommen. In Glasgow hatte er zweieinhalb Jahre geschafft. Zweieinhalb Jahre, die laut Gesetz berechtigt gewesen waren. Er hatte einen Polizisten niedergeschlagen, das konnte und wollte er nicht leugnen. Dies hier würde nicht so lange dauern. Diesmal war er unschuldig. Ob der Aufenthalt eine Woche, einen Monat oder länger dauerte, war dabei unerheblich. *Wenn die Knasttüren hinter dir zufallen, ist es besser, du gibst die Gedanken an die Zukunft, an ein »Was-wäre-wenn« und »Wie-lange-noch« zusammen mit deiner persönlichen Habe ab. Nimm Tag für Tag für Tag. Das macht es einfacher.*

Die Tür wurde geöffnet.

»Moin, Herr McKinnley, Ihr Frühstück.«

Wieder blieben die Schließer draußen. Der Kalli war ein anderer. Ein Typ, wie man ihn eher in einer Bank oder einer Versicherung vermuten würde. Wahrscheinlich ein gefallener Wirtschaftsfuzzi ohne nennenswerte Kontakte hinter Gittern. Er schaute Duke nicht an, als er ihm das Tablett reichte. Aber manchmal waren gerade diese Typen gefährlich. Sie waren oft die Ersten, die in der Haft zerbrachen, die sich den Screws anbiederten und für sie Augen und Ohren offen hielten. Da waren ihm Ratten wie der Kalli von gestern lieber: ihnen traute er aus Prinzip nicht.

»Guten Appetit«, sagte der Mann ohne jeden Augenkontakt, dann war er auch schon wieder draußen.

»Ihr Anwalt will Sie sprechen.« Der Schließer schwang den riesigen Schüsselbund in seiner Hand. »In einer halben Stunde werden Sie abgeholt.«

Das Frühstück unterschied sich nur geringfügig vom Abendbrot: statt des Salats gab es Marmelade und anstelle von Wasser einen großen Becher Kaffee mit abgepackten Zuckerwürfeln und zwei Schälchen Milch. Kontinentales Standardfrühstück.

Duke setzte sich. Er hatte Hunger. Und der Kaffee war gar nicht mal schlecht.

Der Besuchsraum war klein und recht ansprechend eingerichtet: Die Wände waren in einem Grün gestrichen, das man mit ein bisschen Wohlwollen als freundlich bezeichnen konnte. Zwei Stühle mit senfgelbem Polster standen vor einem Tisch mit hellgrauer Platte, der am Boden festgeschraubt war. An der Decke hingen drei Überwachungskameras, die jeden Winkel des Raumes abdeckten. Rote Lämpchen zeigten an, ob die Kameras gerade auf Sendung waren. Das einzige Fenster war vergittert, eine Neonröhre verbreitete ihr kaltes Licht. Auch wenn die Einrichtung keinen ästhetischen Ansprüchen genügte, so verbreitete sie doch eine deutlich angenehmere Atmosphäre als die in den anderen Räumen im Knast.

Torsten Vering saß schon am Tisch, vor sich ein paar Stapel Papier ausgebreitet, seine lederne Aktenmappe neben sich. Er blickte auf, erhob sich, und Duke fiel auf, dass er die gleiche Kleidung wie gestern trug. Der Anwalt sah müde und zerknittert aus.

»Guten Morgen, Herr McKinnley.« Vering streckte ihm die Hand entgegen. »Konnten Sie schlafen?«

Duke verzog das Gesicht.

»Es ging schon mal besser.«

»Na, dann sind wir ja beide bestens ausgeruht. Setzen Sie sich.«

Duke ließ sich auf den Stuhl fallen und registrierte, dass die Lampe der Kamera in der rechten Ecke erlosch. Möglicherweise waren sie mit einem Bewegungsmelder ausgestattet. Oder blieb dieses Gespräch vertraulich?

»Lassen Sie sich von den beiden Justizvollzugsbeamten dort«, Vering deutete zu den Wärtern, die sich vor der Besuchertür und vor der Tür für die Häftlinge postiert hatten, »nicht stören, sie können da draußen nichts hören.«

Duke sah zu, wie sie langsam die Tür schlossen, als seien sie nicht sicher, ob sie das Richtige taten.

Dann war er mit Vering allein. Das rote Lämpchen an der Kamera blieb aus.

Vering fuhr sich durch das Haar.

»Ich erkläre Ihnen die Formalitäten, bevor wir uns dem Geschehen am Samstag zuwenden. Einverstanden?«

Duke nickte.

»Das Wichtigste zuerst: Sie haben vorläufig den Status eines Häftlings in Isolationshaft. Aber ...«

»Iso? Holy fuck! Warum das?«

Der Anwalt seufzte.

»Sie gelten als gewalttätig und gefährlich, Herr McKinnley. Außerdem gehören Sie als Wizard zu einer Gruppe mit einem ausgedehnten Netzwerk. Man will offenbar kein Risiko eingehen. Aber das wird nur eine vorübergehende Maßnahme sein, der notwendige Antrag zur Befreiung von diesem Unsinn ist gestellt. Einer von Hunderten.« Er stützte den Ellenbogen auf, hob die goldfarbene Brille an und rieb sich die Nase darunter. »Der Richter, der gestern Ihren Haftbefehl verkündet hat, war der Bereitschaftsrichter. Die juristischen Feinheiten und Grundlagen dürften Sie kaum interessieren. Wichtig ist allerdings, dass Sie das Recht haben, dem zuständigen Haftrichter vorgeführt zu werden, sofern Sie damit einverstanden sind. Was ich Ihnen dringend raten würde.«

»Aha. Das heißt?«

»Der zuständige Haftrichter ist die Person, die Ihre Untersuchungshaft gegen Auflagen außer Vollzug setzen kann. Für Sie bedeutet das, dass Sie zum Beispiel gegen Kaution und tägliche Kontrolle auf einem Revier das Gefängnis verlassen dürften. Das ist mein Ziel.«

»Meins auch. Wann kann ich den Haftrichter sehen? Heute?«

Vering schüttelte den Kopf.

»Ich weiß es nicht. Es kommt darauf an, wann ein Termin frei ist. Deshalb kann es ein paar Tage dauern. Aber in der Regel nicht länger als eine Woche.«

»Fuck. Wie ich mein Glück kenne ...«

»Ich bin ja da, damit es nicht mit Glück, sondern buchstäblich mit rechten Dingen zugeht. Und glauben Sie mir, die Richter und Staatsanwälte kennen mich. Die meisten jedenfalls.«

Duke lächelte. Es war kein Zufall, dass Torsten Vering die Flensburger Wizards vertrat.

»Der zuständige Staatsanwalt ist Gideon Funke. Ein junger Kollege, der erst seit zwei Monaten in Flensburg ist. Und bevor Sie fragen: Ich habe keine Ahnung, warum man ausgerechnet ihm den Fall gegeben hat. Ich habe versucht, mehr über ihn herauszufinden. Auch unter dem Gesichtspunkt, ob er bereits Fälle im MC-Milieu bearbeitet hat. Ich konnte nichts finden.«

»Ist das eher gut oder eher schlecht?«

Vering runzelte die Stirn, und Duke deutete das als schlechtes Zeichen.

»Sagen wir so: Hier hat Herr Funke sich bisher um einen Ladendiebstahl und eine Körperverletzung gekümmert und beides ordentlich und korrekt abgewickelt, ohne übertriebene Härte. Dieser Fall wird sein bedeutsamster in Flensburg sein, vielleicht in seiner ganzen Karriere. Das heißt, dass er im Rahmen seines Temperaments – das ich noch nicht einschätzen kann – nervös sein wird. Aber er wird sich auch extrem gut vorbereiten, um keinen Fehler zu machen.«

»Also muss ich es auf mich zukommen lassen.«

»Ja, so könnte man es sagen. Natürlich wird sich auch die Polizei darum reißen, mit Ihnen zu sprechen. Das sollten Sie nur in meinem Beisein tun. Aber das brauche ich Ihnen wohl nicht zu sagen, Sie kennen sich ja aus.«

Duke nickte und biss die Zähne zusammen. Und ob. Er wusste genau, wie die Bullen einem das Wort im Mund umdrehen konnten.

Vering blätterte in den Papieren vor sich.

»Hier sind noch ein paar Besucheranträge, die ich dem Richter gleich vorlegen werde. Frau Dr. Christina Martens.« Er sah kurz auf. »Ihre Ehefrau?«

Christina. Der Gedanke, sie in dieser Umgebung zu sehen, traf Duke mit einer Wucht, als sei er ihm jetzt zum ersten Mal gekommen. Er räusperte sich, bevor er antwortete.

»Nein. Freundin. Oder Partnerin. Wir wohnen zusammen.«

»Also Ihre Lebensgefährtin. Gut. Das wird wohl kein Problem darstellen. Ihre Clubbrüder haben alle einen Antrag gestellt, und wenn ich sage, alle, dann meine ich das so. Ich sage Ihnen ganz ehrlich, Herr McKinnley: Die Wahrscheinlichkeit, dass einer Ihrer Brüder Sie besuchen darf, ist verschwindend gering. Aber wir stellen die Anträge trotzdem. Und sei es nur, um ...«

Der Anwalt ließ den Rest des Satzes im Raum hängen, sein Blick zuckte kurz zur Tür, dann zwinkerte er leicht. Duke verstand.

Und sei es nur, um den Behörden mehr Arbeit zu machen als nötig!

Er rieb sich mit dem Daumen über die Lippen, um sein Grinsen zu kaschieren.

»Haben Sie zu diesem Teil noch Fragen?«

»Ja. Wie kann ich Sie erreichen?«

»Sie? Sie können mir einen Brief schreiben.«

»Mr. Vering, ich kann nicht lesen oder schreiben. Ich bin Legastheniker.«

»Ah! Da war ja was. Gut, dass Sie das erwähnen. Das muss ich schriftlich festhalten und einen Antrag einreichen, damit Absprachen mit Ihnen mündlich getroffen und entsprechend zu Protokoll gebracht werden können. Etwas umständlich, aber kein Problem.« Vering kritzelte etwas auf seinen Block und malte einen Kringel darum. »Wenn Sie mit mir sprechen wollen, geben Sie einem der Justizvollzugsbeamten Bescheid. Je nachdem, wie der Richter über meinen diesbezüglichen Antrag entscheidet, wird dieser Wunsch an mich weitergeleitet. Telefonieren wäre einfacher. Aber ich glaube nicht, dass der zuständige Richter eine Ausnahme macht – nicht einmal in diesem besonderen Fall.«

»Okay.«

»Und nun lassen Sie uns den Ablauf vom Samstag rekonstruieren. Erzählen Sie am besten alles vom Eintreffen der Rascals an.«

12 - Minus 146 Stunden - **Torben**

Er setzte sich. Der Rattansessel quietschte und knarrte unter seinem Gewicht, als würde er jeden Augenblick zusammenbrechen. Dabei war er knapp über einen Meter achtzig groß und stark untergewichtig. Mittlerweile. Früher war das anders gewesen. Fett war er zwar nie gewesen, dafür durchtrainiert, muskulös. Auch das war vorbei.

Der Stuhl ihm gegenüber knarrte ebenfalls, als sich Frau Schmidts-Heinrich setzte, seit elf Monaten seine Therapeutin. Vorher war es Dr. Dabbelstein gewesen, ein kleiner, kahlköpfiger Mann mit Fistelstimme. Die anderen in der Gruppe hatten vermutet, dass Dabbelstein geschasst worden war, weil keiner von ihnen auch nur den Ansatz von Respekt vor dem Däumling gehabt hatte. Torben war das scheißegal. Ein Psychologe war ebenso gut oder schlecht wie der andere. Und einen Knall hatten sie auch alle. Dabbelstein mit seiner Fistelstimme ebenso wie die Schmidts-Heinrich mit ihrer schwarzen, hochtoupierten Mähne und den komischen Fummeln, mit denen sie wohl ihre üppige Figur kaschieren wollte. Heute war es etwas Grünes, das ihn an eine Fahne erinnerte. Tatsächlich war es der gleiche Grünton wie in der afghanischen Flagge.

»Wie fühlen Sie sich heute, Herr Schneider?«

Torben sah an Frau Schmidts-Heinrich vorbei aus dem Fenster und versuchte, nicht dem Sog ihrer Kette aus großen, bunten Holzperlen nachzugeben. Manchmal fragte er sich, ob sie deshalb diese auffälligen Ketten trug – damit man nicht anders konnte, als sie anzustarren.

»Herr Schneider?«

Ihm fiel ein, dass sie eine Frage gestellt hatte. Und er konnte sich sogar erinnern, was sie ihn gefragt hatte.

»Gut«, sagte er und legte die Hände locker auf die Oberschenkel.

»Gut?«

Es klang nicht überrascht, sondern nach einer Feststellung. Eine Feststellung, die ihm oft das Gefühl gab, die falsche Antwort gewählt zu haben. Ein weiterer Trick dieser Frau: ihn mit ihrer stets freundlich unverbindlichen Stimme anzusprechen, die sich kaum hob oder senkte, keine Emotionen erkennen ließ. Manchmal brachte sie ihn damit so zur Weißglut, dass er ihr den fetten Hals umdrehen könnte. Doch er hütete sich davor, sich gehen zu lassen, und starrte dann lieber auf den grauen Teppichboden oder eines der bescheuerten Bilder an der Wand – Muscheln, Steine, aufgeschichtete runde Kiesel. Als hätte man einen Dreijährigen morgens an den Strand geschickt und abends fotografiert, was er im Eimer hatte. Wenn es ganz schlimm war, zählte er die Sachen auf den Fotos. Immer wieder.

»Sie sagten gut?« Die Olle war hartnäckig.

»Ja.«

»Ihr Bruder ist gestorben.«

Scheiße. Das war diesmal tatsächlich die falsche Antwort gewesen. Er hatte nicht daran gedacht, wie schnell sich Nachrichten herumsprachen.

»Ja. Am Samstag. Er wurde erschossen.«

»Nimmt Sie das gar nicht mit?«

Was weißt du alte Schlampe davon, ob mich der Tod meines Bruders mitnimmt oder nicht?

Doch er verzog keine Miene. Er sah kurz auf seine Hände, um sich zu vergewissern, dass sie sich nicht ineinander verkrampften oder zu Fäusten ballten, sondern immer noch locker auf seinen Oberschenkeln lagen.

»Natürlich. Ich bin traurig. Toby war mein Bruder.«

»Und warum sagen Sie dann, es gehe Ihnen gut?«

Weil es das ist, was du hören willst, damit du deinen verfickten Haken machen und in deinem monatlichen Bericht die richtigen Worte benutzen kannst. Damit ich wieder in meine Wohnung zurückkann, statt in eine beschissene Wohngruppe oder Klinik eingewiesen zu werden.

»Es ist mir bloß rausgerutscht«, sagte er und heftete jetzt den Blick auf das gerahmte Foto hinter ihr. Neun Kieselsteine übereinandergestapelt. Damals in der Klinik hatten sie das auch machen müssen. „Meditative Therapie" hatten sie es genannt. Bis einer von ihnen mit dem größten der Steine das Fenster eingeworfen hatte. Danach hatten sie keine Steinchen mehr übereinanderstapeln müssen. »Ich habe es so dahingesagt. Weil die Leute in meinem Haus mich das fragen, wenn ich sie im Treppenhaus treffe. Dabei interessiert es sie nicht wirklich. Und dann antworte ich immer mit "gut". Automatisch.«

»Sie treffen Ihre Nachbarn im Treppenhaus?«, hakte sie gleich nach. »Wohin sind Sie unterwegs?«

»Zum Einkaufen. Der Supermarkt ist nur zwei Straßen weiter. Oder ich komme vom Einkaufen zurück. Außerdem habe ich begonnen, jeden Tag eine halbe Stunde spazieren zu gehen.«

»Schön! Das freut mich.« Sie kritzelte etwas auf ihren Block. Glück gehabt. Gerade noch rechtzeitig wieder in Deckung gegangen und überlebt. Manchmal funktionierte sein Gehirn noch. »Sie machen gute Fortschritte, Herr Schneider. Aber ich möchte auch, dass Sie wissen, dass ich nicht Ihre Nachbarin bin. Ich interessiere mich für Sie und möchte wirklich wissen, wie es Ihnen geht.« Sie lächelte. Es sollte wohl freundlich sein. „Empathisch" war das Wort, das sie hier gern gebrauchten. »Der Tod Ihres Bruders macht Sie also traurig?«

Torben sah ihr kurz ins Gesicht mit der auffälligen, schwarz-roten Brille und dem knallroten Lippenstift. Ob sie für jede Kette die passende Brille hatte? Am liebsten hätte er sie ihr von der Nase gerissen und ihr eine rechts und links auf die blauen Augen gezimmert. Er senkte seinen Blick auf seine Hände.

»Ja.«

»Und was ist mit Ihnen? Wollen Sie auch sterben? Haben Sie Selbstmordgedanken?«

Sterben?

Seit seiner Rückkehr war kein Abend vergangen, an dem er sich nicht gewünscht hatte, dass es endlich vorbei wäre. Kein Morgen, an dem er dieses schlagende Ding in seiner Brust nicht für seine Zähigkeit verflucht hatte. Aber Selbstmord? Das wäre feige. Und unfair all jenen gegenüber, die es nicht rausgeschafft hatten, die dort verreckt waren: die Erschossenen, Geköpften, Verbrannten, von

Explosionen Zerfetzten. Selbstmord wäre zu glatt, zu einfach. Kein Schlussstrich, sondern nur ein feiges Desertieren. Aber das würde eine wie die Schmidts-Heinrich nicht begreifen. In hundert Jahren nicht.

Torben hob seinen Kopf und sah sie an, schaute direkt in die blauen Augen, hielt ihrem Blick hinter den Brillengläsern stand, schaffte es, sich nicht ablenken zu lassen, nicht einmal von den riesigen Holzperlen um ihren fetten Hals.

»Nein«, sagte er mit fester Stimme, seine Hände lagen ruhig und locker auf den Oberschenkeln. Die Zeit war perfekt für seine Lüge. Wie sich seine Zehen in den Schuhen verkrampften, konnte sie schließlich nicht sehen. »Ich will leben.«

13 - Minus 145 Stunden - **Duke**

Vering war locker eine Stunde lang den Ablauf des Samstags durchgegangen, wieder und wieder. Wann wer wo gewesen war, wann er mit wem gequatscht hatte, worüber er gesprochen hatte, wo er die Rascals gesehen hatte, wer bei Toby gewesen war, warum es zu der Meinungsverschiedenheit gekommen war. Alles bis ins letzte Detail. Duke war froh, dass er an dem Abend kaum etwas getrunken hatte. Sein Gedächtnis funktionierte einwandfrei. Trotzdem gab es noch viele Unklarheiten in dem Fall. Vering wollte Einsicht in die Akten des Staatsanwalts haben, den Obduktionsbericht sehen. Lauter Anträge, die er in der Nacht vorbereitet hatte und dem Richter gleich im Anschluss vorlegen wollte. Wann die Anträge jedoch bearbeitet wurden, war eine andere Sache. Behörden eben, die hatten ihre eigene Zeitrechnung. Duke hätte Wetten darauf abgeschlossen, dass die Amtsdiener seine Anträge lieber zweimal durch das Gebäude trugen, nur um das Verfahren hinauszuzögern.

Die Zeit kroch dahin, ohne dass er sie messen konnte. Es gab hier keine Uhr, und so hatte er als einzige Maßeinheit den Rhythmus der Anstalt – Essenszeiten, Licht an, Licht aus. Dazwischen gab es nichts für ihn zu tun, als zu warten: auf Vering, auf den Staatsanwalt, auf Besuch, auf das Mittagessen. Auf den Hofgang, zu dem ihn zwei Schließer abholen wollten, hatte er verzichtet. Erst mal. Stattdessen hatte er sich Gesicht und Haare mit kaltem Wasser gewaschen, ein Handtuch auf den Boden gelegt und Liegestütze gemacht, anschließend Situps, Klimmzüge am Fensterbrett, und das Bett gestemmt, bis er schwitzte. Er war durchtrainiert, machte regelmäßig Sport, lief täglich seine zehn Meilen. Es dauerte lange, bis die ersten Schweißtropfen kamen.

Duke wusch sich nach dem Training mit kaltem Wasser, trocknete sich ab, zog frische Klamotten an und legte das Handtuch wie einen Schal um seinen Nacken. Dann setzte er sich aufs Bett und lehnte den Kopf gegen die Wand. Durch das vergitterte Fenster konnte er ein rotes Backsteingebäude sehen. Wolken zogen träge über den Himmel, zwischen ihnen blitzten Streifen von Blau hervor. Eigentlich sollte er nachdenken, ob ihm noch etwas einfiel. Jedes winzige Detail könne wichtig sein, hatte Vering gesagt. Stattdessen war nur Christina in seinem Kopf. Wie es ihr wohl ging? Sie war stark, sie würde es schaffen, daran zweifelte er nicht. Dennoch hätte sie bestimmt ebenso gern auf diese Erfahrung verzichtet wie er.

Fuck.

Ihm fiel ein, dass er um Zeichensachen bitten konnte: einen Block, Bleistifte, Kohle oder Kreide. Besser wäre gewesen, er hätte gleich heute früh mit Vering darüber gesprochen. Bestimmt musste ein Antrag gestellt werden – schließlich konnte er Acrylfarben schlucken und sich damit vergiften, oder er stürzte sich auf einen der Wärter und erstach ihn mit einem Bleistift. Als unberechenbarer Gewalttäter, der er ja war. Bei dem Gedanken musste er grinsen.

Einen Augenblick dachte er darüber nach, ob er einem der Schließer sagen sollte, dass er seinen Anwalt sprechen wollte. Doch er verwarf den Gedanken wieder. Vering würde sowieso kommen, Zeichenutensilien brauchte er nicht unbedingt. Eines hatte er im Knast schnell gelernt: Jede Bitte um ein Privileg, und seien es nur ein Stift und Zeichenpapier, gab dem System die Möglichkeit, dafür oder dagegen zu entscheiden. Damit erhielten sie Macht über ihn. Das durfte er nicht zulassen. Also, sofern möglich, würde er die Screws um nichts bitten. Pardon: Justizvollzugsbeamten.

Als hätten sie auf das Stichwort gewartet, hörte er, wie die Zellentür geöffnet wurde. Ob es schon Zeit zum Mittagessen war?

»McKinnley?« Der Wärter, der den Kopf zur Tür hereinstreckte, hieß Müller. »Besuch für Sie.«

Duke blinzelte überrascht. Wurden die Anträge in Deutschland so schnell bearbeitet? Es konnte doch höchstens drei Stunden her sein, dass Vering sich verabschiedet hatte.

»Besuch? Wer ist es?«

»Herr Bender.«

»Bender?«

Das war keiner der Brüder. Duke versuchte sich zu erinnern, ob er den Namen schon mal gehört hatte. Hatte Vering ihn genannt? War das der Staatsanwalt, der ihn in die Mangel nehmen wollte? Aber sollte der nicht Gideon Funke oder so heißen? Und würde er überhaupt mit dem Staatsanwalt selbst reden? Normalerweise hielten die sich zurück. Oder lief das in Germany anders? Vielleicht war Bender ein Bulle. Oder ein Journalist. Ein Verwandter von Toby? Der Anwalt der Familie? Es gab tausend Möglichkeiten! Nur eins konnte er ausschließen: Dieser Bender war bestimmt kein Rascal.

»Ich kenne keinen Bender. Wer ist das?«

Müller zupfte an seinem grauen Spitzbart und zuckte gelangweilt die Schultern. Offenbar gehörte er zu der Kategorie Wärter, die im Knast ebenso ihre Stunden absaßen wie die Häftlinge – mit dem Unterschied, dass sie Kohle dafür bekamen und nach Ablauf von acht Stunden gehen durften. Eigentlich waren das die angenehmsten Typen. Sie wollten keinen Ärger, weder mit Vorgesetzten noch Kollegen oder Häftlingen, und waren eher bereit, mal im entscheidenden Moment nicht so genau hinzusehen.

»Der Mann heißt«, Müller warf einen Blick auf einen Zettel, »Axel Bender. Sie haben das Recht, den Besuch abzulehnen.«

Duke dachte einen Moment nach. Vering würde sauer sein, das war schon jetzt klar. Aber es interessierte ihn, wer ihn da sehen wollte. Zum Reden würde ihn niemand zwingen können.

»Ablehnen? Fuck. Wieso? Ich habe gerade nichts Besseres vor.«

Duke stand auf. Der andere Wärter – sie kamen immer zu zweit – wartete auf dem Gang. Es war Lehmann. Ein junger, muskulöser Typ mit stechend blauen Augen, das blonde Haar ordentlich zur Seite gescheitelt.

Lehmann wartete, die Hand am Gürtel, bis Müller die Zellentür abgeschlossen hatte. Dass seine Finger dabei das Pfefferspray berührten, registrierte Duke sehr wohl. Auch solche Wärter gab es offenbar überall: Typen, die die Macht genossen, die ihnen dieser Job verlieh, und die sie missbrauchten, sobald man ihnen den Rücken zudrehte.

Im Besucherraum wartete ein blonder Mann in einem gut sitzenden grauen Anzug auf Duke. Er stand am Fenster, beide Hände in den Hosentaschen, und sah hinaus. Anwalt? Banker? Versicherungsmensch? Journalist? Bulle? Duke hätte es nicht sagen können.

»Herr Bender, McKinnley ist da.«

Bender drehte sich um. Sein Gesicht war mit hektischen roten Flecken übersät, die Krawatte hing wie ein loser Strick um seinen Hals, die oberen Knöpfe am Hemdkragen waren geöffnet. Offensichtlich war ihm heiß oder zumindest der Kragen zu eng. Der Raum war klimatisiert, daran lag es also nicht.

»Danke.«

Bender nickte den beiden Wärtern zu und sie verließen den Raum. Wer war dieser Typ?

»Bitte, setzen Sie sich, Herr McKinnley.« Keine Begrüßung. Bender deutete auf einen der beiden Stühle. Duke nahm Platz. Ihm fiel auf, dass die roten Lämpchen an den Überwachungskameras erloschen waren. Keine Schließer, keine Aufnahmen. Also blieben nur zwei Möglichkeiten: Bender hatte Einfluss, und was auch immer das hier werden sollte, sollte unter vier Augen bleiben; oder es war eine Falle.

Duke tippte auf Letzteres und dachte kurz daran, aufzustehen und zu gehen. Niemand konnte ihn zwingen. Doch da war etwas in Benders Gesicht, das ihn stutzig machte. Die Dinge waren nicht so klar, wie sie auf den ersten Blick zu sein schienen.

»Sie fragen sich bestimmt, wer ich bin und was ich von Ihnen will.«

Bender stützte sich auf der grauen Tischplatte ab und knetete seine Hände. Sein Blick huschte durch den Raum, als sei er auf der Flucht. Der Mann war nervös, daran bestand kein Zweifel. Duke lehnte sich in seinem Stuhl zurück. Er hatte keinen blassen Schimmer, was der Typ von ihm wollte. Freund oder Feind? Nicht einmal das hätte er sagen können. Er konnte die Situation nicht einschätzen. Deshalb war es das Beste, abzuwarten, Bender das Tempo zu überlassen und mit allem zu rechnen. Er lockerte Nacken und Schultern, legte die Hände auf die Armlehnen, atmete bewusst ruhig und gleichmäßig.

»Mein Name ist Axel Bender. Ich bin ...« Seine Stimme klang trocken, als ob ihm die Zunge am Gaumen klebte, die Zungenspitze fuhr über die Lippen. »Ich bin der Sekretär von Paul Ohnesorge.« Er sah kurz auf – der erste direkte Augenkontakt. »Sagt Ihnen der Name etwas?«

Duke wusste sofort, von wem die Rede war. Doch er blieb ruhig.

»Ist das der Politiker?«

»Ja. Den meine ich. Aber ...« Wieder huschte Benders Zunge über seine Lippen, zwei Finger wanderten zu seinem Kragen und zerrten daran. Sein Blick irrte über die Tischplatte, zum Fenster und wieder zurück zu seinen Händen. »Ich bin nicht in seinem Auftrag hier. Jedenfalls nicht ganz. Dieser Besuch ist zwar angeordnet, aber das, was ich Ihnen sagen will, geht auf meine Kappe. Sozusagen. Verstehen Sie?«

»Nein.«

Bender rieb sich die Stirn.

»Es ist auch kompliziert und für Erklärungen habe ich zu wenig Zeit. Viel zu wenig. Sonst fällt es auf. Deshalb ...« Er hustete, hielt sich dabei die Hand vor den Mund. »Sie müssen mir versprechen, dass nichts von dem, was hier gesagt wird, nach außen dringt. Nicht ein Wort. Versprechen Sie mir das?«

Bender hob den Blick, und diesmal blieb der Augenkontakt länger bestehen. Er hatte dunkle Ränder unter den Augen, das Weiße wirkte entzündet, das rechte untere Lid zuckte. Und Duke wurde klar: Bender war nicht aufgeregt oder nervös. Bender hatte Angst. Eine Scheißangst, die ihm den Schweiß aus allen Poren trieb. Er konnte es förmlich riechen. Unter dem teuren Aftershave und dem Waschmittel roch er sauren Angstschweiß. Das hier war keine Drohung, keine Vernehmung. Nicht der Versuch, einen Deal auszuhandeln oder ihm eine Falle zu stellen. Und schon gar kein Scherz.

Duke nickte, ohne den Blick von dem Mann abzuwenden.

»Sie haben mein Wort.«

Bender schloss die Augen. Seine Hand zitterte, als er sich die Nasenwurzel rieb, und einen Moment dachte Duke, er würde einen Rückzieher machen, aufstehen und gehen. Doch dann holte Bender tief Luft, sah Duke an, und plötzlich klang seine Stimme ruhig und fest.

»Ich kannte Tobias Schneider. Und ich weiß, warum er erschossen wurde.«

14 - Minus 144 Stunden - **Christina**

Sie ließ das Wasser in ihre hohlen Hände laufen und tauchte ihr Gesicht hinein. Als sie sich aufrichtete, war ihr Haar über der Stirn und an den Schläfen nass, Wasser tropfte auf ihren weißen Kittel. Egal. Es war nur Wasser. Die Kälte tat gut. Ihr war immer noch übel. Nicht mehr so schlimm wie nach dem Aufstehen heute früh, aber sie hätte sich bestimmt wieder übergeben, wenn sie noch etwas im Magen gehabt hätte. In weiser Voraussicht hatte sie auf das Frühstück verzichtet.

Sie riss ein paar Papiertücher aus dem Spender und begann, sich abzutupfen. Aus dem Spiegel über dem Waschbecken starrte ihr ein Gesicht entgegen, das ihr nur vage bekannt vorkam: bleich, hohlwangig, mit dunklen Rändern unter den geröteten Augen.

Weißt du was? Du siehst beschissen aus.

Die Tür hinter ihrem Rücken öffnete sich und Susanne Lewandowski kam ins Arztzimmer.

»Hier bist du.«

Ihre Blicke trafen sich kurz im Spiegel.

»Nicht stören bitte, wir haben eine Besprechung«, rief Susanne den Schwestern zu, die im Stationszimmer zu hören waren, dann schloss sie die Tür sorgfältig.

»Was ist los, Christina?«

Christina drehte sich um und öffnete den Mund. Sie wollte Susanne von dem Toten erzählen, dem schrecklichen Verdacht, der auf Duke lastete, und von seiner Verhaftung. Von den quälenden Stunden, ihrer Angst, ihrer Ohnmacht, ihrer Wut. Doch alles, was sie sagen konnte, war:

»Hast du die Nachrichten gesehen?« Und dann brach sie in Tränen aus. Schon wieder. Warum heulte sie nur immerzu? Man hätte meinen können, dass Duke im Sterben lag. Dabei war er nur in Untersuchungshaft. Vorübergehend, bis seine Unschuld bewiesen war. Was schon bald der Fall sein würde.

»Ja. Ich habe es gehört«, sagte Susanne und nahm sie in die Arme. »Schöne Scheiße.«

»Das ist noch untertrieben.« Christina wühlte in ihrer Kitteltasche nach einem Taschentuch und putzte sich die Nase. Sie war wütend auf sich. »Duke war es nicht. Er hat den Mann nicht erschossen.«

»Und warum wurde er verhaftet?«

»Ein blödes Zusammentreffen. Die beiden hatten sich im Laufe des Abends gestritten. Und es war Duke, der ihn gefunden hat.«

Susannes grüne Augen waren fest auf sie gerichtet.

»Christina, bitte verstehe mich nicht falsch. Ich schätze dich als Kollegin und als Mensch. Ich mag dich. Und ich weiß, dass du niemals mit einem Mann zusammenleben würdest, der eiskalt Menschen umbringt. Du bist viel zu sensibel. So ein Typ könnte dich niemals über Monate hinweg täuschen und dir den lieben Kerl vorspielen. Aber Duke ...« Sie machte eine Pause, als wären ihre Worte ein Minenfeld, in das sie sich vortasten musste. »Ich meine, er ist ein Rocker. Die Wizards stehen nicht umsonst ständig in den Zeitungen. Er war schon mal im Gefängnis, und ...«

»Und deshalb soll er diesen Mann umgebracht haben?« Christina schnappte nach Luft. Sie war so wütend, dass sie darüber für einen Moment sogar ihre Übelkeit vergaß. »Hört ihr alle euch eigentlich reden?«

»Bitte, Christina, so meine ich das nicht.« Susanne legte ihr eine Hand auf den Arm, und am liebsten hätte sie die abgeschüttelt, doch etwas im Gesicht der Kollegin hielt sie davon ab. »Nein. Ich meine, vielleicht haben sich die beiden noch mal gestritten. Duke wurde bedroht, er hat sich gewehrt und den anderen getötet. Aus Notwehr. Oder im Affekt, oder wie das heißt. Wäre das nicht möglich?«

Christina beruhigte sich wieder, schüttelte langsam den Kopf.

»Nein.«

»Warum nicht?«

»Weil Duke es sagen würde. Mir, den anderen, seinem Anwalt. Er lügt nicht.«

»Sicher?«

»Ja.«

Susanne fixierte sie mit ihren hellen grünen Augen.

»Okay«, sagte sie schließlich und nickte. »Ich glaube dir.«

»Danke«, sagte Christina leise. Sie dachte an das Telefonat mit ihrer Mutter gestern Abend, das ganz anders verlaufen war. Und schon wieder war ihr zum Heulen. »Das weiß ich zu schätzen. Davon gibt es nämlich nicht viele.«

»He!« Susanne nahm sie wieder in den Arm. »Wenn Duke es nicht gewesen ist, wird seine Unschuld bald bewiesen sein.«

»Hoffentlich.«

»Bestimmt. Wann darfst du ihn denn besuchen?«

Christina zuckte mit den Schultern.

»Der Anwalt stellt zuerst einen Antrag. Den muss der Richter, glaube ich, prüfen und genehmigen. Wie lange das dauert, konnte Herr Vering mir nicht sagen. Die anderen aus dem Club meinten aber, dass gerade im Fall von MC-Membern die Fristen bis zum Letzten ausgereizt werden. Das heißt also warten. Bis dahin ...«

Wieder flossen die Tränen. Der Weinkrampf schüttelte sie. Sie konnte sich nicht mehr auf den Beinen halten und ließ sich auf das schmale Bett fallen, das für den Diensthabenden frisch bezogen war.

Was bist du nur für eine Heulsuse! Zum Glück können dich die anderen nicht sehen.

»Hör mal, Christina, geh nach Hause.«

»Aber ...«

»Das entscheide ich jetzt als Ärztin. Du siehst aus, als könnte dich der nächste Luftzug aus den Puschen blasen. Du bist nicht dienstfähig. Ich piepe Sebastian an, damit er das bestätigt.«

Noch ehe Christina es verhindern konnte, hatte Susanne das Telefon gegriffen und eine Nummer gewählt. Wie aus weiter Ferne hörte sie die Worte, während sie zusammengesunken auf der harten Bettkante hockte und ihr nasses Taschentuch in den Händen zu einem Ball knetete.

»Er ist gleich da«, sagte Susanne, ließ sich neben ihr auf dem Bett nieder und legte einen Arm um ihre Schultern. »Und dann gehst du nach Hause.«

15 - Minus 142 Stunden - Chester

»Hier sind die Schlüssel und die Papiere.« Der Mitarbeiter der Autovermietung winkte mit beidem und kam um den Tresen herum. Er war jung und wirkte sportlich und motiviert in seinem Sakko. Zu motiviert für Chesters Geschmack. Wenn es um einen Auftrag ging, waren ihm die antriebs- und ehrgeizlosen Angestellten großer Betriebe lieber. Die machten ihren Job und erinnerten sich bereits nach fünf Minuten weder an Namen noch Gesichter. Doch manchmal geriet man auch dort an Leute wie diesen Herrn.

»T. Özlan« stand auf einem silberfarbenen Schild am Revers.

»Kommen Sie, Herr Sheldon, ich zeige Ihnen, wo Ihr Fahrzeug steht.« Der Bursche hatte sich sogar den Namen auf dem Führerschein gemerkt.

Gut, dass das Dokument eine Fälschung war. Chester nahm seine Reisetaschen und folgte ihm über den Hof, auf dem etwa ein Dutzend Wohnmobile parkte.

»Das ist es.« Sie blieben vor einem Caravan stehen, der ziemlich neu aussah. Er war etwas kleiner als die anderen. Ein Zwei-Mann-Mobil hatte Özlan es genannt. Für Chesters Ansprüche und Zwecke war es völlig ausreichend.

»Wann soll ich es zurückbringen?«

»Wegen der Kaution sind Sie sicher? Sie möchten, dass wir das Geld auf das Konto dieser Stiftung überweisen?«

Chester nickte. Er hatte vorhin nur angedeutet, dass er aus familiären Gründen die Kaution auf das Konto der Stiftung zur Leukämieforschung überweisen lassen wollte. Der Mann hatte ihn daraufhin mitleidig angeguckt, aber nicht weiter nachgefragt. Wie immer in solchen Fällen.

»Da Sie die vollständige Summe im Voraus bezahlt haben, reicht es, wenn Sie das Fahrzeug in der Nacht zu Montag vollgetankt auf dem Hof abstellen. Schlüssel und Papiere werfen Sie einfach in den Briefkasten.«

Chester nahm den Schlüssel entgegen. Dann öffnete er die schmale Tür zum Wohnbereich, wuchtete seine Reisetaschen hinein und schob sie in den Innenraum.

»Die Papiere, Herr Sheldon.« Özlan reichte ihm eine Klarsichthülle mit dem Fahrzeugschein. »Am besten bewahren Sie den im Handschuhfach auf. Falls Sie ihn vergessen sollten, werden wir ihn bei der Endreinigung finden. Wo liegt eigentlich Wolverhampton?«

Das war der Wohnort, der in seinem auf den Namen George Sheldon ausgestellten Ausweis angegeben war – ein Name, den Kontinentaleuropäer üblicherweise mit anderen britischen Städten verwechselten. Southampton zum Beispiel. An Wolverhampton erinnerte sich normalerweise niemand. Mit Ausnahme von Herrn Özlan.

»Etwa 180 Kilometer nordwestlich von London«, antwortete Chester und lächelte. Dabei prägte er sich Gesicht, Gestalt und das Bewegungsmuster Özlans ein. Für den Fall, dass man seine Spur bis zu der Autovermietung zurückverfolgte und Özlans Gedächtnis nachhaltig gelöscht werden musste.

Er stieg in die Fahrerkabine und nahm auf dem komfortablen Fahrersitz Platz.

»Wollen Sie jetzt nach Dänemark hoch?«

»Mal sehen«, sagte Chester, stellte den Sitz ein und justierte Rück- und Seitenspiegel. »Kommt auf das Wetter an.«

»Immer der Sonne hinterher? Das ist das beste Argument für unsere Wohnmobile.« Özlan strahlte. »Dann wünsche ich Ihnen einen schönen, erholsamen Urlaub!«

Chester startete den Wagen, der Mann von der Autovermietung trat einen Schritt zurück und er rollte vom Hof.

Zuerst fuhr er über die Landstraße zu einem Dorf mit einem Supermarkt und kaufte ein: Brot, Konservendosen, Marmelade, Milch, Kaffee. Verpflegung für drei Tage. Anschließend blieb er ein paar Minuten auf dem Parkplatz stehen. Es war erst kurz nach zwei, in den Büros wurde noch gearbeitet. Das hieß, dass er den Rest des Tages noch sinnvoll nutzen konnte.

Für seinen Auftrag gab es vorerst zwar nichts zu tun, darum würde er sich in der Nacht kümmern, aber er konnte im Internet nach abgelegenen, leer stehenden Mietimmobilien suchen. Da gab es noch eine alte Rechnung, die er über die Jahre sträflich vernachlässigt hatte und die endlich beglichen werden musste. Sein Aufenthalt in Flensburg war wie ein Wink des Schicksals, dieses Problem in Angriff zu nehmen. Die Voraussetzungen waren ideal.

Der Major hatte davon keine Ahnung. Das hier war privat. Ganz allein seine Angelegenheit. Niemand würde davon erfahren. Abgesehen vom Rechnungsempfänger natürlich.

16 - Minus 134 Stunden - **Duke**

Er lag auf dem Bett und starrte an die Decke. Auf dem Flur quietschten die Sohlen eines Wärters, der auf dem Weg zum Kontrollraum oder Klo war. Das Licht war eben ausgeschaltet worden, aber draußen war es noch nicht dunkel und er konnte die Möbel erkennen: das schmale Regal, den Tisch, den Stuhl.

Der zweite Tag im Knast war gelaufen. Vering war optimistisch, dass er etwas mit dem zuständigen Richter aushandeln konnte – eine Aussetzung der U-Haft gegen Kaution oder irgendwelche Auflagen. Wenn es nach ihm ginge, würde er lieber morgens, mittags und abends den Bullen auf einem Revier einen Besuch abstatten, als die ganze Zeit in dieser öden Zelle zu hocken. Noch dazu unschuldig.

Am späten Nachmittag hatten zwei Cops ihn sprechen wollen. Er hatte dankend abgelehnt und war in seiner Zelle geblieben.

Never talk to cops.

Das war die Essenz seiner eigenen Erfahrungen und der seiner Brüder. Selbst mit einem Anwalt an deiner Seite solltest du die Klappe halten und ihm das Reden überlassen. Das wussten die Bullen zwar, trotzdem versuchten sie es immer wieder. Folglich war ihr Auftauchen keine Überraschung gewesen.

Im Gegensatz zu Bender. Das war ein ganz anderes Kaliber.

Er musste mit Bert sprechen, unbedingt. Und mit Vering natürlich. Vor allem sollte der Club wissen, welche Lawine da auf ihn zurollte. Das Problem war nur, dass sein Besuchskontingent für den Tag ausgeschöpft war. Telefonieren durfte er ohnehin nicht, einen Brief schreiben konnte er nicht – außerdem wurde die Post kontrolliert und somit würde der Haftrichter Bescheid wissen. Bis Bert oder einer der anderen Brüder aber eine Besuchserlaubnis hatte, konnten Tage oder sogar Wochen vergehen. Zeit, die sie möglicherweise nicht hatten. Es war zum Verrücktwerden.

Es fiel ihm schwer, Bender, den karrierebewussten Business-Mann mit seinem gut sitzenden Anzug, gebügelten Hemd und Krawatte mit Toby in Verbindung zu bringen: einem Rocker durch und durch, an dessen Hals die 146 eintätowiert war – der Zahlencode für den Wahlspruch der Rascals: »Admired. Dreaded. Free. – Bewundert. Gefürchtet. Frei«. Ein Mann wie Bender fuhr einen SUV oder eine Mittelklasse-Limousine, lebte mit Frau und Kindern in einem Reihenhaus und trug Leder an den Füßen oder als Aktenmappe. Doch Bender hatte ihm erzählt, dass er Toby seit vielen Jahren kannte. Sie hatten als Kinder in derselben Straße gewohnt und die gleiche Schule besucht. Dann hatten sie sich aus den Augen verloren, bis Bender und Toby sich vor wenigen Wochen in Rendsburg durch Zufall wieder getroffen hatten. Sie hatten sich zu einem Bier verabredet, geredet, alte Zeiten aufleben lassen, sich trotz der deutlichen Unterschiede in Lebenslauf und -stil gut verstanden. Und nun war Toby tot.

Als Bender mit seiner Geschichte begonnen hatte, hatte sie Duke an die Verschwörungstheorien erinnert, die sich Supporter und die am Rande der Bikerszene stehenden Leute gelegentlich ausdachten: Ein Rockerkrieg sollte von Polizei, Politik und Presse provoziert werden, um Justiz und Politik die nötigen Argumente für ein endgültiges Verbot der Motorradclubs zu liefern. Doch das sei nur eine Zwischenetappe, denn das Endziel sei die permanente Überwachung der Bürger. Solche Gerüchte waren keine Neuigkeiten. Es hatte sie schon gegeben, als er noch als zehnjähriger Steppke zu Hause in Glasgow am Gitterzaun der Werkstatt gestanden und den Wizards beim Schrauben ihrer Bikes zugesehen hatte. Doch etwas an Benders Story unterschied sich deutlich von diesen Hirngespinsten. Sie war erschreckend vorstellbar. Vielleicht lag es an der spürbaren Angst und Nervosität eines Mannes, der sich ausschließlich in gutbürgerlichen Kreisen bewegte. Oder daran, dass Bender nicht von einem drohenden Überwachungsstaat, sondern nur von den unerwünschten Motorradclubs gesprochen hatte. Wahrscheinlich aber lag es an den Namen, die er mit seinen Vermutungen in Verbindung gebracht hatte: Gerd Schümann, Johannes von Warder und Paul Ohnesorge. Drei Männer, bei deren Erwähnung sich Duke regelmäßig das Fell sträubte.

»Was soll es den dreien bringen, wenn Wizards und Rascals sich gegenseitig die Köpfe einschlagen?«, hatte er gefragt – das Lachen war ihm zu dem Zeitpunkt längst vergangen.

»Geschäfte«, hatte Bender geantwortet, ganz ruhig und sachlich. Es war die Art der Antwort, die Duke überzeugt hatte, dass der Mann ihm gegenüber die Wahrheit sagte. Oder zumindest selbst daran glaubte. »Zum Beispiel Immobilien, die von den Motorradclubs in Flensburg oder Rendsburg angemietet werden, mit denen sich aber mehr verdienen lässt, sobald die Clubs verschwunden sind. Eine Kündigung der Mietverträge reicht da nicht immer aus. Um die Rascals und die Wizards verbieten zu können, braucht es nach derzeitiger Rechtslage einen triftigen Grund. Eine Eskalation der Gewalt würde diesen liefern. Und wenn sich der zu erwartende Gewinn im zwei- bis dreistelligen Millionenbereich bewegt, lohnt es sich sogar, einen Mord in Auftrag zu geben.«

Spätestens das hatte Dukes letzte Zweifel ausgeräumt. Unglücklicherweise hatte Bender keine Beweise – er besaß keine Schriftstücke, keine Gesprächsmitschnitte oder sonst etwas, mit dem er sich an die Polizei hätte wenden können. Klar, solche Typen waren immer vorsichtig. Und es war auch nur Benders Vermutung, dass einer der drei bei einem Profi den Mord an einem Rascal in Auftrag gegeben hatte. Es sei mal ein Name gefallen, William oder so. Dass die Rascals bei dem Fest der Wizards eingeladen waren, war den Behörden schließlich bekannt gewesen. Es war die passende Gelegenheit gewesen. Dass es ausgerechnet Toby erwischt hatte, war dann wohl eher Zufall. Es hätte auch einen der anderen anwesenden Rascals treffen können.

»Seien Sie vorsichtig«, hatte Bender ihm noch gesagt. »Die haben überall ihre Leute: im Rathaus sowieso, aber auch bei der Polizei. Und sogar hier im Gefängnis. Reden Sie deshalb mit niemandem darüber, dem sie nicht hundertprozentig vertrauen. Sonst werden Sie enden wie Toby.«

»Was ist mit Ihnen selbst?«, hatte Duke gefragt.

»Sie denken, dass ich mit Ihnen rede, um Ihnen die Perspektiven zu erörtern: Wenn Sie als Kronzeuge aussagen, sind Sie gerettet. Anderenfalls gehen Sie gemeinsam mit Ihrem Club unter. Sie sollen auf dieses Angebot noch keine Antwort geben, sondern Zeit zum Nachdenken bekommen, bevor der Staatsanwalt Ihrem Anwalt diese Möglichkeit unterbreitet. Was wir wirklich miteinander besprochen haben, hat niemand gehört. Sie sehen, ich bin sicher.«

Bender hatte zuversichtlich gewirkt, obwohl seine Hand feucht gewesen war, als er sie ihm zum Abschied gereicht hatte.

Duke wusste, wie naiv das war.

Am liebsten hätte er sofort Bert oder Big J angerufen und einen Wach- und Begleitdienst für Bender organisiert. Doch er war kaltgestellt. Er konnte nur hier herumliegen und an die graue Betondecke starren. Und hoffen, dass sie alle mehr Zeit hatten, als sein Gefühl ihm sagte.

Dienstag

- Minus 124 Stunden, 30 Minuten - **Christina**

Dr. Frank Neumann, der Arzt, in dessen Praxis Christina sich angemeldet hatte, war ein sympathischer Mann Anfang vierzig: freundlich, locker, direkt. Im Grunde hätte er einer ihrer ehemaligen Kommilitonen sein können. Und so verhielt er sich auch – ein Umgang unter gleichberechtigten Kollegen.

»Tut etwas weh?«

Sie lag rücklings auf der Untersuchungsliege, während seine Hand routiniert ihren Bauch abtastete: oberer rechter Quadrant – Leber und Galle. Linker oberer Quadrant – Milz. Links unten – Sigma. Rechts unten – Appendix.

»Nein.«

Der Kollege legte das Stethoskop auf ihren Bauch, lauschte eine Weile, dann schüttelte er den Kopf und hängte sich das Instrument um den Hals.

»Die Darmgeräusche sind regelrecht.«

»Ich habe auch keine Beschwerden. Keinen Durchfall, keine Bauchkrämpfe.«

»Wie oft haben Sie sich übergeben?«

»Heute nur einmal. Gleich nach dem Aufstehen. Aber mir ist ständig übel.«

Er runzelte die Stirn.

»Ich muss gestehen, ich tappe im Dunkeln. Für einen Magen-Darm-Infekt halte ich es nicht. Sie können sich wieder anziehen.«

Dr. Neumann setzte sich hinter seinen Schreibtisch, der mit einem Durcheinander aus Notizzetteln, Akten und Ärztezeitschriften beladen war. Sie war dankbar, dass er sie eine halbe Stunde vor Sprechstundenbeginn einbestellt hatte, um ihr das »Ewig-im-Wartezimmer-Sitzen« zu ersparen, wie er es ausgedrückt hatte.

»Der Ultraschall ist unauffällig. Am ehesten würde ich an eine Gastritis denken. Haben Sie derzeit Stress?«

Christina erhob sich von der Untersuchungsliege und hätte gern gelacht, stattdessen schossen ihr wie aufs Stichwort Tränen in die Augen.

»Ich ...« Sie presste die Lippen aufeinander und versuchte, sich zu beruhigen. »Entschuldigen Sie. Ich bin normalerweise nicht so dicht am Wasser gebaut, aber möglicherweise ist es tatsächlich gerade alles ein bisschen viel. Auf Station ist viel zu tun. Unter den Patienten grassiert ein Magen-Darm-Infekt und ein Kollege ist im Urlaub. Außerdem ist mein Lebensgefährte ...« Sie schluckte und konnte nicht verhindern, dass eine Träne ihre Wange hinunterrollte. Einen Moment fragte sie sich, ob sie alles erzählen sollte. Doch warum nicht? Konnte es ihr nicht scheißegal sein, was Dr. Neumann, den sie heute zum ersten und möglicherweise einzigen Mal sah, über sie dachte? Sie liebte Duke. Punkt. »Er wurde am Wochenende verhaftet und sitzt jetzt in Untersuchungshaft.«

»Ups.«

»Er ist Mitglied bei den Wizards of Doom. Und am Samstag ...«

»Da ist doch jemand auf diesem Fest erschossen worden, nicht? Es kam in den Nachrichten.«

»Ja. Und mein Freund soll es gewesen sein.«

»Oha.« Neumann lehnte sich in seinem Stuhl zurück. »Ich schätze, da würde ich auch eine Gastritis entwickeln. Was glauben Sie selbst denn?«

»Ich habe keine Ahnung. Sicher ist da jetzt auch viel Stress dabei, sodass ich eine Gastritis nicht ausschließen würde. Allerdings habe ich mich bereits am Freitag nicht wohlgefühlt. Und am Samstag hat mein Freund mich früher von der Party nach Hause fahren lassen, weil es mir nicht gut ging. Da hatte der ganze Ärger aber noch nicht einmal angefangen.«

Eine Weile war es still im Arztzimmer. Vor der Tür hörte sie die Schritte der Arzthelferinnen, die alles für den Beginn der Sprechstunde vorbereiteten.

»Wir haben Blut abgenommen, vielleicht hilft das Labor uns weiter. Oder die Urin-Untersuchung hat einen Hinweis ergeben, das Ergebnis müsste ich gleich haben.« Er öffnete eine Schublade und holte einen gelben Block heraus. »Ich schreibe Sie bis Freitag einschließlich krank, Frau Martens. Wenn sich in der Zwischenzeit etwas Gravierendes mit den Befunden ergibt, melden wir uns bei Ihnen. Und falls es Ihnen bis Freitag nicht besser geht, kommen Sie noch mal rein. Sollte es Ihnen schlechter gehen, kommen Sie natürlich auch früher. Ja?«

»In Ordnung.«

Es klopfte an der Tür und eine Arzthelferin steckte ihren Kopf herein.

»Der Urin-Stix von Frau Martens ist fertig.«

»Großartig. Geben Sie bitte her.«

Sie ging zu seinem Schreibtisch, reichte ihm einen Zettel und verschwand wieder.

Neumann studierte die Werte.

»Hm. Hämoglobin, Kreatinin, Eiweiß ... Alles so weit im Normbereich. Und ... Hoppla!«

Er sah auf. Christina war es unmöglich, den Ausdruck auf seinem Gesicht zu deuten. Automatisch stieg ihre Pulsfrequenz und sie versuchte, sich zu wappnen. Was konnte er im Urin gefunden haben? Einen Hinweis für einen Tumor? Oder für eine Stoffwechselerkrankung?

»Was ...«

»Meinen Glückwunsch! Sie sind schwanger.«

18 - Minus 122 Stunden - Duke

Es war fast die gleiche Szene wie am Vortag: Vering saß am Tisch, einen Stapel Papiere vor sich, die Aktentasche daneben. Die Kameras waren ausgeschaltet, und vor der Tür stand einer der Schließer. Es war Lehmann. Derjenige unter den Screws, von dem Duke bereits jetzt wusste, dass er ihn am wenigsten mochte.

»Ich bin froh, Ihnen mitteilen zu können, dass die ersten Anträge genehmigt wurden, Herr McKinnley. Wir haben aber auch ein paar Ablehnungen.« Vering schob ihm ein Schriftstück herüber, mit dem er herzlich wenig anfangen konnte. »Die Besuchsanträge Ihrer Clubbrüder wurden erwartungsgemäß abgelehnt. Aber Ihre Frau darf kommen. Ich werde sie gleich im Anschluss unseres Gesprächs anrufen, damit sie einen Termin vereinbaren kann.« Der Anwalt sah auf. »Soll ich ihr etwas von Ihnen ausrichten?«

»Ja.« Duke lächelte. »Ich freue mich auf sie. Den Rest sage ich ihr persönlich.«

»Gut, gebe ich so weiter.« Vering nahm das nächste Blatt in die Hand. »Der zuständige Richter hat uns einen Vorführungstermin am Donnerstag um 13 Uhr eingeräumt. Ehrlich gesagt hatte ich nicht so schnell damit gerechnet. Aber wir wollen uns nicht beklagen, nicht wahr?« Er warf Duke einen Blick über den Rand seiner Brille zu. »Die Untersuchung Ihrer Kleidung auf Schmauchspuren hat ein positives Ergebnis gezeigt.«

»Fuck. Was ...«

»Und zwar auf dem Rückenteil Ihrer Kutte, vorne war nichts zu finden.« Vering bleckte die Zähne. »Einen Beweis will ich das nicht nennen. Abgesehen davon, wie das anatomisch abgelaufen sein soll, halte ich diese Spuren für nichts anderes als eine Kontamination bei der Festnahme. Hatten Sie nicht berichtet, dass einer der Polizisten Ihnen den Gewehrlauf gegen den Rücken gehalten hat?« Duke nickte. »Sehen Sie, meine ich doch. Und ich bin mir sicher, dass mir da jeder Gutachter recht geben wird. Nicht umsonst lässt das FBI den Nachweis von Schmauchspuren nicht mehr als Beweis zu. Eine verflixt unsichere Angelegenheit. Sollte die Staatsanwaltschaft es wagen, das in Ihrem Fall als Beweismittel vor Gericht zu bringen, zerreißen wir sie in der Luft.«

»Das höre ich gern.«

»Dann habe ich heute früh den vorläufigen Obduktionsbericht von Tobias Schneider erhalten. Professor Effenberger grenzt den Zeitpunkt des Todes ziemlich genau ein: zwischen 22:20 und 22:45 Uhr.«

»Wow.«

»Ja, nicht wahr? Der Mann ist unglaublich. Er schreibt, dass beim Eintreffen des Arztes am Tatort um Viertel vor zwölf die Leichenstarre in den Augenlidern begann – was nach Umgebungstemperatur eine bis zwei Stunden nach Eintritt des Todes einsetzt. Ich kenne mich mit der Forensik nicht aus, das steht so im Bericht. Der Tote lag auf dem Rücken. Die Kleidung sei aber nicht nur vorne, sondern auch auf der Rückseite feucht gewesen. Erste Laborergebnisse hätten gezeigt, dass es sich bei der Flüssigkeit um Regenwasser handelt. Nicht ungewöhnlich, es hat ja in der Nacht von Samstag auf Sonntag geregnet. Aber in der Gegend des Festplatzes hat der Regen erst um zwanzig nach zehn eingesetzt. Das Gras hätte trocken sein müssen, wenn Tobias Schneider früher gestorben wäre. Und das bedeutet …«

»Ich bin endgültig aus der Sache raus.« Duke ballte triumphierend die Faust. »Von zehn bis elf hatte ich Tresendienst an der Bar. Das können alle Anwesenden bestätigen.«

»Richtig.« Vering lächelte. »Und deshalb werde ich dem zuständigen Richter bei der Anhörung am Donnerstag einen Antrag auf Freilassung vorlegen. Ich glaube zwar nicht, dass man den Verdacht gegen Sie so schnell fallen lassen wird. Aber es sollte mit dem Teufel zugehen, wenn Sie nicht zumindest gegen Kaution entlassen werden.« Er rückte seine Brille gerade. »Bis heute früh war ich nicht optimistisch, Sie hier bald rauszubekommen. Aber nun bin ich fest davon überzeugt. Damit«, er tippte auf ein Papier, »kann der Richter gar nicht anders.«

»Great.« Duke lächelte. Eigentlich sollte er dem Professor in Kiel eine Flasche ordentlichen Single Malt spendieren. Gute Arbeit. Und es war nicht das erste Mal, dass Effenberger einem Wizard den Kopf aus der Schlinge zog, wie Duke wusste.

»Jetzt können Sie sich auf den Besuch Ihrer Lebensgefährtin freuen. Es wird ihr einziger hier sein. In zwei, spätestens drei ...«

Duke winkte ab.

»Das will ich gar nicht wissen«, sagte er. »Wichtig ist, dass das hier absehbar sein Ende findet. Wenn ich mit einem festen Datum rechne, kommt irgendetwas dazwischen. Ich zähle jede einzelne Stunde, die zu viel ist, und werde verrückt dabei.«

»Gut, das ist eine Einstellung, die ich nachvollziehen kann.« Vering nickte. »Haben Sie noch etwas auf dem Herzen?«

Duke zögerte kurz. Sollte er Vering von Benders Warnung und Vermutungen erzählen? Auch mit dem Risiko, dass ihre Stimmen draußen zu hören waren und Lehmann den Falschen davon erzählte? Dann würde Bender erst recht in Gefahr sein. Außerdem hatte er ihm sein Wort gegeben.

»Nein«, sagte er. Er musste zuerst mit den Brüdern über Bender reden, damit sie für seinen Schutz sorgen konnten. Das würde er ja bald tun können.

So viel Zeit werden wir noch haben.

19 - Minus 121 Stunden - **Christina**

Sie saß in ihrem Wohnzimmer auf der grünen Réca-miere und sah aus dem Fenster in den Garten. Äußerlich war sie völlig ruhig. Doch ihre Gedanken und Gefühle fuhren Achterbahn.

Sie war schwanger!

Immer wieder musste sie an den Laborzettel denken, den Dr. Neumann ihr mitgegeben hatte. Die Liste mit den unauffälligen Werten bis zu der Zeile ganz am Schluss, in der stand: »BetaHCG stark positiv«.

Eine Schwangerschaft erklärte vieles: ihre Müdigkeit, die Übelkeit, ihre schwankenden Stimmungen, ihre Labilität.

Im Laufe der vergangenen Jahre hatte sie manchmal an ein Kind gedacht. Wenn sie ihre Nichte und ihren Neffen sah, zum Beispiel. Oder beim Anblick von Frauen mit Babys auf dem Arm. Dann war ihr der Gedanke gekommen, dass es schön und auch an der Zeit wäre, selbst ein Kind zu haben. Aber zuerst hatte sie den Facharzt machen wollen. Dann war die Beziehung mit Lars in die Brüche gegangen, sie war von Hamburg nach Flensburg gezogen. Und Duke war in ihr Leben getreten.

Der Vater ihres Kindes. Der Mann, der in diesem Moment im Gefängnis saß.

Sie wischte die Tränen von der Wange.

Dr. Neumann hatte ihr empfohlen, innerhalb der nächsten Tage einen Gynäkologen aufzusuchen.

Das würde sie, sie hatte sich bereits einen Termin für Freitag besorgt. Wirklich fassen konnte sie es noch nicht. Sie war schwanger! Sie bekam ein Baby. Von Duke.

Der Gedanke durchflutete sie mit Wärme, und sie begann wieder, wie ein Schlosshund zu heulen. Diesmal vor Glück und Rührung.

»Alte Heulsuse«, schimpfte sie mit sich, als sie das zweite Taschentuch durchnässt hatte. »Aber du darfst das jetzt. Das sind die Hormone.«

Das Telefon klingelte. Christina erschrak, als sie Verings Stimme erkannte.

»Keine Sorge, Frau Martens.« Der Anwalt lachte. »Beruhigen Sie sich. Ich habe gute Neuigkeiten. Zum einen hat der zuständige Richter Ihren Besuchsantrag genehmigt. Ich gebe Ihnen die Telefonnummer, unter der Sie einen Termin vereinbaren können.«

Sorgfältig notierte sie die Nummer.

»Und dann sollten Sie sich darauf einstellen, dass das Ihr einziger Besuch ist. Die Chancen stehen gut, dass die Untersuchungshaft aufgehoben wird.«

»Was?« Christina schrie fast ins Telefon. »Wirklich?«

Wieder lachte Vering.

»Ja, tatsächlich. Mit solchen Nachrichten treibe ich keine Scherze.«

Ihr schossen die Tränen in die Augen.

»Danke, Herr Vering. Vielen, vielen Dank!«

»Keine Ursache, ich mache nur meinen Job. Ich wünsche Ihnen noch einen schönen Tag.«

»Danke, Ihnen auch.«

Christina legte auf und wählte die Nummer der Justizvollzugsanstalt in Flensburg. Keine fünf Minuten später saß sie wieder auf der Récamiere. Mit einem Zettel in der Hand, auf dem der Besuchstermin und eine Liste mit Dingen notiert waren, die beim Besuch eines Häftlings zu beachten waren: Was sie mitbringen musste, was sie nicht mitbringen durfte, wie sie sich verhalten sollte.

Morgen. Neun Uhr.

Sie würde Duke sehen!

Auch wenn sie ihn nicht berühren, in die Arme nehmen oder küssen durfte. Was machte das? Sie würde ihn sehen, mit ihm sprechen!

Ein Gedanke schoss ihr durch den Kopf: Sollte sie Duke morgen von der Schwangerschaft erzählen?

Nein. Nicht dort. Wenn sie es ihm sagte, wollte sie ihn spüren, ihn küssen können. Wenn Vering recht behielt, würde Duke nicht mehr lange im Gefängnis bleiben. Auf ein paar Tage kam es nicht an. Und sie würde es zelebrieren können. Die Überbringung dieser Nachricht sollte ein Fest werden.

Christina lächelte, als sie sich die Situation vorstellte. Sie würde sich auf die Zunge beißen müssen, um morgen nichts auszuplaudern.

20 - Minus 110 Stunden - **Chester**

Die Großbaustelle lag auf der Altstadt-Seite der Förde – ein von vier Straßen umgebenes Quadrat aus Sand, Betonteilen und Baumaschinen. Mehrstöckige Mietshäuser in unmittelbarer Nachbarschaft, ein paar Lagerhallen, eine Post, eine Schule, ein Autohändler. In einer Seitenstraße standen alte, ehrwürdige Villen, in der Nähe gab es einen Park. Es war gewiss nicht die schlechteste Wohngegend.

Der Platz, an dem die Grundsteinlegung stattfinden würde, war bereits mit rotem Absperrband markiert worden. Er befand sich in der Mitte der Baustelle – auf offener Fläche mit freier Sicht nach allen Seiten. Besser hätte es nicht sein können. Chester hatte zwar große Sorgfalt darauf verwendet, einen geeigneten Parkplatz für das Wohnmobil zu finden, doch im Grunde hätte er das Fahrzeug überall abstellen können; von jedem Punkt aus hatte man einen freien Blick über das Gelände.

Er saß an dem kleinen Tisch und aß ein Mikrowellen-Gericht. Fleisch mit Soße und Kartoffeln. Er wusste gutes Essen und guten Wein zu schätzen. Doch wenn er arbeitete, war es ihm egal. Es reichte, dass er satt wurde und eine Unterzuckerung vermied, die seine Sinne ablenkte. Bei der Arbeit hatte er sogar schon Katzenfutter gegessen.

Er griff nach dem Fernglas und suchte die anderen Straßen ab. Der Verkehr floss spärlich. Ein paar Fußgänger waren unterwegs, ein Mann mit Hund, ein Radfahrer. Normale Abend-Aktivitäten in einer belebten Wohngegend, Polizei sah er keine. Weder in Uniform noch in Zivil. Und die drei Überwachungskameras waren lediglich auf die Baumaschinen gerichtet. Entweder rechnete man nicht mit einer Gefährdung der an der Grundsteinlegung beteiligten Personen, oder sie waren den Behörden nicht wichtig genug. Im Rahmen seiner Aufträge hatte er schon ganz andere Situationen erlebt. Veranstaltungen, bei denen die Security frühzeitig begann, alles abzusperren und zu sichern. Es war eine besondere Herausforderung, diese Leute auszutricksen und einen guten Point zu finden.

Hier lief es nach Plan. Fast langweilig.

Chester legte das Fernglas zur Seite und nahm den Schlüssel in die Hand. Auch das hatte gut geklappt.

Er hatte sich am Morgen mit einem Makler bei einer leer stehenden Lagerhalle getroffen. Das Gelände war ideal: im Wald gelegen, über eine asphaltierte, kaum befahrene Forststraße zu erreichen, keine Nachbarn im Umkreis von mindestens drei Meilen. Die Halle selbst war wenige Jahre alt und in gutem Zustand, Tore und Zäune waren stabil. Es gab ein Büro mit einem Empfangsbereich, zwei Arbeitsräumen, einer Teeküche und einem Duschbad. Die Küche war möbliert – ein paar leere Schränke, Kühlschrank und zwei Kochplatten. Aber mehr brauchte er nicht. Von einem der beiden Büros konnte man durch den Empfangsbereich nach draußen auf den Parkplatz sehen. Oder umgekehrt.

Dieses Objekt erfüllte alle Voraussetzungen. Und dass der Makler – einer von der gierigen Sorte – sofort den Mietvertrag aufgesetzt, Kaution und erste Miete in bar akzeptiert und ihm die Schlüssel nach Unterschrift überlassen hatte, war mehr als Glück. Das war Fügung. Schicksal. Von einer höheren Macht gewollt.

22-3-0. Bald würde es dunkel sein. Und da er Licht und jede Aufmerksamkeit vermeiden wollte, machte er sich fertig für die Nacht. Morgen musste er früh aufstehen, um die Vorbereitungen der

Grundsteinlegung zu beobachten und seinen Point zu beziehen. Er hasste es, wenn er beim Ausführen eines Auftrags in Zeitnot oder Hektik geriet. So etwas erhöhte nur unnötig die Fehlerquote. Früher hatte seine bei 1,7 Prozent gelegen. Bis ihm der Major das SR Hades 11 als Prototyp zum Testen überlassen hatte. Seit er mit diesem Gewehr arbeitete, war sie deutlich gesunken. Aktuell lag sie bei 0,3 Prozent.

Chester warf einen Blick auf die grün-braune Reisetasche, die den schmalen Metallkoffer verbarg, in dem sich das SR Hades 11 befand.

»Bis morgen, Süße.«

Mittwoch

21 - Minus 99 Stunden, 30 Minuten - **Christina**

Aus Angst, sich zu verspäten, und weil sie vor lauter Aufregung nicht länger warten konnte, war sie um acht von zu Hause losgegangen. Zu Fuß. Sie hatte sich vorbereiten, sich beruhigen wollen. Das war ihr nicht gelungen. Sie war ziellos über den Museumsberg gestreift, um Zeit totzuschlagen. Als sie schließlich in den Südergraben einbog, flatterten ihre Nerven.

Der Eingang zur JVA war ein aus Steinen gemauertes Portal in einer Mauer mit burgähnlichem Charakter. Dahinter erhob sich drohend ein roter Klinkerbau, vor dem die schmale Doppelflügeltür mit den Hinweisen zu Besuchs- und Sprechzeiten in weißer Schrift winzig wirkte. Oder als hätte sich der Architekt des Komplexes geschämt, dass er überhaupt eine Tür einbauen sollte.

Mit zitterndem Finger drückte sie auf den Knopf an dem verschrammten Klingelschild.

»Ja?« Die Stimme aus dem Lautsprecher knisterte.

Sie musste sich räuspern.

»Christina Martens. Ich habe um neun einen Besuchstermin bei Duke. Entschuldigung. Bei Neil McKinnley.«

»Einen Moment.«

Der Lautsprecher schaltete sich mit einem Klicken ab und das Knistern verstummte.

Christina spürte ihren Puls und fühlte sich, als würde sie auf eine Zahnbehandlung oder Prüfung warten. Oder irgendetwas ähnlich Unangenehmes.

Wie einen Besuch im Gefängnis, zum Beispiel?

Sie atmete tief ein, presste die Lippen zusammen und ließ ihren Blick wandern: über die Gehwegplatten, die dunklen Steine der Mauer, die Schrift auf dem Türglas, den Flur mit der aufwärtsführenden Treppe dahinter, den Steinbogen über ihrem Kopf mit der Lampe, hinter deren Milchglas tote Insekten klebten.

Das Summen an der Tür erklang so plötzlich, dass Christina erschrak. Das Schloss schnappte hörbar auf. Bevor sie sich von ihrer Überraschung erholt hatte, verstummte das Summen. Sie drückte gegen die Tür, zuerst mit der Hand, dann mit der Schulter und ihrem ganzen Gewicht. Es half nichts, die Tür blieb geschlossen. Ihr wurde heiß. Wenn man sie jetzt nicht mehr einließ?

Versuch es wenigstens.

Sie benutzte zum zweiten Mal den Klingelknopf. Der Lautsprecher knisterte erneut.

»Ja?«

»Ich bin es noch mal. Martens. Ich ... die Tür ist zu. Ich war nicht schnell genug. Tut mir leid.«

»Kein Problem.« Die Stimme klang beinahe freundlich.

»Und was ...« Gern hätte sie noch gefragt, wohin sie gehen musste, doch das Knistern des Lautsprechers war bereits verstummt.

Diesmal war sie vorbereitet und beeilte sich. Sie drückte die Tür auf und stieg die Treppe hoch.

Und jetzt?

Ihr Herzschlag pochte an ihrem Hals. Oben angekommen erübrigte sich jede Frage. Es gab nur einen Weg, und der führte zu einer Gittertür. Dahinter war ein kleiner Raum mit einer weiteren Tür. An der Seite befand sich eine Art Schalter wie am Flughafen. Hinter der dicken Glasscheibe saß eine Frau in Uniform. Auf einem Tisch standen mehrere graue Plastikschalen.

»Frau Martens?«

»Ja.«

»Kommen Sie.« Wieder summte es, und die Gittertür sprang auf. »Sie sind zum ersten Mal hier?«

Christina hätte fast gelacht.

»Das merkt man, oder?«

Die Frau lächelte. Hinter ihr an der Wand waren mehrere Monitore angebracht, auf denen Christina einen Innenhof und leere Flure sehen konnte. »Ich erkläre Ihnen, wie das bei uns abläuft. Sie befinden sich jetzt in der Schleuse. Das ist ähnlich wie am Flughafen. Zuerst legen Sie Ihren Ausweis in diese Schale.« Rechts schob sich eine Schublade aus der Wand. »Dann legen Sie Ihre Jacke und Ihre Handtasche sowie Gürtel, Tascheninhalt und so weiter in die Schalen auf dem Tisch dort. Wenn Sie fertig sind, stellen Sie die Schalen auf das Fließband. Alles verstanden?«

»Ich glaube schon.«

»Ihren Ausweis bitte.«

Während die Frau sich in ihrem Bürostuhl zurücklehnte und mit einem Kollegen sprach, begann

Christina hektisch in ihrer Handtasche zu suchen. Für ein paar furchtbare Sekunden war sie überzeugt, ihren Personalausweis zu Hause auf dem Küchentisch vergessen zu haben.

»Hier ist er.« Erleichtert zog sie ihn aus dem Seitenfach und legte ihn in die Schublade.

Die Frau zog die Lade auf ihre Seite und trug die Daten in eine Liste ein.

»Und jetzt legen Sie bitte Ihre Sachen ab.«

Als Christina fertig war, stand die Frau auf.

»Kommen Sie bitte zur Tür.« Es summte wieder und die Frau stand direkt vor ihr.

Christina fiel auf, dass sie Latexhandschuhe trug. »Heben Sie die Arme über den Kopf. Ich muss Sie zuerst nach verbotenen Gegenständen durchsuchen.«

Sie hob ihre Arme, ließ sich abtasten und mit dem Metalldetektor absuchen.

»Sie können Ihren Gürtel und Ihre Jacke mitnehmen, die Handtasche schließen Sie in einem der Schließfächer ein.« Sie deutete auf die gegenüberliegende Wand.

Christina nahm die Codekarte und deponierte ihre Tasche in dem Fach.

»Kommen Sie mit. Ich bringe Sie zum Besucherraum. Sie werden noch warten müssen.«

»Das macht nichts.«

Die Frau ging vor. Beim Gehen holte sie einen großen Schlüsselbund aus einer Tasche am Gürtel und schloss hinter ihnen ab.

»Hier können Sie warten.« Die Frau brachte sie in einen Raum, der Christina an die Wartebereiche für Angehörige im Krankenhaus erinnerte. Ein paar gepolsterte Stühle standen an den Wänden, zwei niedrige Tische mit zerlesenen Zeitschriften, zwei Automaten für Getränke und Süßigkeiten wie Schokoriegel und Erdnüsse. Die Uhr über der Tür zeigte zwanzig vor neun. »Sie bekommen Bescheid. Wenn die Besuchszeit um ist, melden Sie sich bei mir. Dann erhalten Sie Ihren Ausweis und Ihre Handtasche zurück.«

»Danke.«

Die Frau verschwand. Christina setzte sich auf einen der Stühle, lehnte den Kopf gegen die Wand und sah zu, wie der Sekundenzeiger der Uhr seine Arbeit machte.

22 - Minus 98 Stunden, 30 Minuten - Chester

Wieder saß er an dem kleinen Tisch des Wohnmobils und beobachtete die Baustelle mit dem Fernglas. Die Gardinen vor dem Fenster schützten ihn dabei vor neugierigen Blicken. Eine Handvoll Männer baute ein weißes Zelt auf. Andere hoben Stühle von einer Palette und ordneten sie in Reihen an. Der Wagen eines Catering-Service war eingetroffen und Mitarbeiter in weißer Kleidung begannen mit dem Arrangieren und Dekorieren von Stehtischen und einem Büfett.

Das Essen würde heute ausfallen müssen.

Auf den Straßen war alles ruhig, abgesehen von normalem Verkehrsaufkommen und Wohngebietaktivitäten: Fußgänger mit Einkaufstaschen, ein paar Kinder, Radfahrer, Pkw. Immer noch keine Polizei-

Präsenz. Ein Mann im dunklen Anzug und mit Headset blätterte in Papieren und sah sich um.

Chester lächelte amüsiert. Er konnte nicht verstehen, warum diese Typen sich nicht gleich in großen weißen Buchstaben »Security« auf den Rücken sticken ließen – man erkannte sie doch sowieso.

Alles Vorgeplänkel. Die Grundsteinlegung war für 13-3-0 angesetzt. Noch vier Stunden. Bis dahin würden wohl einige Polizisten auftauchen, vielleicht auch Journalisten, Übertragungswagen irgendwelcher Fernseh- und Radiosender. Andererseits wurde nur der Pressesprecher der regierenden Partei erwartet, nicht der Ministerpräsident. Da rechnete man nicht mit schwerwiegenden Zwischenfällen.

Chester warf einen Blick auf das Hades 11, das aufgebaut und ausgerichtet auf dem Bett unter dem Wagendach stand. Der Lauf ragte kaum sichtbar aus der nur einen Spalt geöffneten Dachluke hinaus und war auf das Podest gerichtet. Wenn die Party begann, würden dort etliche Männer aus Politik und Wirtschaft stehen, Reden schwingen, sich gegenseitig danken und loben. Ohne zu ahnen, dass er hier auf den geeigneten Moment wartete. Es war wie bei der Jagd. Man saß irgendwo, vorbereitet, Gewehr im Anschlag, und wartete auf das Wild. Nur dass sich Rehe, Hasen und Füchse nicht an Termine hielten. Und gelegentlich auch gar nicht auftauchten.

Da waren seine Ziele doch wesentlich zuverlässiger.

23 - Minus 98 Stunden - **Christina**

»Zeit, sich zu verabschieden!«

Die Stimme ließ sie zusammenzucken.

»Schon? Bitte. Noch ein paar Minuten?«

Der Wärter, ein kleiner dicker Mann Mitte fünfzig, stand an der Wand neben der Tür wie ein Türsteher: breitbeinig, mit hinter dem Rücken verschränkten Armen. Er schüttelte den Kopf. Seinem Gesicht war nicht anzusehen, ob er Mitleid oder Schadenfreude empfand. Vermutlich nichts davon. Er machte hier seinen Job, mehr nicht.

»Die Stunde ist um.«

Tatsächlich. Die Uhr an der grün gestrichenen Wand zeigte kurz vor zehn. Manchmal war die Zeit unerbittlich.

Duke verzog das Gesicht.

»Fuck.«

Christina hielt ihre Hände fest umklammert. Zu groß war die Versuchung, sie einfach nach ihm auszustrecken. Er war so nah! Und doch durfte sie ihn nicht anfassen. Berührungen waren verboten. Sie hatte ihm nicht einmal zur Begrüßung die Hand geben, geschweige denn ihn küssen oder umarmen dürfen. Das hatten die Wärter ihr eingeschärft. »Und Tricks haben keinen Sinn«, hatte der Wärter gesagt und ihr die Kameras gezeigt, die während der Besuchszeit jede Bewegung aufzeichneten. Die ganze Stunde hatte sie sich damit begnügen müssen, Dukes Stimme zu hören, mit ihm zu lachen und ihm in die Augen zu sehen. Sie hatte jede Sekunde davon genossen. Und jetzt ... Jetzt hieß es lächeln und ihm zeigen, dass sie stark war, dass sie zurechtkam, dass er sich nicht auch noch um sie Gedanken machen musste.

»Du hast recht«, sagte sie und hoffte, dass ihre Stimme nicht zitterte. »Fuck.«

»Sorry. Ich muss immer grinsen, wenn du solche Worte sagst.« Er neigte seinen Kopf und sein Blick hüllte sie ein wie eine wärmende Decke. »Alles ist gut, Lady. Mach dir keine Sorgen. Das hier ist bald überstanden.«

Sie musste lachen. War sie nicht diejenige, die ihm hätte Mut zusprechen sollen? Schließlich konnte sie dieses Gebäude verlassen und nach Hause gehen.

»Sie haben noch eine Minute!«

Die Stimme des Wärters klang unerbittlich.

»Dann muss ich wohl jetzt gehen.«

Christina stand auf und schob den Stuhl zurück, Duke erhob sich ebenfalls. Und dann blieb fast ihr Herz stehen: Statt zum Wärter zu gehen und sich hinausbringen zu lassen, ging er zu ihr und nahm sie in die Arme. Vor laufender Kamera. Als wäre dieser Raum nicht das Besuchszimmer des Gefängnisses und als stünden hier keine Schließer bereit, die genau das verhindern sollten.

»Na, was soll das denn werden? Aufhören! Sofort!«

Der Wärter drückte einen Alarmknopf neben der Tür und setzte sich in Bewegung, die Hand am Gürtel mit dem Pfefferspray. Doch er war ein dicker, behäbiger Mann und brauchte ein paar Sekunden.

»Nicht, Duke!« Entsetzt versuchte Christina, ihn von sich zu schieben. »Du darfst das nicht!«

Die Tür ging auf, zwei weitere Wärter erschienen.

»Fuck it!« Duke wischte ihr zärtlich mit dem Handrücken eine Träne von der Wange und beugte sich zu ihr herunter. »I love you«, flüsterte er in ihr Ohr, dann küsste er sie.

Dieser Moment hätte gern ewig dauern können. Viel zu schnell wurde er von ihr weggerissen.

»Mann, was machen Sie für einen Mist, McKinnley!«

Zwei Wärter hatten Duke gepackt, während der dritte Christina am Arm zur Tür brachte, die nach draußen führte. Zur Straße. In die Freiheit.

Sie drehte sich um. Mit einem hässlichen Geräusch schlossen sich die Handschellen um Dukes Gelenke. Und trotzdem lächelte er ihr zu. Siegessicher, hoffnungsvoll.

»Don't worry, Lady.«

»Raus hier, Klappe halten. Das wird ein Nachspiel haben, McKinnley.« Duke wurde von den beiden Schließern vorwärtsgestoßen, durch die offene Tür in einen langen Flur. Doch er drehte sich um, und Christina sah das breite Lächeln auf seinem Gesicht.

Duke!

»Wie dumm kann man eigentlich sein«, sagte der Wärter zu ihr und schüttelte den Kopf. Dann schloss er die Tür auf. »Das war's erst mal mit den Besuchen. Rechnen Sie nicht damit, dass der Richter Ihnen noch mal eine Genehmigung erteilt. Dabei sollte man meinen, dass sich diese Kerle mit den

Vorschriften auskennen. Der sitzt doch nicht zum ersten Mal.«

»Sicher. Aber er ist unschuldig.«

Der Wärter grinste spöttisch.

»Wenn Sie wüssten, wie oft ich den Satz schon gehört habe!«

Das mag sein, dachte Christina und nahm ihren Ausweis entgegen. *Aber in diesem Fall stimmt er.*

24 - Minus 96 Stunden - Torben

Es dauerte, bis er begriff, dass der schrille, durchdringende Ton zu einer Türklingel gehörte. Zu *seiner* Türklingel. Jemand wollte ihn besuchen. Und nachdem er etliche Atemzüge abgewartet hatte, musste er sich eingestehen, dass dieser Jemand nicht einfach aufgeben und verschwinden würde.

Allmählich tat das Geräusch weh. Wie eine glühende Nadel drang es durch sein Trommelfell in sein Gehirn ein. Und plötzlich wusste er, dass er es nicht länger ertragen konnte. Keine Sekunde. Er sprang auf, fiel dabei fast über den Couchtisch und stolperte über etwas, das an der Schwelle zum Flur auf dem Boden lag. Dann hatte er die Haustür erreicht. An der Wand links daneben hing die Gegensprechanlage, ein kleiner weißer Kasten. Er drückte auf den Summer und das Schrillen erstarb. Endlich.

Einen Moment lang lehnte er seine schweißnasse Stirn an den Türpfosten. Schritte näherten sich und blieben vor seiner Tür stehen. Jemand klopfte. Einmal, zweimal. Das Klopfen wurde drängender.

»Torben?«

»Ja?« Seine Stimme klang, als hätte er sie wochenlang nicht benutzt. Dabei war er gerade gestern bei der Psycho-Tante gewesen. Oder war das vorgestern? Er räusperte sich. »Wer's da?«

»Wir sind es, Torben.« Es war sein Vater. »Mach auf.«

Nein. Er wollte nicht. Aber sie würden nicht verschwinden. Nicht, wenn er sie darum bat. Auch nicht, wenn er ihnen sagte, dass sie sich zum Teufel scheren sollten. Sie würden erst gehen, wenn sie erreicht hatten, weshalb sie gekommen waren. Seine Eltern waren so.

Er nestelte an dem Riegel, der Kette, dann an dem Schloss. Die Dinge fühlten sich unter seinen Fingern merkwürdig an, seltsam fremd. Als wären sie größer, dicker, kälter und aus anderem Material als in Wirklichkeit. Der Riegel zum Beispiel. Es war ein handelsüblicher Riegel aus Metall. Und doch fühlte er sich pelzig an. Nicht gerade wie ein Tier, aber wie etwas Biologisches, Intelligentes. Oder war das hier die Wirklichkeit? Gaukelte irgendeine Macht den Menschen vor, dieser Riegel wäre ein harmloses Stück Metall? Dabei war er in Wahrheit ein Instrument, das der Überwachung diente, das ihn ausspionierte, versuchte herauszufinden, wie er überlebt hatte. Und warum ... Er schüttelte den Kopf, schlug sich mit der flachen Hand gegen die Schläfe und versuchte, seine Gedanken zu ordnen.

Auf der anderen Seite der Tür hatte sich das Klopfen in ein ungeduldiges Hämmern verwandelt.

»Torben? Was ist los? Mach auf!«

»Ja doch, ich bin dabei.«

Endlich sprang die Haustür auf und sie fielen in seine Wohnung wie ein Sturmtrupp der Taliban. Unwillkürlich schützte er seinen Schädel mit seinen Armen. Scheiße. Er trug keinen Helm. Nie, niemals den Helm absetzen! Das wurde den Frischlingen gleich in der ersten Minute eingeschärft. Und nun? Wo ...

»Torben!« Eine Hand hatte ihn am Arm gepackt und rüttelte ihn. »Torben! Was ist los mit dir?«

Er hob den Kopf und sah in das bleiche Gesicht seines Vaters. Seine Mutter stand daneben, Tränen liefen ihr über die Wange.

»Oh mein Gott!«, stieß sie hervor, schlug die Hände vor das Gesicht und begann zu schluchzen. »Oh mein Gott, Wolfgang! Ich halte das nicht aus. Ich halte das nicht mehr aus!«

Sein Vater nahm sie in den Arm, dann führte er sie ins Wohnzimmer, setzte sie in den Sessel und kehrte in den Flur zurück.

»Steh nicht rum. Hilf lieber!«

»Was ...«

»Hast du ein sauberes Glas und Wasser in deiner Drecksbude?«

»Ich glaube ...«

Das Gesicht des Vaters spannte sich an, als würde er die Zähne zusammenbeißen.

»Ich sehe schon. Ich kümmere mich selbst darum«, zischte er, schob Torben zur Seite und ging in die Küche. Schranktüren und Geschirr klapperten. Dann rauschte der Wasserhahn.

Mechanisch folgte er seinem Vater ins Wohnzimmer, wo die Mutter als zitterndes, schluchzendes Bündel im Sessel hockte.

»Trink, Juliane. Das wird dir guttun.«

Er bahnte sich seinen Weg an den Eltern vorbei und ließ sich auf das Sofa fallen. Sie starrten ihn an, alle beide ein einziger Vorwurf.

»Was ist nur aus dir geworden?« Seine Mutter schüttelte den Kopf, sah sich im Zimmer um und begann wieder zu schluchzen. »Wie sieht es hier nur aus?«

»Ich bin krank. Fieber. Grippe.« Seine Stimme klang so heiser, dass er sogar selbst daran glaubte.

Sein Vater schnaubte verächtlich.

»Krank im Kopf wohl eher. Ja, das sieht man.«

»So geht es doch nicht weiter, Torben. Du musst doch ...« Die Mutter brach ab und sah den Vater hilfesuchend an. So war es immer. Nie traf sie eine eigene Entscheidung, nie regelte sie selbst etwas. Egal, ob die Nachbarin den Müll vor dem Gartentor stapelte, der Schlachter zähes Fleisch geliefert hatte oder der Joghurt aus dem Supermarkt verschimmelt war. Nie hatte sich seine Mutter um etwas selbst gekümmert.

»Ich muss gar nichts«, stieß er hervor und ballte die Fäuste. »Es ist mein Leben. Oder? Und ...«

»Das ist doch kein Leben!«

»Du solltest wieder in die Klinik gehen«, sagte sein Vater. Er saß neben der Mutter auf der Sessellehne, hatte den Arm um ihre Schultern gelegt. Halb beschützend, halb besitzergreifend. »Ich glaube, das wäre das Beste. Du bist offensichtlich nicht in der Lage, allein zu leben.«

»Ich bin sehr wohl dazu in der Lage! Dieser Meinung ist auch meine Therapeutin.«

»Oh. Dann sollte sie dich mal besuchen kommen, deine Therapeutin!« Der Spott in der Stimme seines Vaters klang verletzend. Aber man konnte ihn nicht mehr verletzen. In seinem Inneren war bereits alles abgestorben. Bis auf einen Gedanken: Nie wieder Klinik. »Vielleicht sollten wir mal mit ihr reden.«

»Gar nichts wirst du tun!« Torben sprang auf. Mit einem Schlag arbeitete sein Hirn einwandfrei. Er sah die leere Wodkaflasche auf dem Tisch, den schlaffen Tabakbeutel mit dem Gras neben dem Aschenbecher. Auf dem Weg zum Flur standen leere Bierflaschen, über die er vorhin gestolpert war. Ja, er hatte zu viel getrunken, zu viel geraucht. Möglicherweise. Aber jetzt war er nüchtern. Und er war wütend. So wütend, dass er für nichts garantieren konnte. »Geht. Das ist meine Wohnung.«

»Aber Torben, wir haben doch nur noch dich!« Seine Mutter schluchzte auf, verbarg wieder ihr Gesicht in ihren Händen und wiegte sich vor und zurück.

»Ja. Unglücklicherweise ist das so.« Sein Vater schluckte, seine Stimme klang plötzlich brüchig und alt. »Tobias ist tot.«

»Ich weiß.«

Torben sank auf das Sofa zurück. »Was wollt ihr hier?«

Wieder schluckte sein Vater und wischte sich mit dem Handrücken über die Augen, seine Unterlippe zitterte.

»Er ... er wurde freigegeben. Wir ... wir wollten dir sagen, dass die Beerdigung am Montag ist. Um zwölf. Auf dem Friedhof, wo auch ...«

Torben nickte. »Ich werde kommen. Und jetzt geht. Bitte. Ich ...«

Sein Vater nickte. Dann half er seiner Mutter auf die Beine. Sie gingen zur Tür, als wäre eine Stange in ihrem Inneren, die sie normalerweise aufrecht hielt, in mehrere Stücke zerbrochen.

»Sollen wir dich am Montag abholen?«

»Nein. Ich finde den Weg.«

Hastig warf er die Tür hinter ihnen zu, drehte den Schlüssel um, legte Riegel und Kette vor. Er ertrug es nicht, sie so zu sehen – so alt, hilflos, mürbe und kaputt. Und den Gedanken, dass sein Bruder irgendwo in einer Leichenhalle auf seine Beerdigung wartete, still und kalt, den ertrug er schon gar nicht.

Dieses Schwein. Dieses elende, dreckige Schwein von einem Wizard, das dir das angetan hat, Toby! Und Mutter. Und Vater. Und ...

Er schlug seine Stirn gegen den Türpfosten, ohne es zu spüren.

Wenigstens hatten sie den Kerl geschnappt und er saß hinter Gittern. Wenigstens das! Möge er dort verrotten.

25 - Minus 94 Stunden, 30 Minuten - **Chester**

Er kauerte auf dem Bett des Wohnmobils. Eigentlich bevorzugte er bei der Arbeit die Bauchlage – Beine lang ausgestreckt, das Gewehr auf dem Dreibein direkt vor sich. Doch nicht immer bot ein Point genug Platz. Deshalb hatte er sich in vielen Jahren mit Meditation und hartem Training angewöhnt, in jeder Stellung stundenlang und ohne Einschränkung der Konzentration ausharren zu können.

Auf der Baustelle waren mittlerweile die Gäste eingetroffen. Leute vom Cateringservice in weißer Kleidung und mit roten Schürzen waren mit Tabletts voller Gläser herumgegangen. Echte Gläser, nicht diese Plastikkelche, auf die man bei Großveranstaltungen gern zurückgriff. Einer Frau war das Glas aus der Hand gerutscht und auf dem Boden zerschellt. Das hatte er durch das Fernglas beobachten können. Jetzt waren die meisten Stühle besetzt. Ein paar Männer in Anzügen und Frauen in Kostümen standen noch herum und unterhielten sich. Jemand vom Cateringservice räumte die gebrauchten Gläser zusammen. Ein Techniker schraubte an dem Mikrofon auf dem Podest. Eine blonde Reporterin stand vor dem Übertragungswagen eines lokalen Fernseh- oder Radiosenders. Chester konnte das Zeichen des Senders auf der Seitentür, die Satellitenschüssel und andere technische Ausrüstung auf dem Wagendach sehen. Es war der einzige erkennbare Pressewagen, was nochmals den niederen Rang dieses Ereignisses unterstrich. Ebenso wie die spärlichen Sicherheitsvorkehrungen. Ein Polizeiwagen parkte in der Straße gegenüber, zwei Polizisten schienen eher auf Falschparker als auf Bedrohungen zu achten. Die ganze Security bestand aus drei Männern in dunklen Anzügen und mit Headsets, die die Gäste beobachteten. Ein schweres Motorrad fuhr langsam und unter lautem Dröhnen die Straße entlang und lenkte das Augenmerk der Securityleute für einen Moment auf sich.

Durch das Fernglas konnte Chester das Ziel sehen. Bender stieg auf das Podest und legte einen Stapel Papiere auf dem Rednerpult ab. Dann trat er zu einem Mann, vermutlich sein Chef, der Pressesprecher des Ministeriums. Ihm wurde jedenfalls die meiste Aufmerksamkeit gezollt. Bender nickte jemandem zu, und auch die Letzten nahmen ihre Plätze ein.

Showtime.

Chester legte das Fernglas zur Seite und setzte die Zieloptik auf. Sie fühlte sich nach einer schweren Taucherbrille an. Es hatte gedauert, bis er sich an das Gewicht gewöhnt hatte. Aber die Vorteile der Zieloptik überwogen. Diese Brille katapultierte ihn sofort in die virtuelle Welt des Hades 11: die Baustelle und die Menschen darauf verwandelten sich in Flächen aus unterschiedlichen Grau- und Rotschattierungen. Deutlich erkennbar, trotzdem anders. Gleichzeitig erschienen alle für einen Scharfschützen wichtigen Daten auf der Innenseite der Brille.

Der Pressesprecher nahm seinen Platz am Rednerpult ein, schräg hinter ihm stand Bender.

Noch.

Chester kontrollierte die Angaben zu Windstärke, Windrichtung und Entfernung, korrigierte die Ausrichtung des Gewehrs und wartete auf den richtigen Moment. Die Schulterstütze schmiegte sich in die Grube zwischen Schultergelenk und Schlüsselbein. Behutsam legte er seinen Zeigefinger um den Abzugsbügel. Die Optik zeigte ihm Bender, der grüne Punkt lag direkt auf seinem Ohr.

132

Perfekt.

Jetzt stand nichts mehr zwischen ihm und dem Ziel.

Chester atmete ein, atmete langsam wieder aus.

In dieser absoluten, konzentrierten Ruhe zwischen zwei Atemzügen krümmte er den Zeigefinger.

Ein leises Klacken, gefolgt von einem Knall, kaum lauter als ein Händeklatschen, und drüben auf dem Podest sackte ein Mann zusammen.

»Hoka hey.«

Bender war tot.

Donnerstag

26 - Minus 75 Stunden - Duke

Er hatte gerade mit der ersten Trainingsrunde für diesen Tag begonnen, als er das Geräusch von Schlüsseln und Stimmen direkt vor seiner Zellentür hörte. Wollten die zu ihm?

Er hatte noch keine zehn Klimmzüge am Fensterbrett gemacht, als der Riegel zurückgeschoben wurde. Überrascht stellte er die Beine ab und stand auf. Was es jetzt wohl gab? Zellenkontrolle wegen der Geschichte beim Besuch gestern? Befürchteten sie, Christina hätte ihm von Mund zu Mund etwas zugesteckt? Oder wollte Vering ihn sprechen?

Die Tür öffnete sich. Einer der beiden Wärter trat ein paar Schritte in die Zelle, sein Kollege blieb an der Tür stehen und sicherte.

»Packen Sie Ihre Sachen zusammen, McKinnley. Sie werden abgeholt.«

Duke runzelte die Stirn. »Abgeholt werden« konnte vieles bedeuten: Dass er innerhalb der JVA verlegt oder in ein anderes Gefängnis überführt wurde. Oder Verings Anträge hatten bereits Erfolg. Vorsichtshalber rechnete er nicht damit. Keine Erwartungen, keine Enttäuschungen.

Es gab nicht viel, was er zusammensuchen musste: Ein paar Klamotten aus JVA-Bestand, Wasch- und Rasierzeug, Zigaretten und Feuerzeug. Das war's.

»Kommen Sie.«

Die beiden Schließer gingen neben ihm her, die Zellentür hinter ihm blieb offen. Sie ließen den Besucherraum links liegen und gingen Richtung Kammer. Die Tür wurde aufgeschlossen, er trat ein und stieß auf Vering.

»Guten Morgen!« Der Anwalt strahlte über das ganze Gesicht. »Ich nehme an, man hat Ihnen die frohe Botschaft noch nicht verkündet: Der zuständige Haftrichter ist mit uns einer Meinung, dass genug Beweise gegen Ihre Schuld sprechen und eine Untersuchungshaft demzufolge unzulässig ist. Sie dürfen sich freuen, Sie sind frei.«

»Cool. Das ging ja fix.«

»Tja, wenn die Behörden kaum Substantielles in den Händen haben, brauchen sie sich auch nicht zu wundern.«

»Gibt es irgendwelche Auflagen? Kaution oder so?«

»Sie müssen sich täglich bei einem Polizeirevier Ihrer Wahl melden, bis die Beweisführung abgeschlossen und Ihre Unschuld zweifelsfrei erwiesen ist. Eine Kleinigkeit.«

»Great!« Duke grinste. »Dieser Tag fängt gut an.«

»Na, das meine ich aber. Ehrlich gesagt, alles andere wäre ein Skandal gewesen bei dieser desolaten Beweislage.« Vering deutete auf den Karton mit den Sachen, die man Duke bei seiner Einlieferung abgenommen hatte, und reichte ihm eine Tüte mit frischer Wäsche. »Das habe ich heute früh bei Ihrer Lebensgefährtin abgeholt. Sie dürfen sich jetzt umziehen.«

Auch das war schnell erledigt. Obwohl er sich die Zeit nahm, jedes Kleidungsstück und jeden Gegenstand auf Schäden hin zu prüfen. Dann musste er noch auf einem Formular unterzeichnen, dass nichts von seiner persönlichen Habe beschädigt oder abhandengekommen war. Duke ließ sich alles von Vering vorlesen und tat dem Kämmerer schließlich den Gefallen, sein stilisiertes Motorrad unter die Liste zu setzen.

»Auf Wiedersehen«, sagte einer der Wärter mit süffisantem Grinsen.

»Du mich auch.«

An Verings Seite ging er diesmal durch die richtige Tür, einen Flur entlang und dann eine Treppe hinunter zu einer Glastür. Vom Gehweg und dem Kopfsteinpflaster dahinter war nicht viel zu sehen. Ein Dutzend Motorradstiefel und dazugehörige Beine in Jeans versperrten die Sicht und ließen sein Herz schneller schlagen.

Die Wizards waren gekommen, um ihren Bruder abzuholen.

Lautes Johlen und Klatschen begrüßten Duke, als er auf die Straße trat. Und dann umarmte ihn einer nach dem anderen und klopfte ihm auf die Schulter.

»Willkommen zurück, Bro«, sagte Bert und reichte ihm seine Kutte. »Und jetzt eskortieren wir dich nach Hause. Deine Lady wartet schon sehnsüchtig.«

Duke grinste. Das Zwischenspiel hatte zwar nur wenige Tage gedauert, aber die hatten ihm gereicht. Lieber hundert Tage im Regen auf der Harley als einen Tag im Knast. Er streifte sich die Kutte über, schwang sich auf sein Bike und ließ den Motor an.

Dieses Vibrieren, dieses Geräusch! Es waren nur wenige Tage – vermisst hatte er es trotzdem.

Er gab Gas. Und im Davonfahren zeigte er dem Gebäude der Justizvollzugsanstalt den erhobenen Mittelfinger.

27 - Minus 74 Stunden - **Christina**

Ein Grollen und Donnern lag in der Luft. Gewitter? Oder ...

Das Geräusch kam näher. Und jetzt wusste sie mit Bestimmtheit, dass Motorräder heranrollten. Nicht zwei oder drei. Sondern viele.

Sie kommen! Duke kommt!

Sie trocknete sich hastig die Hände am Geschirrtuch ab, rannte die Treppe hinunter und aus dem Haus. Sie war gerade rechtzeitig vor der Tür, um sie kommen zu sehen:

Aufgereiht wie Perlen an einer Schnur fuhren sie in zwei Reihen auf die Batteriestraße zu. Christinas Herz schlug schneller. Dieser Anblick verursachte ihr jedes Mal Gänsehaut. Nichts konnte Außenstehenden die Einheit des Clubs deutlicher präsentieren, als wenn sie gemeinsam fuhren. Doch heute war es etwas Besonderes, und der übliche Schauer drang tiefer: Die Wizards brachten Duke nach Hause.

Sie hielten vor dem Haus, die Luft roch nach Harley, das Dröhnen der Motoren ließ ihr Zwerchfell vibrieren. Sie fuhren rechts an den Kantstein heran und blieben hintereinander stehen. Alle. Bis auf eine

Maschine, die ausscherte und auf die Auffahrt der Batteriestraße 2a rollte.

»Duke!«

Er hatte sein Bike kaum abgestellt und den Helm abgenommen, als sie ihm schon um den Hals fiel. Sein Kuss war lang und intensiv.

Die Wizards lachten.

»Da ist er wieder, noch dazu in einem Stück. Ich hab's dir doch gesagt, Christina. Das wird sich alles klären.«

»Danke, Bert.«

»Ach, darüber brauchen wir nicht zu reden. Hab ja nix getan.« Der President grinste breit. »Und jetzt lassen wir euch erst mal allein.«

Sie lächelte, legte ihren Arm um Dukes Hüften und schmiegte sich an ihn. Wie gut er sich anfühlte! Wie verdammt gut!

»Wir sehen uns um eins?«

Bert nickte. »Im Clubhaus. Wie besprochen.«

Christina sah zu Duke auf. Meinte er das ernst?

»Ist wichtig«, sagte er auf ihren fragenden Blick hin.

Und sie schluckte es, widerstandslos und ohne Groll. Marion hatte ihr vor einiger Zeit erklärt, dass das Leben an der Seite eines Wizards seine Tücken hatte: es bedeutete Unsicherheit, Gefahr. Und man hatte diese Männer selten für sich allein. Der Club war immer dabei. Sie hatte die Entscheidung getroffen. Duke war ihr wichtiger als jeder Nachteil. Und so akzeptierte sie es auch jetzt. Wenn er um eins ins Clubhaus musste, um mit den anderen zu sprechen, dann war das so. Es war nicht einmal zehn Uhr.

Ihnen blieben drei Stunden. Und die würden sie nutzen.

»Bis später.«

Duke drückte Berts Hand, die Maschinen starteten. Sie sahen nicht zu, wie die Clubbrüder davonfuhren, obwohl der Anblick wegen des dreiteiligen Patches von hinten fast noch imposanter war als von vorne. Doch auch das gehörte zu Duke: Er war nicht sentimental, traf klare Entscheidungen und setzte Prioritäten. Und jetzt war sie dran.

Er legte seinen Arm um ihre Schultern, zog sie an sich und gemeinsam gingen sie ins Haus.

Die Wohnungstür war kaum hinter ihnen ins Schloss gefallen, als er sie zu sich drehte und küsste. Seine Hände tasteten sich von ihren Schultern hinunter über ihre Brüste und tiefer zu ihrem Hosenbund. Als er ihr T-Shirt aus der Hose zu ziehen begann, wand sich Christina aus seinen Armen.

»Warte. Bitte!«

Duke runzelte verärgert die Stirn. »What the fuck? Was ist los mit dir?«

»Nichts. Ich bitte dich nur, noch ein paar Minuten zu warten.«

»Und warum zur Hölle?«

»Weil ich dich liebe.« Sie gab ihm einen Kuss. »Und weil ich etwas vorbereitet habe.« Sie küsste ihn wieder. »Vertraue mir.«

Seine Stirn glättete sich. Aber nicht ganz. Dann nickte er.

»Okay.«

»Komm!« Christina zog ihn an der Hand in die Küche. Auf dem Tisch stand das Porzellan, das sie von ihrer Oma geerbt hatte, Kerzen brannten. Sie hatte ein britisches Frühstück mit allen Raffinessen vorbereitet: Brötchen, Toast und Marmelade, Rührei, gebratener Speck und Würstchen, gegrillte Tomaten und Champignons, Bohnen in Tomatensoße und Porridge. Sie hatte sogar in einem Supermarkt schottischen Cheddar entdeckt und ein Gläschen Mangochutney besorgt, eine Kombination, von der sie wusste, wie gern Duke sie mochte.

»Wow. Essen.« Christina konnte seinen Ärger und sein Missfallen fast spüren. »Du hast davon gehört, dass Häftlinge in deutschen Gefängnissen regelmäßige Mahlzeiten bekommen?«

»Natürlich. Aber ich wollte dich überraschen. Setz dich bitte.« Sie deutete auf seinen üblichen Platz. Auf dem Teller lag ein Geschenk.

Duke zog den Stuhl vom Tisch und setzte sich. Das Geräusch, mit dem die Stuhlbeine über den Boden schrammten, machte Christina nervös. Das lief anders, als sie es sich vorgestellt hatte.

»Das ist für dich!« Sie nahm das Päckchen und drückte es ihm in die Hand. »Mach auf!«

Sie spürte ihren Herzschlag am Hals, ihre Hände waren feucht und zitterten vor Aufregung. Was würde er wohl sagen? Würde er sich freuen? Plötzlich war sie sich nicht mehr sicher. Vielleicht hätte sie mit der Nachricht noch warten und ihn nicht gleich am ersten Tag damit überfallen sollen. Aber hätte sie das durchgehalten? Bestimmt nicht. Eher wäre sie geplatzt.

Duke schüttelte das kleine Paket, drückte vorsichtig, dann öffnete er die Schleife und riss das Papier auf.

»Was ...«

Er hielt einen winzigen Strumpf aus weißem Frottee hoch. Christina beobachtete jede seiner Bewegungen, presste dabei die Lippen fest zusammen und rutschte auf ihrem Stuhl herum.

»Das ist nicht meine Größe«, sagte er verwirrt. Dann sah er sie an. Sein Mund öffnete sich, seine Augen weiteten sich. Und wurde er etwa blass? »Du ...«

Sie nickte.

»Ja.« Sie zitterte am ganzen Körper. »Ich ...« Nervös schob sie den Salzstreuer auf dem Tisch hin und her. Wenn er das Baby nicht wollte, was dann? »Ich weiß es seit Dienstag.«

»You'll have a baby?«

»Ja. Ich bin schwanger.«

Duke blinzelte. Wieder öffnete er den Mund. Dann schloss er die Augen, schlug die Hände vor das Gesicht, sah sie wieder an.

»Ich ...« Christina schluckte. Es war ein Gefühl, als ob der Boden unter ihr langsam, ganz langsam nachgab und sie allmählich darin versank. »Ich hatte ... gehofft ... Freust du dich nicht?«

»What?« Duke beugte sich so heftig vor, dass das Geschirr auf dem Tisch klapperte. Dann sprang er auf und ging neben ihrem Stuhl in die Knie. »Ob ich mich freue? I'm ... This is ... Wow.«

Er nahm ihre Hand und küsste ihre Finger.

»Das ist Wahnsinn. Fantastic. Marvellous. Absolutely ...« Er sah sie an. Seine dunklen Augen schimmerten, sein Gesicht strahlte vor Zärtlichkeit. »Lucky me.«

Heute war kein guter Tag.

Der Fernseher lief seit drei Uhr morgens. Nicht etwa, weil er Anteil an dem nahm, was da draußen vor sich ging, oder ihn eine dieser schwachsinnigen Sendungen interessierte: austauschbare Serien, in denen alle schön, erfolgreich und schrecklich unglücklich waren, Verkaufssendungen für nutzloses Werkzeug und hässliche Strickwaren oder schlecht inszenierte Gerichtsverhandlungen. Doch gelegentlich konnte Torben die Stille um sich herum nicht ertragen. Dahinter lauerten Explosionen, gebrüllte Befehle, Schreie von Verwundeten und Sterbenden. Dann brauchte er das Fernsehen, die Geräusche, die Stimmen. Sie übertönten die Kampfhandlungen in seinem Schädel.

Er saß auf dem Sofa, den Kopf in die Hände gestützt, während ein Koch auf die Vorzüge der Pfanne mit der besonderen Beschichtung hinwies. »*Erprobt von Raumfahrt und Militär!*«. Immer wieder fuhr er sich durch das Haar, griff in die kurzen Strähnen und zog daran, bis seine Kopfhaut sich wund anfühlte.

Was meinten sie alle? »*Sei froh, dass du unversehrt aus der Hölle zurückgekehrt bist.*« Lächerlich. Die, die so etwas sagten, wussten nichts. Gar nichts. Niemand kehrte aus der Hölle zurück. Man konnte ihr nicht entkommen. *Er* konnte ihr nicht entkommen. Sie hatte sich in ihn hineingefressen wie ein Parasit. Und jetzt trug er sie als Wirt mit sich herum. Für den Rest seines erbärmlichen Lebens.

Torben griff nach der Bierflasche, die vor ihm auf dem Tisch stand.

Fuck. Leer.

Während er überlegte, ob es sich lohnte, in die Küche zu gehen, oder ob er überhaupt noch Bier hatte, begann eine Nachrichtensendung. »Nordschau« nannte sich der Mist, weil da nur News gebracht wurden, die mit Schleswig-Holstein zusammenhingen. Irgendein Parteifuzzi war abgeknallt worden. Und jetzt flennten sie alle. Ein anderer Typ sprach gerade. Ohnesorge. Ja, so hieß der Kerl. Er konnte sich das gut merken, weil Oma und Opa immer diese Sendungen geguckt hatten. Diese Aufzeichnungen aus dem Ohnsorg-Theater in Hamburg. Zum Teil noch in Schwarz-Weiß. Toby und er hatten währenddessen immer still sein müssen und nie verstanden, wieso die Erwachsenen gelacht hatten.

Toby ...

Das war Geschichte. Weil er abgeknallt worden war. Genau wie dieser verfickte Politiker. Und? Stellte sich etwa jemand für Toby vor die Kamera, sprach sein Bedauern aus und erzählte den geifernden Reportern, wie entsetzlich das alles war, vor allem für die arme Familie?

Scheißkerle. Alle miteinander.

»Bender hinterlässt eine Frau und zwei Kinder«, sagte die Nachrichtensprecherin mit hängenden Mundwinkeln, als sei der Typ ein persönlicher Freund gewesen. Wozu diese Gefühlsduselei? Wenn in Afghanistan fünfzig Kinder von einem

Fanatiker in die Luft gesprengt wurden, interessierte sich dafür kein Mensch. Nicht einmal eine Träne wurde vergossen. Und hier ... Staatstrauer, oder was? Am besten drei Tage lang.

»Der Fall des am Samstag auf einer Feier getöteten Mitglieds der Rockerbande »Wild Rascals« ist immer noch nicht abgeschlossen. Der Hauptverdächtige Neil M., Angehöriger der rivalisierenden Rockergang »Wizards of Doom«, wurde am Morgen aus der Untersuchungshaft entlassen. Wie der Pressesprecher der Staatsanwaltschaft verlauten ließ, sind laut zuständigem Haftrichter die Verdachtsmomente gegen den 34-Jährigen nicht ausreichend, um eine Fortführung der Untersuchungshaft zu rechtfertigen. Bei einer Party des Rockerclubs soll M. den 35-Jährigen Tobias S. nach einem Streit erschossen haben. Experten befürchten eine weitere Eskalation des Rockerkiegs in der Region Flensburg. Und nun zum Wetter ...«

Torben hörte nicht mehr zu. Er saß da, äußerlich erstarrt. Doch in seinem Inneren bereitete sich ein Vulkan auf einen Ausbruch vor.

Hatte er richtig gehört? Konnte das wahr sein? Das Schwein war frei? Der Dreckskerl, der seinen Bruder auf dem Gewissen hatte, atmete frische Luft, fuhr auf seiner Kiste herum und hatte Spaß mit seiner Alten, während Toby steif und bleich in der Leichenhalle liegen musste?

Das war nicht zu fassen! Aber so waren sie – die Politiker, die Bullen, die Behörden. Sie taten nie, nie, niemals ihre Arbeit. Und sie enttäuschten dich. Immer.

Torben biss die Zähne zusammen, bis er glaubte, sein Kiefer würde jeden Moment brechen. Dann stand er auf.

Er musste etwas tun. Sofort. Eine Sekunde lang dachte er daran, Andy oder Ase anzurufen. Aber wozu? Sie konnten nichts ändern. Und Hilfe brauchte er auch keine. Manchmal musste man die Dinge selbst in die Hand nehmen.

Das war schon immer so.

29 - Minus 70 Stunden - Duke

Er saß im Clubhaus auf dem breiten roten Sofa, lehnte den Kopf gegen die Wand und musste ständig grinsen. Christina war schwanger! Da er ihr das Versprechen gegeben hatte, durfte er den Brüdern noch nichts erzählen. Zum Glück deuteten sie sein Lächeln als Freude über die wiedergewonnene Freiheit. Was letztlich ja auch stimmte.

»Schön, dich wieder hier zu haben, Duke.« Er stand auf, damit Red ihn an seine breite Brust ziehen und ihm die Pranke auf die Schulter hämmern konnte.

»Waren zum Glück ja nur ein paar Tage.«

»Klar. Aber jeder Tag, was sage ich, jede Stunde in dem Kasten ist eine zu viel.«

»Right.« Duke sank auf das Sofa zurück. Es war gewiss keine Schönheit. Aber saubequem. Und ein Stück Zuhause.

Die beiden Prospects standen hinterm Tresen an der Bar und sorgten für die Getränke – Cola, Wasser, Kaffee. Sie alle mussten heute noch auf die Bikes und niemand wollte den Bullen so einen simplen Grund liefern. Nur Duke trank Whisky – einen 16-jährigen Laphroaig. Zur Feier des Tages. Es gab schließlich eine Menge zu feiern. Außerdem konnte er vom Clubhaus aus zu Fuß nach Hause gehen. Es war nur ein Stück die Straße hinunter.

»Wir sind vollzählig«, sagte Bert und setzte sich in einen tiefen Ohrensessel. »Sind alle versorgt?« Sie nickten. »Dann, Bruder, auf dich. Schön, dass der Knast nur eine kurze Episode war.«

Duke lächelte. »Thanks, Bros.«

»Und nun wolltest du noch etwas besprechen. Was gibt's?«

Duke stellte sein Whiskyglas auf dem niedrigen Couchtisch ab, schluckte. Die scharfe, nach Torf, Rauch und Heftpflaster schmeckende Flüssigkeit rann seine Kehle hinunter. Seine gute Stimmung bekam gerade einen Dämpfer.

»Im Memberraum«, sagte er.

Bert sah ihn an.

»Leon, Tim, ihr haltet hier die Stellung.«

»Klar.« Die beiden Prospects begannen, Flaschen, Gläser und Tassen zusammenzuräumen, während alle anderen aufstanden und den Flur entlang zum Memberraum gingen. Als jeder seinen Platz am Konferenztisch eingenommen hatte, schloss Big J die Tür und setzte sich ebenfalls.

»Schieß los.«

»Im Knast bekam ich Besuch.« Duke schnippte die Asche seiner Zigarette in ein Gefäß, das dem Schädel auf dem Patch der Wizards nachempfunden war. Das Geschenk eines befreundeten Clubs anlässlich des fünfzehnjährigen Bestehens des Chapters. Es hatte die schlichte Glasschale auf dem Tisch verdrängt, die ihnen seit einiger Zeit als Ascher gedient hatte. Genau gesagt, seit vor zwei Jahren ein ähnlich geformter Aschenbecher bei einem Großeinsatz dem SEK zum Opfer gefallen war. »Ungewöhnlichen Besuch.«

»Lass mich raten«, sagte Big J. »Der Anwalt der Rascals?«

Duke schüttelte den Kopf.

»Nope. Ein gewisser Axel Bender. Er ist der Sekretär von Paul Ohnesorge. Genau dem Mistkerl, der ...«

»Duke!« Bert hatte sich vorgebeugt und lag fast auf dem Tisch. »Sag das noch mal. Wer war bei dir?«

»Axel Bender, der Sekretär von Ohnesorge.« Er runzelte die Stirn und sah in angespannte Gesichter. Augenblicklich begannen seine Alarmglocken zu schrillen. »Was?«

»Du warst ein paar Tage aus dem Verkehr gezogen, deshalb hast du es wahrscheinlich nicht mitbekommen.«

»Fuck! Macht es nicht so spannend, Leute. Also?«

»Bender ist tot«, sagte Bert. »Er wurde gestern bei einer offiziellen Veranstaltung erschossen.«

»Scheiße.« Duke schlug mit der flachen Hand auf die Lehne seines Stuhls. »Scheiße, Scheiße, Scheiße! Und ich habe es geahnt. Ich habe es verdammt noch mal geahnt!«

»Nun bist du an der Reihe, es nicht so spannend zu machen, Bro!«

Duke inhalierte tief, blies den Rauch zur Decke und erzählte alles, was Bender ihm gesagt hatte: Dass er Toby gekannt hatte. Dass Ohnesorge, Schümann und der Major planten, die MCs fertigzumachen, dass es um viel Kohle ging und irgendeiner der Rascals dran glauben musste. Und dass Bender mit Duke hatte reden sollen, um ihm einen Handel vorzuschlagen.

»Aussage gegen den Club, dafür Kronzeugenregelung. Oder gemeinsam mit dem Club enden. Das war der Deal, wegen dem er zu mir geschickt worden war. Aber der Mann hatte ein Gewissen und hat mir deshalb alles erzählt. Und er hatte eine Scheißangst dabei. Das war nicht zu übersehen.« Er drückte die Zigarette aus. »Verfickt. Ich hatte das Gefühl, dass er in Gefahr ist. Hätte ich gleich mit Vering gesprochen ...« Er schüttelte den Kopf. »Aber Bender hatte mich gewarnt. Die Spitzel dieser drei sitzen überall – vom Rathaus bis in den Knast. Und da Vering davon sprach, dass ich bald entlassen werden würde, habe ich die Klappe gehalten. Ich wollte lieber direkt mit euch reden. Ich dachte, dass wir noch genug Zeit haben, Schutz für Bender organisieren zu können. Tja. Falsch gedacht.«

Im Raum war es so still, dass man hören konnte, wie Steve an seiner Zigarette zog und sie dabei verglühte.

»Wir müssen mit den Rascals reden«, sagte Bert. »So schnell wie möglich.«

Alle nickten. »Klar.« »Auf jeden Fall.«

»Sie müssen wissen, was da läuft, und ...«

Plötzlich wurde gegen die Tür gehämmert.

»Ja?«

»Bert?«

»Was gibt's, Leon?«

Die Tür ging auf, der Prospect blieb auf der Schwelle stehen.

»Wir haben einen unangemeldeten Besucher«, sagte er und Duke fiel auf, wie blass der Mann war. »Keine Sorge, wir haben ihn geschnappt und Tim hat ihn unter Kontrolle. Aber ihr werdet nicht darauf kommen, wer es ist.«

Big J verdrehte die Augen. »Heute sind wir hier in der Quiz-Sendung, oder was? Leg schon los.«

»Es ist der Rascal.«

»Welcher? Andy? Ase?«

»Nein. Der, der eigentlich erschossen wurde. Toby.«

30 - Minus 69 Stunden, 30 Minuten - **Torben**

Dass er nicht mehr in Form war, wusste er spätestens in dem Moment, als er flach auf dem Bauch im Innenhof des Clubhauses lag und sich das Muster der Waschbetonplatten in seiner Wange einprägte. Auf ihm kniete ein Prospect der Wizards. Vielleicht nahm er doch gelegentlich zu viel von diesem und jenem und trieb zu wenig Sport. Höchste Zeit, das zu ändern. Morgen. Oder übermorgen. Wenn er dann noch am Leben sein sollte.

Von irgendwoher näherten sich Schritte und Stimmen.

»Das ist doch ...«

»Kannst aufstehen, Tim, wir haben ihn.«

Das Gewicht auf Torben verschwand, als der Prospect aufstand. Dann wurde er auf die Füße gezogen. Jetzt konnte er sie endlich sehen. Zwanzig Wizards standen um ihn herum. Breitbeinig, die Arme vor der Brust verschränkt, starrten sie ihn an wie eines der Weltwunder. Und *er* mittendrin. McKinnley. Den Namen und das Gesicht dieses Arschlochs würde er nie vergessen. Bis zum letzten Tag.

McKinnley war der Erste, der den Kopf schüttelte.

»Das ist er nicht«, sagte er mit einem Akzent, der irgendwie britisch klang. Offenbar kam er tatsächlich von der Insel. »Toby war kräftiger. Das muss ein Bruder sein. Maybe Twins. Wie heißt das?«

»Zwillinge.« Ein Typ mit einem silbergrauen Bart, der Presi, wie der Frontflasher verriet, nickte. »Du hast recht. Außerdem sieht dieser Kerl ziemlich fertig aus.« Er wandte sich an Torben. »Was du bei uns willst, kann ich mir denken. Aber da bist du in der falschen Gegend. Den Mörder deines Bruders findest du hier nicht.«

Torben lachte auf.

»Das müsst ihr sagen, schon klar. Aber ich muss es euch nicht glauben.«

»Vielleicht glaubst du mir.« McKinnley trat näher an ihn heran und sah ihm direkt ins Gesicht. »Wer auch immer deinen Bruder abgeknallt hat – ich war es nicht. Und wenn du bereit bist, einen Moment zuzuhören, erzählen wir dir, was wir wissen.«

Torben sah in die dunklen Augen des Briten. Und eine leise Stimme in seinem Kopf sagte ihm, dass es nicht schaden könnte, genau das zu tun. Der Typ vor ihm log nicht, das spürte er.

Vielleicht war es einer der anderen. Und er hat es nur auf seine Kappe genommen.

»Also gut«.

McKinnley trat zurück.

»Lass uns reingehen und reden.« Der Presi deutete mit einem kühlen Lächeln auf die Treppe. »Du bist eingeladen.«

Das Innere des Clubhauses unterschied sich von dem der Rascals in Rendsburg hauptsächlich durch die Insignien – statt der Knochenhand mit dem erhobenen Mittelfinger grinste einem überall der Totenkopf mit den langen, gewundenen Hörnern entgegen. Torben wurde ein Sessel angeboten, und einer der Prospects brachte ihm einen Becher Kaffee, eine Packung Milch und eine Schachtel Würfelzucker. Es war derselbe, der sein Gesicht noch vor wenigen Minuten auf die Gehwegplatten gedrückt hatte.

Torben nahm drei Stück Zucker und ließ sie in die schwarze Flüssigkeit fallen.

»Ich höre.«

»Sagt dir der Name Bender etwas?« Die Frage kam von einem riesigen Kerl mit Glatze, auf dessen Frontflasher »Vice-Pres.« stand. In grüner Schrift auf weißem Grund.

Er zuckte mit den Schultern. »Wer soll das sein?«

»Hörst du keine Nachrichten?«

»Nicht, wenn ich's vermeiden kann.«

»Bender ist der Politiker, der gestern hier in Flensburg erschossen wurde.«

»Aha.«

Der Brite sah Torben an.

»Zwei Tage vorher war Bender bei mir im Knast. Er wusste, wer Toby auf dem Gewissen hat. Und warum.«

Torben holte tief Luft.

»Klar. Sind hier irgendwo versteckte Kameras oder so? Ihr wollt mich doch verarschen.« Er nippte am Kaffee. Er war heiß und stark. Das Koffein entfaltete augenblicklich seine Wirkung und schärfte seine Sinne. »Warum sollte es einen Politiker kümmern, was mit Toby geschehen ist?«

»Weil er ihn kannte.«

Torben verschluckte sich am Kaffee und verbrühte sich die Zunge.

»Was? Mein Bruder und ein Politfritze? Habt ihr etwas Falsches geraucht? Ihr habt sie doch nicht alle.«

Der Brite und der President warfen sich einen Blick zu.

»Bender erzählte mir, dass er Toby von früher kennt. Er hat in der gleichen Straße gewohnt, ist auf die gleiche Schule gegangen.« McKinnley beugte sich vor und fixierte Torben. »Ihr seid Zwillinge. Wenn Bender die Wahrheit gesagt hat, müsstest du ihn auch kennen.«

Torben schüttelte den Kopf. »Bender. Kenn ich nicht. Ich ...« Dann fiel es ihm ein. »Moment mal. Da gab es einen. Axel. So ein kleines, schmächtiges Kerlchen. Netter Typ. Mit dem hingen wir eine Zeit lang rum. Hieß der nicht Brauer?«

»Nein. Er hieß Bender. Aber der Vorname stimmt.«

Torben saß in dem Sessel, seine Hände umklammerten die Armlehnen. Bilder tauchten vor seinen

Augen auf. Er und Toby, wie sie mit ihren Fahrrädern vor einem Gartenzaun anhielten. Eine Haustür öffnete sich, ein blonder Junge lief den Gartenweg auf sie zu und schwang sich auf sein Rad. Sie waren oft einfach so durch die Gegend gefahren. Dann hatte Axel die Schule gewechselt. Er hatte das Gymnasium besucht, und im Laufe der Jahre war die Schnittmenge ihrer Kreise immer kleiner geworden. Und jetzt sollte Axel der tote Politiker sein? Der Axel, mit dem sie auf ihren Rädern beim Angeln am Kanal gewesen waren?

»Scheiße.«

»Ja. Das ist genau das, was wir auch denken.«

»Und warum sollte jemand beide abknallen?«

»Weil es Leute gibt, denen es verdammt gut in den Kram passt, wenn sich Wizards und Rascals bekriegen. Und weil Bender zu viel darüber wusste.«

Torben schüttelte den Kopf. Die Gedanken flogen durch seinen Schädel, als würde dort ein Tornado toben. Ihm wurde schwindelig. Er stützte den Kopf auf die Hände und griff sich ins Haar, zog daran, bis es schmerzte. Manchmal half es.

»Ich weiß nicht, ob ich euch glauben soll.«

»Das bleibt dir überlassen. Wir werden jedenfalls nicht hier sitzen und warten, bis die Sache eskaliert.«

»Was habt ihr vor?«

Der President nahm ein Handy vom Tisch.

»Ich werde jetzt Andy anrufen. Wir müssen uns treffen. Und dann reden wir.«

31 - Minus 69 Stunden - **Chester**

Er lehnte an einem Stahlträger und löffelte Obst direkt aus der Konservendose. Das Wohnmobil hatte er in der Halle geparkt, damit es keinem zufällig vorbeikommenden Spaziergänger auffiel. Bisher waren es nicht viele gewesen. Zwei Radfahrer und drei Leute mit Hunden. Aber er war lieber vorsichtig.

Chester warf die leere Dose in einen Müllbeutel und leckte den Löffel ab. Der Job gestern war glattgelaufen. Nach dem Schuss hatte er das Hades 11 nur auf die Seite gelegt, damit es während der Fahrt nicht umfallen konnte, und hatte sich sofort hinters Steuer gesetzt. Zu einer Zeit, als Gäste und Security wohl noch an einen plötzlichen Herzinfarkt oder Schlaganfall geglaubt hatten, war er bereits mit dem Wohnmobil auf der Hauptstraße Richtung Förde unterwegs gewesen. Das war ein großer Vorteil, wenn es gelang, ein Ziel direkt im Ohr zu treffen – es gab wenig Blut. Manchmal dauerte es einige Minuten, bis der Umgebung klar wurde, dass jemand geschossen hatte. Ein paar Minuten. Nicht viel für Polizei oder Zivilpersonen. Doch in der Welt der Sniper eine halbe Ewigkeit. Der Major war jedenfalls zufrieden mit seiner Arbeit. Er hatte es sich nicht nehmen lassen, ihn heute persönlich am Strand zu treffen, um ihm den Rest des Lohns auszuhändigen. Und so, wie er den Mann einschätzte, würde das nicht der letzte Auftrag gewesen sein. Was Chester nur recht war. Stammkunden sicherten ihm seinen Ruhestand, der genau in drei Jahren am

27. Oktober beginnen würde – an seinem vierzigsten Geburtstag. Er wusste auch schon, wo er sich dann niederlassen würde: auf Pelee Island, Kanada. Er würde dort die Ruhe genießen, schwimmen, angeln, Wein trinken. Und Vögel beobachten.

Bis dahin musste sein Konto gut gefüllt sein. Und er durfte keine losen Fäden hinterlassen.

Chester ging durch die Seitentür in den Büroteil des Gebäudes. Die Plastikfolie raschelte unter seinen Schuhen. Es war Zeit, die Rollläden vor den Fenstern zu senken. Nicht viel, nur wenige Zentimeter am Stück, damit die Veränderung nicht sofort ins Auge sprang. Wenn er mit der Prozedur fertig war, würden die Fenster dicht sein. Alle. Bis auf das vordere, durch das man bis ins hintere Büro hineinschauen konnte.

Der asphaltierte Parkplatz vor der Halle lag verlassen da, weit und breit war niemand zu sehen. Zeit für einen Spaziergang übers Gelände – Waldluft atmen und ganz nebenbei einen passenden Point finden.

Er holte eine Jacke und einen kleinen Korb aus dem Wohnmobil, um für einen Pilzsammler gehalten zu werden. Dann trat er ins Freie.

Eine Inszenierung wie diese hatte er noch nie geplant, geschweige denn durchgeführt. Aber er musste zugeben, dass er Gefallen daran fand – an der Entwicklung des Plans, am Aussuchen der Komponenten, an der Vorbereitung. Es machte ihm regelrecht Spaß.

Vielleicht sollte ich mein Repertoire für die restlichen drei Jahre erweitern.

32 - Minus 67 Stunden - Christina

»Hey, das habe ich noch nie gemacht.« Duke grinste, als er seine Harley auf dem Parkplatz gegenüber der Polizeiwache abstellte. »Bisher wurde ich immer mit dem Staatstaxi hierhergefahren.«

Christina nahm den Helm ab und schüttelte ihr Haar aus. Selbst nach der kurzen Fahrt von der Batteriestraße zur Hafenspitze schaffte der Helm, ihr das Haar an den Kopf zu kleben.

Duke legte ihr einen Arm um die Schulter. Die Alarmanlage des Bikes jaulte einmal auf, als er sie betätigte, dann überquerten sie die Straße und stiegen die Stufen zum Polizeirevier hinauf.

Ein Polizeibeamter in Uniform saß hinter einem Kasten aus Panzerglas und sah ihnen fragend entgegen. Duke trug kein Patch, trotzdem war ihm wohl anzusehen, dass er nicht zu den üblichen Besuchern des Reviers gehörte, die einen Diebstahl oder eine Fundsache melden wollten.

Duke holte die an einer schweren Kette hängende Brieftasche aus seiner Jeans.

»Neil McKinnley. Auflage. Ich soll mich bei Ihnen melden.« Er schob seinen Ausweis durch den Schlitz.

Der Polizist warf einen Blick auf das Dokument, hob den Kopf und sah erst Duke an, dann Christina.

»Einen Augenblick.«

Der Mann verschwand in einem Büro.

Christina nutzte die Zeit, schlang ihre Arme um Duke und lehnte ihren Kopf an seine Brust. Deutlich konnte sie seinen Herzschlag hören – regelmäßig und ruhig. Ihn brachte so schnell nichts unter Stress. Selbst ein Besuch auf der Polizeiwache nicht.

Der Beamte kehrte zurück.

»Kommen Sie mit, Herr McKinnley.«

Duke runzelte die Stirn.

»Warum?«

»Formalitäten. Nichts weiter.«

»Okay. Wie lange ...«

»Dauert nur einen Moment. Ihre Freundin kann hier warten.«

Duke nahm Christinas Gesicht in seine Hände und küsste sie.

»Bis gleich«, sagte er, holte tief Luft und reichte ihr sein Handy. »Hopefully. Wenn ich in einer halben Stunde nicht zurück bin, rufst du Vering an. Die Nummer ist gespeichert.«

Sie schluckte.

»Mach ich. Aber was sollen sie dir ...«

»Bei denen weiß man nie.«

»Kommen Sie jetzt?«

Duke ging zu dem Polizisten und Christina sah nervös zu, wie beide hinter einer Glastür in einem Flur verschwanden. Mit den Helmen in der Hand setzte sie sich auf einen der Plastikstühle, die an der Wand standen. Direkt unter einem Werbeplakat für einen Job bei der Polizei und einem Veranstaltungshinweis zum Thema Sicherheit gegen Wohnungseinbrüche.

Sie saß noch nicht lange, als sich die Glastür erneut öffnete und Thomas auf sie zukam.

»Oh, hallo!« Christina erhob sich, um ihren Bruder zu begrüßen. »Hast du nicht längst Feierabend?«

Er gab ihr einen Kuss auf die Wange, dann schaute er auf die Uhr.

»Nein, aber in einer Viertelstunde ist es so weit.« Er lächelte. »Was machst du denn hier?«

»Ich warte auf Duke«, antwortete sie und fragte sich gleichzeitig, ob er es wirklich nicht wusste. »Er muss sich täglich auf dem Revier melden.«

»Ach, stimmt. Er wurde entlassen, habe ich gehört. Gegen Auflagen. Möchtest du so lange in meinem Büro warten? Ist vielleicht angenehmer als auf dem Flur.«

»Ich weiß nicht, Thomas. Wenn Duke zurückkommt und ich nicht da bin ...«

»Keine Sorge. Ich weiß, welcher Kollege sich um solche Angelegenheiten kümmert, ich sage Bescheid.«

Christina zögerte einen Moment, dann gab sie sich einen Ruck. Eventuell war das Thomas' Art, ihr seine Hand zum Friedensschluss zu reichen.

»Also gut. Dann lerne ich auch mal dein Büro kennen.«

Thomas hielt ihr die Glastür auf, und während er sie den Gang entlangführte, erzählte er, dass Frederike seit dieser Woche in einem Verein Fußball spielte.

»Sie hat es sich in den Kopf gesetzt, Nationalspielerin zu werden.«

Christina lächelte.

»Deine Tochter hat schon immer gewusst, was sie will.«

»Ja. Von wem sie das wohl hat.« Mit einem Seufzen öffnete er eine Tür. »Da wären wir. Meinen Kollegen Peer Petersen kennst du ja, oder?«

»Ich glaube, wir haben uns schon mal bei einer Feier bei dir zu Hause die Hand geschüttelt. Guten Tag, Herr Petersen.«

Petersen erhob sich schwerfällig aus seinem Drehstuhl. Sie wusste von Thomas und Stefanie, dass er immer wieder versuchte, sein Gewicht zu reduzieren, aber bisher schien er keinen Erfolg damit zu haben. Er wirkte noch korpulenter als beim letzten Mal. Freundlich lächelnd reichte er ihr die Hand. Nur der Blick, den er Thomas zuwarf, irritierte sie.

»Setz dich.« Thomas nahm einen Stapel Akten von einem Stuhl. »Möchtest du einen Kaffee?«

»Nein danke, lieber nicht. Aber gern ein Wasser, wenn du hast.«

»Klar.« Er kramte in einem Schrank, holte eine Wasserflasche und ein sauberes Glas hervor und schenkte ihr ein. »Bei dir alles in Ordnung?«

»Warum? Ach, wegen Sonntag?« Sie spürte, wie ihre Wangen zu brennen begannen. Am Sonntag. Die Übelkeit. Dukes Verhaftung. Ihre Schwangerschaft. Noch wusste ihre Familie nichts davon. »Das war zum Glück nur eine Magenverstimmung. Du kannst Stefanie beruhigen, es war nicht ansteckend.«

Er nickte, griff nach dem Telefonhörer und tippte eine kurze Nummer ein.

»Moin, Lars, Thomas hier. Hast du McKinnley bei dir sitzen? Okay. Meine Schwester ist bei mir. Wenn du mit ihm fertig bist, klopfst du bei mir an?« Er lachte. »Ja, das denke ich auch. Danke!« Er legte auf. »Alles klar, der Kollege kommt vorbei, wenn alles geklärt ist. Ihr werdet euch also nicht verpassen.«

»Danke.«

Thomas wandte sich seinem Computer zu.

»Es trifft sich gut, dass du hier bist. Ich habe da nämlich eine Frage.« Er tippte auf der Tastatur herum, dann drehte er den Monitor zu ihr hin. »Kannst du mir erklären, was da passiert?«

Christina erstarrte. Auf dem Bildschirm lief ein Video vom Besucherraum der JVA. Ihr wurde eiskalt, als sie erkannte, dass es sich um die Aufzeichnung von ihrem Besuch bei Duke handelte. Sie war aufgestanden. Duke trat auf sie zu, nahm sie in den Arm, beugte sich zu ihr hinunter und küsste sie.

»Was soll das, Thomas?«

»Siehst du das?« Er ließ den kurzen Film erst zurück-, dann wieder vorlaufen und hielt ihn in dem Moment an, in dem Duke sich zu ihr hinunterbeugte. Er vergrößerte den Ausschnitt. »Er flüstert dir etwas ins Ohr. Was, Christina? Was hat er dir gesagt?«

Christina wurde schlecht vor Wut, sie ballte die Fäuste.

»Das geht dich gar nichts an.«

»Hm.« Thomas schnalzte mit der Zunge. »Dir ist doch sicher zu Ohren gekommen, dass der Sekretär des Pressesprechers der regierenden Partei Schleswig-Holsteins gestern bei der feierlichen Grundsteinlegung für ein Sozialbauprojekt an der Angelburger Straße erschossen wurde.«

»Ja. Ich hab's in den Nachrichten gehört. Traurige Sache. Was willst du mir damit sagen?«

»Was du vielleicht«, er betonte das Wort auf eine seltsame Art, die ihr einen eisigen Schauer über den Rücken jagte, »nicht weißt, ist, dass Ohnesorge sich im Kampf gegen organisierte Kriminalität, besonders gegen Rockerbanden, engagiert. Und wovon du ebenfalls – möglicherweise – keine Kenntnis hast: Kurz vor dem tödlichen Schuss hat ein Harleyfahrer eine Runde um die Baustelle gedreht.«

Christina biss die Zähne zusammen.

»Es gibt zahllose Leute mit Harley in Flensburg.«

»Auch mit Patch? Daran wage ich zu zweifeln. Zeugen haben ausgesagt, dass der Fahrer eine Kutte trug. Und jetzt ...« Thomas beugte sich zu ihr vor und deutete auf den Bildschirm. »Jetzt erkläre mir, was das da bedeutet. Und was McKinnley dir ins Ohr geflüstert hat. Weniger als vier Stunden vor dem Anschlag.«

Sie hielt den Atem an. Hatte sie richtig gehört? Zog sie die richtigen Schlüsse?

Eine Chance gebe ich dir noch. Du bist schließlich mein Bruder ...

»Wiederholst du das bitte?«

»Axel Bender wurde erschossen. Ermordet. Er hinterlässt eine Frau und zwei Kinder im Alter von sieben und fünf Jahren. Nur, damit du weißt, worum es hier geht. Und ich frage dich jetzt, was dieser Mann da dir ins Ohr geflüstert hat.«

»Arsch.«

Christina stand auf und nahm die beiden Helme. Ihre Hände zitterten vor Zorn. Mühsam unterdrückte sie den Wunsch, ihrem Bruder ins Gesicht zu schlagen.

»Wohin willst du?«

»Raus.«

»Du kannst nicht einfach ...«

»Oh doch, und ob ich kann. Ich bin deine Schwester. Und ich bin verdammt noch mal erwachsen. Was du da abziehst, ist eine absolute Frechheit.« Sie griff nach der Klinke und riss die Tür auf. »Wenn du das nächste Mal mit mir sprechen willst, dann nur mit offizieller Vorladung und unter Begleitung meines Anwalts. Du tickst ja nicht mehr richtig!«

Sie stürmte hinaus und ließ die Tür hinter sich offen.

Freitag

33 - Minus 59 Stunden - Duke

Durch den schmalen Spalt zwischen Vorhang und Gardinenstange schimmerte das Licht der Straßenlaterne.

Er lag auf dem Rücken, Christina hatte sich an ihn geschmiegt, ihr Kopf lag auf seiner Brust.

Was für ein Tag. Der Knast lag hinter ihm. Die Wizards würden sich zu einem klärenden Gespräch mit den Rascals treffen. Und er würde Vater werden. Dieser Gedanke erfüllte ihn mit einem Glücksgefühl, das immer noch nicht ganz real war. Hatte er je über eigene Kinder nachgedacht? Nein. Wenn er ehrlich war, hätte er sich mit keiner seiner bisherigen Freundinnen eine Familie vorstellen können. Bei Christina war das anders. Es war ...

Wie eine gerade Straße, die offen vor mir liegt.

Er lächelte in der Dunkelheit, als er sich vorstellte, wie er einen Babysitz die Treppen hochtrug. Oder wie das kleine Wesen beim Open House gemeinsam mit den Kindern der anderen Brüder zwischen Bikes und Bierzelttischen spielen würde.

Dann runzelte er die Stirn.

Es würde allerdings auch bedeuten, dass so eine Scheiße, wie sie jetzt lief, einen weiteren Menschen traf. Einen unschuldigen, kleinen Menschen, der nur spielen und groß werden wollte. Aber er würde ihn beschützen, was auch immer kommen mochte. Oder sie.

Er hörte Christina seufzen. Leise.

»Was ist los?«

»Ich dachte gerade an das Gespräch mit Thomas. Wenn ich ihn richtig verstanden habe, hat er den Verdacht, dass der Club Bender erschossen hat. Und du sollst mir die Anweisung dafür ins Ohr geflüstert haben, damit ich sie an die anderen weitergebe.«

»Dein Bruder ist ... « Duke schüttelte den Kopf und lachte auf. »Sounds like a kind of paranoia.«

»Ja. Aber ...« Er spürte, dass sie schluckte. »Er vertraut dir nicht. Auch nach zwei Jahren, die wir jetzt zusammen sind. Er nennt dich nicht einmal beim Namen, sondern immer nur »McKinnley«. Und er hat auch kein Vertrauen zu mir. Er glaubt, dass ich dir hörig bin ...«

Duke musste lachen.

»Du? Dein Bruder kennt dich wirklich schlecht. Du hast deinen eigenen Kopf, das kann ich ihm versichern.«

»Meine Familie zerbricht, Duke.«

Er spürte die heiße Feuchtigkeit ihrer Tränen auf seiner Haut.

»Hey!« Er setzte sich auf, legte seine Hände um ihr Gesicht und wischte ihr behutsam die Tränen von der Wange. »Hast du Angst?«

Im Zwielicht sah er sie kurz nicken.

»Das Baby ... unser Kind ... ich fürchte, dass es ohne Großeltern aufwachsen wird, ohne Tante und Onkel. Und dann noch ...«

Sie begann zu schluchzen. Duke nahm Christina in die Arme. Er verstand ihre Sorge, ihre Bedenken. Das Leben mit einem Wizard war eine ständige Achterbahnfahrt – Gemeinschaft, Partys, Fahrten mit dem Bike auf der einen Seite. Auf der anderen Gefahr, Polizeieinsätze, Verhaftungen. Nicht viele Normalos kamen damit zurecht. Christinas Eltern zum Beispiel gingen ihm gern aus dem Weg und versuchten für ihre Besuche Zeiten abzupassen, in denen er nicht zu Hause war. Oder sie luden Christina zu sich ein. Freunde hatte sie auch schon verloren, seit sie zusammen waren. Natürlich war die Frage berechtigt, ob man solche Typen als Freunde bezeichnen konnte. Trotzdem tat es ihr weh. Und das wiederum war etwas, mit dem er nur schlecht klarkam.

»Christina. Wenn du der Meinung bist, dass es für das Baby besser wäre ...«

»Was?« Sie fuhr auf. »Überlege dir jetzt sehr gut, was du sagst, Neil McKinnley. Es könnte nämlich sein, dass ich dich schlagen, kratzen und beißen muss. Glaub mir, Schwangere können das!«

»Ich meine nur, wenn du lieber ...«

Sie legte ihm rasch die Hand auf den Mund.

»Hör mir gut zu, Duke. Ich liebe dich. Nur an deiner Seite bin ich ein ganzer Mensch. Und es gibt niemanden auf dieser Welt, der diesem Kind ein besserer Vater sein könnte als du. Es wird mit uns beiden aufwachsen und ein fröhlicher, aufrichtiger und selbstsicherer Mensch werden. Und wenn seine leiblichen Großeltern meinen, dass ihre Moral so hoch über uns steht, dass sie den Kontakt zu uns nicht verantworten können, ist das ihr Problem.

165

Unser Kind wird eben andere Großeltern haben. Es wird sie zwar nicht Oma und Opa, sondern Marion und Bert nennen, aber das ist letztlich wurscht. Und Onkel, Tanten, Cousins und Cousinen gibt es im Club auch reichlich. Blut ist nicht alles. Es gibt eine Form der Verwandtschaft, die tiefer geht. Viel tiefer.«

Die Tränen glitzerten noch auf ihrer Wange, doch ihre Augen funkelten streitlustig. Duke musste schmunzeln.

»Hey, du kannst ja eine richtige Furie sein.«

»Oh ja, das kann ich. Und das werde ich dir jetzt zeigen.«

Sie warf die Bettdecke zur Seite und setzte sich auf ihn. Lächelnd ließ er sich in die Kissen fallen.

34 - Minus 52 Stunden - **Chester**

Das Haus war eigentlich ganz hübsch. Es war die Art von Gebäude, wie sie Ende des 19., Anfang des 20. Jahrhunderts errichtet wurde, und die man in Deutschland in nahezu allen Städten fand. Eine kleine Villa, recht gut in Schuss, mit einem sandfarbenen Anstrich, weiß abgesetzten Fensterumrandungen und Stuckelementen. Direkt unter dem Dach stand in schwarzen Lettern »Haus Fördeblick«. Ein Name, der wohl zur Bauzeit des Hauses noch seine Berechtigung gehabt haben mochte. Jetzt wurde der Blick auf das Wasser allerdings von einer Fabrik verstellt. Aber vielleicht konnte man noch aus den Fenstern im ersten Stock einen Zipfel der Förde sehen.

Zwei Jahre lang hatte Chester sich vorbereitet. Um bei seinen Nachforschungen keine Spuren zu hinterlassen, war er vorsichtig gewesen. Nie hatte er nach allen Informationen gleichzeitig gesucht, er hatte sich Zeit gelassen. Langsam, aber sicher war er McKinnley näher gekommen. Und jetzt wusste er nicht nur, wo er wohnte und arbeitete, sondern auch, mit wem er zusammen war, wer seine Freunde waren. Er kannte sogar McKinnleys Vorstrafen. Und er wusste, wo die Frau arbeitete, mit der er zusammenlebte.

Christina Martens, Ärztin im hiesigen Krankenhaus.

Er hatte das Wohnmobil auf der gegenüberliegenden Seite geparkt, wo gestern bereits ein anderer Caravan gestanden hatte. Er hatte gesehen, wie McKinnley mit seiner Frau abends um sechs nach Hause gekommen war. Um acht war er allein gegangen und drei Stunden später wiedergekommen. Chester war wach geblieben, solange das Licht im ersten Stock brannte, hatte noch eine Trainingseinheit mit Sit-ups und Liegestützen absolviert und war schlafen gegangen. Seit fünf Uhr wachte er am Fenster und beobachtete das Haus. Mittlerweile war es acht. McKinnley musste bald zu seiner Arbeit in der Motorradwerkstatt aufbrechen. Aber was war mit ihr? Hatte sie frei?

Chester trank eine zweite Tasse Kaffee, als sich die Tür auf der gegenüberliegenden Straßenseite öffnete. Sie kamen beide gemeinsam heraus und gingen zu der kleinen Garage. McKinnley öffnete das Tor und ließ rückwärts ein Motorrad herausrollen. Es war eine große Maschine, mattschwarz lackiert, wie es Männer dieses Schlags offensichtlich bevorzugten. Als er den Motor startete, vibrierten die Plexiglasscheiben des Wohnmobils.

Die Frau schloss die Garage, sie setzten Helme auf. Sie schwang sich auf den Sozius und McKinnley gab Gas.

Chester stieg nach vorne auf den Fahrersitz. Dem Motorrad zu folgen war nicht schwierig, er musste nur dem Dröhnen hinterher. Sie fuhren am Museumshafen und am Busbahnhof vorbei, dann bog McKinnley rechts ab. Er folgte in sicherer Entfernung. Zum Glück, denn McKinnley stand auf dem Seitenstreifen. Die Frau war mittlerweile abgestiegen und hatte den Helm abgesetzt. Gerade befestigte sie ihn an der Rücklehne des Sozius. Die beiden gaben sich einen Kuss. McKinnley gab Gas, sie winkte ihm nach und ging davon.

Chester fuhr langsam weiter, bog links ab. Rechts fuhr McKinnley, überholte einen Transporter und verschwand Richtung Autobahn. Er bog aber nach links und wieder auf die Hauptstraße ein. Sein Ziel war die Batteriestraße. Dort würde er warten. Nicht auf McKinnley. Sondern auf sie.

Seinen Köder.

35 - Minus 50 Stunden - Duke

In der Werkstatt war es laut. Steve zog Schrauben mit dem Pressluftschrauber an, Marek dengelte den verbeulten Heckfender einer E-Glide zurecht, deren Fahrer beim Rückwärtsrollen den eigenen Gartenzaun gerammt hatte. Duke schweißte einen neuen Tank zusammen. Das Radio war auf volle Lautstärke gedreht. Der Sender spielte gerade einen Song von AC/DC.

Kurt, der Chef, kam in die Werkstatthalle geschlendert, beide Hände in den Taschen seines Blaumanns versenkt, der weiße, geflochtene Zopf hing über seiner Schulter. Er gab Marek eine Anweisung, wechselte ein paar Worte mit Steve. Duke schaltete das Schweißgerät aus und schob die Schutzbrille hoch. Kurt kam näher und betrachtete nachdenklich den auf der Hebebühne befestigten Rahmen, aus dem Stück für Stück ein neues Bike wurde.

»Das wird fett«, sagte er und nickte. »Hast du mit dem Kunden schon wegen des Lacks gesprochen?«

»Harder wollte sich heute melden. Warum?«, fragte Duke.

»Weil's dauern wird, bis wir die Farbe haben. Wenn's tatsächlich die sein soll, ist es eine Spezialanfertigung. Wenn er den Rest der Saison noch nutzen will, kann's eng werden.«

»Ich glaube, das ist kein Problem. Der Typ weiß Bescheid. Aber ich sag es ihm.«

Das Bike, an dem er seit zwei Wochen arbeitete, war ein echtes Custom-Projekt. Der Kunde war ein lockerer Typ, der vor Kurzem von Stuttgart nach Flensburg gezogen war, und jetzt einen 94er Starrrahmen zu seinem Traumbike aufbauen wollte. Harder hatte eigene Vorstellungen, war für Vorschläge offen und hatte weder die Zeit noch das Know-how, das Projekt selbst in Angriff zu nehmen. Ein Auftrag, wie Duke ihn liebte. Ein Mann, ein Bike. Sein Motto, das er endlich mal wieder verwirklichen konnte. Zu Beginn hatte Duke eine Stunde lang mit dem Mann über Gott und die Welt geredet, um sich ein besseres Bild machen zu können. Dann hatte er sich hingesetzt, eine Skizze gezeichnet, Änderungen besprochen. Die Arbeit an dem Bike machte Spaß. Nicht jedes Teil war passend in den Katalogen der Customizer zu finden, sodass er zum Schweißgerät greifen musste, wie im Falle des Tanks. Aber das machte auch den besonderen Reiz aus.

Dieses Bike würde gut werden. Eine richtig geile Kiste, für die der Kunde bei jedem Open House bewundernde Blick ernten würde.

»Zeit für die Frühstückspause, Leute. Die Brötchen stehen auf dem Tisch, Kaffee ist fertig.«

»Ich komme gleich. Ich schweiße nur die Naht zu Ende.«

Kurt schlenderte davon.

Steve an der anderen Hebebühne legte sein Werkzeug zur Seite.

»Das kommt jetzt genau richtig«, sagte er und wischte sich über die Stirn. »Ich habe mächtig Kohldampf. Bis gleich.«

Duke nickte ihm zu und setzte die Schutzbrille auf. Bald war das gute Stück fertig: Ein Tank, der aus vier Komponenten bestand.

Während der gleißend helle Magnesiumstrahl Zoll für Zoll über das Metall kroch, dachte er an Toby. Und an Bender. Dass man ihm noch den Tod von Bender in die Schuhe schieben wollte, war natürlich der Klassiker. Das Bild vom Rocker-Boss, der auch im Knast die Strippen zog und seine Ol' Lady für verschlüsselte Botschaften missbrauchte, saß fest in den Köpfen der Bullen.

So ein Quatsch.

Trotzdem fragte er sich, ob Tobys Mörder auch Bender auf dem Gewissen hatte. Ein Ballistiker würde das bestimmt herausfinden können. Oder der Quincy in Kiel. Vielleicht gab die Untersuchung der Leichen Aufschluss darüber, wer hinter dem Ganzen steckte. Und ob Toby und Bender vom selben Schützen umgebracht worden waren. Ob Con sich die Obduktionsbefunde der beiden ziehen konnte? Sie hatte das schon mal gemacht. Vor zwei Jahren, als mitten in der geilsten Sommerparty ein toter Fotograf im Clubhaus gelegen hatte.

Ich werde sie gleich anrufen, dachte er, schaltete das Schweißgerät aus und nahm die Schutzbrille ab. *In der Pause ist genug Zeit.*

36 - Minus 49 Stunden - **Christina**

Sie schwebte nach Hause. Alles war in Ordnung. Der Gynäkologe hatte sie untersucht, Blut abgenommen, einen Ultraschall gemacht. Ein Bild davon befand sich in ihrer Tasche. Darauf sah man ein kleines, weißes Etwas, geformt wie eine Bohne oder Erdnuss. Ihr Kind, einen Zentimeter groß. Das entsprach der achten Schwangerschaftswoche. Oder, um es im Medizinerdeutsch zu formulieren: 7. SSW + 3.

Begriffe schwirrten durch ihren Kopf: Folsäure und Jod-Prophylaxe, Mutterpass, Blutgruppen, Vorsorge-Untersuchungen, errechneter Geburtstermin. Der würde nach derzeitigem Stand im März liegen. Ein kleiner Fisch.

Christina lächelte und hätte am liebsten laut gesungen. Eine alte Frau mit einem weißen Chihuahua an der Leine sah sie an, als wäre Fröhlichkeit auf der Straße anrüchig.

Sollte die Frau doch über sie denken, was sie wollte. Sie war glücklich. So glücklich, dass sie die Welt hätte umarmen können. Sogar die miesepetrige Frau und ihr Hündchen.

Was ihre Eltern wohl zu der Neuigkeit sagen würden? Und die anderen im Club? Sie hatte zwar mit Duke abgesprochen, dass noch niemand davon erfahren sollte, weil eine Frühschwangerschaft leider auch unglücklich enden konnte, aber sie vermutete, dass Marion ohnehin einen Verdacht hatte. Am Sonntag hatte sie Christina seltsam angesehen. Irgendwie wissend.

Nur noch ein paar Meter bis zu Hause. Wenn Duke nach der Arbeit in der Werkstatt nach Hause kam, würde sie ihm das Bild zeigen. Das erste Foto von ihrem Baby. Er würde sich freuen.

Direkt vor Haus Fördeblick parkte ein Wohnmobil. Sie ging vorbei und suchte in ihrer Handtasche nach dem Haustürschlüssel, als jemand rief.

»Hello, excuse me!«

Sie drehte sich um. In der Fahrerkabine des Wohnmobils saß ein Mann. Er hatte sich auf die Beifahrerseite gelehnt und das Fenster heruntergelassen.

»Do you speak English?«

»Yes.« Christina blieb stehen. Offenbar ein Tourist, der sich verfahren hatte. Sie war zwar keine gute Autofahrerin, aber unter Umständen konnte sie dem armen Kerl helfen.

»Wonderful. Could you tell me how to getto Kupfermuhle, please?«

»Kupfer ...« Dann fiel ihr ein, wovon der Mann sprach. »Kupfermühle! Oh, that's a bit complicated. You don't have a navigation system?«

»No, that damned thing is out of order. But I have a map. Maybe you can show me. Wait a second.«

Er rutschte auf die Fahrerseite, öffnete die Tür und kam um das Fahrzeug herum. Der Mann war etwa Mitte dreißig, Anfang vierzig, mit kurzen, dunklen Haaren, trug Jeans und ein kurzärmeliges Freizeithemd. Er machte einen sympathischen Eindruck. In der Hand hielt er eine Straßenkarte. Er fuhr sich durch das Haar, drehte die Karte ein paar Mal und deutete auf einen Fleck.

»Here we are, right?«

Sein Finger zeigte auf die Werftstraße.

»No.« Christina schüttelte den Kopf. »This is Batteriestraße. And you are here.« Sie beugte sich über die Karte, um ihm die Position zu zeigen. »To get to Kupfermühle, you have to ...«

Ein seltsamer Geruch hing in der Luft. Für einen kurzen Moment zuckten einzelne Bilder vom Krankenhaus durch ihr Hirn: der Endoskopie-Raum, der OP, die Spender für Desinfektionsmittel an den Wänden der Patientenzimmer.

Dann wurde es dunkel.

37 - Minus 41 Stunden - **Torben**

Er stand auf dem Gehweg. Hinter ihm fuhr ein Containerschiff den Nord-Ostsee-Kanal Richtung Brunsbüttel. Vor ihm lag das schwarze Tor mit der kunstvoll aufgesprühten Skeletthand, das das Territorium der Wild Rascals in Rendsburg von den umliegenden Auto-Importeuren, Speditionen und Schrotthändlern abgrenzte.

Wie lange war er jetzt nicht mehr hier gewesen? Zwei Jahre? Drei? Es fühlte sich nach einem ganzen Leben an.

Das letzte Mal hatten sich die Torflügel wie von selbst bei seiner Ankunft geöffnet. Heute musste er klingeln. Seit er sein Patch abgelegt hatte, gehörte er nicht mehr dazu. Tatsächlich aber war er schon viel früher ausgestiegen. Bereits in Afghanistan.

Torben zögerte. Wollte er wirklich da hinein? Das Clubhaus und all die Leute wiedersehen, die seine Brüder gewesen waren, seine Familie? Sie würden ihn nicht verstehen, nicht begreifen können, dass er mittlerweile einem anderen Club angehörte. Er war jetzt Member der Hölle. Ein Club, aus dem es keinen Ausstieg gab, obwohl er ihn sich nicht selbst ausgesucht hatte.

Er überlegte, umzudrehen, sich auf seine alte Maschine zu setzen und dorthin zu fahren, wo er sich jeden Tag aufhielt und gelegentlich sogar schlief. Ein anderer hätte es »Zuhause« genannt. Torben mochte nicht einmal Wohnung sagen. Er war nicht »zu Hause«. Und er »wohnte« auch nicht. Nicht mehr. Nirgendwo.

Doch da war Toby. Die Wizards würden kommen, um mit Andy, Ase und den anderen über seinen Tod zu reden. Und Toby war sein Bruder, der ihn etwas anging. Immer noch. Auch wenn er jetzt in einer Kältekammer beim Bestatter lag. Oder gerade deshalb. Denn Toby war um die Möglichkeit gebracht worden, seine Angelegenheiten selbst zu regeln.

Torben zog an der schweren Kette, die die Klingel betätigte, und setzte sich wieder auf sein Bike. Das Licht an der Überwachungskamera leuchtete rot. Dann öffnete sich scheppernd und summend das Metalltor. Langsam ließ er das Motorrad auf das Gelände der Rascals rollen.

Ein junger, ihm unbekannter Prospect wies ihm im hinteren Teil des Hofes einen Stellplatz für das Bike zu. Er stellte es zwischen den anderen geparkten Maschinen ab. Klar. Man wollte den anrollenden Wizards noch Platz lassen.

»Moin, Tobbe.« Boje reichte ihm die erhobene Hand zum Gruß, aber da war kein Lächeln im Gesicht, keine Freude über das Wiedersehen. »Gut, dass du da bist.«

Er nickte. In den letzten Wochen und Monaten hatte er festgestellt, dass er am Tag nur eine bestimmte Anzahl Wörter zur Verfügung hatte. Die musste er aufsparen für die wirklich wichtigen Gespräche.

»Komm. Wir sind vollzählig.«

Boje ging vor ihm ins Clubhaus. Sofort merkte er, dass etwas anders war. Torben nahm die wohlbekannten Gerüche wahr: Nikotin, Kaffee, Bier und

Spirituosen, überlagert vom schwachen Öl- und Lackgeruch aus der angrenzenden Club-Werkstatt. Auch die Ausstattung hatte sich kaum verändert. Abgesehen von einem Flipperautomaten in der einen Ecke, der stabiler aussah als der alte, ein paar neuen Barhockern und einem Bild, das auf dem Tresen stand, für jeden sofort sichtbar, der durch die Tür kam. Es war ein gerahmtes Foto von Toby in seiner Kutte. Eine schwarze Schleife zeigte deutlich, dass er seinen letzten Ride angetreten hatte. Doch das alles war es nicht. Etwas war fremd im Clubhaus, obwohl es sich gleichzeitig vertraut anfühlte. Es war etwas, das er kannte, aber nicht mit dem Club in Verbindung brachte. Dann fiel Torben ein, was anders war: Die Musik lief nicht, die Gesichter der Rascals waren ernst, verschlossen und angespannt. Sie kamen ihm vor wie eine Armee-Einheit. Ein Haufen Männer, die sich sehr gut kannten und einander das eigene Leben anvertrauten, die vor einem Einsatz in unbekanntem Gebiet mit wahrscheinlichem Feindkontakt standen und jetzt ihre letzte und entscheidende Besprechung abhielten.

Darum kam ihm die Situation bekannt vor.

Willkommen in meiner Hölle.

Andy kam ihm entgegen, reichte ihm die Hand zum Gruß.

»Beileid«, sagte er und legte ihm die Linke auf die Schulter. »Gut, dass du da bist. Heute brauchen wir dich hier. Willst du etwas trinken?«

Torben nickte. Einen Moment lang war er versucht, Whisky zu verlangen, dann dachte er daran, dass möglicherweise jedes Wort wichtig war, das

176

gleich gesprochen wurde. Er musste nüchtern bleiben. Oder es wenigstens versuchen.

»Cola.«

Andy gab jemandem ein Handzeichen, dann wies er auf einen der Sessel. Wieder ein Indiz, dass er hier nur noch Gast war. Geduldet, aber fremd. Im nächsten Moment standen eine Flasche und ein Aschenbecher vor ihm.

Er zog ein Päckchen Zigaretten aus der Jackentasche. Seine Finger zitterten, als er eine davon herauszog. Noch bevor er das Feuerzeug gefunden hatte, hatte der Prospect ihm bereits ausgeholfen. Er war ein Greis, der sich nicht einmal mehr einen Glimmstängel selbst anstecken konnte. Und das mit fünfunddreißig.

Andys Blick war fest auf ihn gerichtet. Torben wusste genau, was der President sah. Ein menschliches Wrack; einen Haufen Knochen, verkümmerter Muskeln und fahler, pickliger Haut mit Bartstoppeln und Schnittverletzungen vom vergeblichen Versuch, sich zu rasieren. Eine elende, saufende, kiffende, drückende und koksende Gestalt. Aber so sahen sie alle aus, die Member der Hölle. In dem Club war das normal.

»Wann kommen sie?« Trotz des Händezitterns schaffte er es, die Asche seiner Zigarette in den Aschenbecher und nicht daneben zu schnipsen.

»Wir erwarten sie um halb zehn.« Andy warf einen Blick auf seine große Armbanduhr. »In genau zwei Stunden.«

Fuck!

Immer zwei Stufen auf einmal nehmend hastete er die Treppe im Haus Fördeblick hinauf. Er war viel zu spät dran. Dabei hätte alles gut geklappt, wenn ihn die Bullen nicht noch mit weiteren sinnlosen Fragen und ein paar neuen Theorien auf der Wache festgehalten hätten. Jetzt glaubten sie ihm nicht, dass er am Samstag beim Anniversary-Run Tresendienst gemacht hatte. Ein MC-Member würde das nicht tun, dafür seien die Supporter, Hangarounds und andere Lakaien zuständig. Das hatte ihm der Typ weißmachen wollen.

Bullshit.

Vering war auf seinen Anruf hin sofort angerückt. Endlos lange hatten sie mit den Bullen diskutiert. Sie hatten ihn erst gehen lassen, als Vering mit Konsequenzen drohte.

Das war vor einer Viertelstunde gewesen. Zu spät, viel zu spät!

Um halb acht hatten sie sich im Clubhaus treffen und um acht nach Rendsburg fahren wollen. Jetzt war es halb acht. Und duschen musste er auch noch.

Bert und die anderen wussten Bescheid.

Er schloss die Tür auf und registrierte sofort die Stille und Leere der Wohnung. Hatte Christina heute Abend etwas vor?

Er konnte sich nicht erinnern, dass sie ihm davon erzählt hatte. Oder hatte sie es vergessen? Es war ein bisschen viel gewesen in den letzten Tagen.

Duke stürmte ins Schlafzimmer, riss ein frisches T-Shirt und eine saubere Jeans aus dem Schrank. Im Badezimmer streifte er die Klamotten ab, duschte in Windeseile, trocknete sich ab. Das Haar noch feucht, zog er sich an. Während er die Zähne putzte, wählte er Christinas Handynummer. Nach dem Abgang auf dem Revier gestern war sie wohl kaum zu ihrem Bruder gefahren. Aber vielleicht traf sie sich mit einer Freundin. Er ließ das Handy eine ganze Weile klingeln, ohne dass Christina sich meldete. Auch die Mailbox sprang nicht an. Mist. Dabei wusste sie nicht, dass er heute später zu Hause sein würde als sonst. Sie würde sich Sorgen machen und sofort das Schlimmste vermuten. Im Gegensatz zu Marion, Carina und den Frauen der anderen fehlte ihr noch der routinierte Umgang mit solchen Situationen. Außerdem hätte er schon gern gewusst, was der Arzt gesagt hatte.

Duke zog sich Lederjacke und Kutte über und schloss die Tür ab. Während er die Treppe hinunterstieg, probierte er wieder, Christina zu erreichen.

Nichts.

Dann eben nicht. Er hatte jetzt keine Zeit, alle Freundinnen abzutelefonieren. Die Brüder warteten auf ihn. Und die Rascals in Rendsburg vermutlich auch.

Er schwang sich auf seine Maschine, startete den Motor und fuhr zum Clubhaus.

39 - Minus 39 Stunden - **Christina**

Sie lag zusammengekauert und gefesselt auf dem mit Plastikfolie ausgelegten Boden eines leeren Zimmers und hatte Angst. Todesangst.

Ihre Angst ließ ihre Finger kalt und gefühllos werden. Sie zitterte. Immer wieder dachte sie an Duke. Und an das winzige Wesen, das begann, in ihr heranzuwachsen, und das hier mit ihr ...

Sie versuchte, die aufkommende Panik zu unterdrücken, ruhig zu bleiben, nachzudenken.

Der Raum, in dem sie gefangen gehalten wurde, schien ein Büro zu sein. Es gab auffallend viele Steckdosen an den weißen Wänden und abgehängte Decken mit Neonröhren. Es roch noch neu und unbenutzt nach Mörtel, Farbe und Kleber.

Den Mann, der sie nach dem Weg gefragt hatte, sah sie kaum. Wo er sich aufhielt, konnte sie nicht sagen. Gelegentlich hörte sie hinter der geschlossenen Tür seine Schritte, Wasserrauschen oder eine Toilettenspülung. Auf der Straße war er ihr höflich und freundlich erschienen. Und jetzt ...

Bleib ruhig, atme. Denk nach! Analysiere die Lage! Nur so hast du eine Chance.

Sie schloss die Augen, schluckte gegen Übelkeit und Tränen an.

Ihre Lage war schlecht. Und davon lenkten auch die Isomatte, die dünne Luftmatratze und die Decke nicht ab, auf denen sie lag. Was auf den ersten Blick nach Fürsorge aussah, war für sie das Zeichen, dass ihr Entführer einen längeren Aufenthalt für sie plante. Sie war mit silberfarbenem Tape an Händen und Füßen gefesselt, die Hände zwar vor dem Körper, aber an einer Gürtelschlaufe ihrer Jeans fixiert. Entweder war ihr Kidnapper ein Profi oder er hatte an anderen Opfern vor ihr geübt. Weder der eine noch der andere Gedanke gefiel ihr. Dass sie nicht geknebelt war, wertete Christina ebenfalls als schlechtes Omen. Vermutlich gab es hier weit und breit nichts und niemanden außer ihr. Und diesen Kerl.

Schreien folglich zwecklos.

Wer war er?

Ein Psychopath, der Frauen entführte? Hatte sie blöderweise in sein Beuteschema gepasst? Oder war sie nur zur falschen Zeit am falschen Ort gewesen?

Er erinnerte sie vom Aussehen an den Schauspieler Edward Norton, war Brite, möglicherweise ein Schotte, so genau konnte sie es nicht sagen. Als er sie auf der Straße angesprochen hatte, war sein Akzent eindeutig englisch gewesen. Aber mittlerweile war sie nicht mehr sicher. Er sprach zwar nur wenig, doch sie hatte den Eindruck, dass er sein R ähnlich rollte wie Duke. Unterdrückte er seinen schottischen Akzent, um seine Herkunft vor ihr zu verbergen? Wie wahrscheinlich war es, dass jemand aus Großbritannien kreuz und quer durch Deutschland fuhr, um Frauen zu entführen? Filme fielen ihr ein. Hollywoodstreifen über frauenentführende Psychopathen, die nach Lust und Laune die USA durchreisten und in zahlreichen Staaten ihrem blutigen Geschäft nachgingen. Am Ende des Thrillers wurden die Mörder selbstverständlich geschnappt.

Aber auf dem Weg dahin gab es etliche Leichen. Außerdem war dies hier kein Drehbuch, das dramaturgischen Gesetzmäßigkeiten folgte, sondern ...

Realität.

Was für ein beschissenes Wort.

Christina schloss die Augen, holte tief Luft.

Mr. Edward tauchte selten auf. Er hatte ein paarmal ihre Fesseln kontrolliert und sie gefragt, ob sie etwas trinken oder essen wollte. Erst, als er vor ihren Augen eine Wasserflasche frisch geöffnet hatte, hatte sie zugestimmt. Sie konnte es sich nicht leisten, Wasser zu verweigern, und selbst bei Nahrung war sie sich nicht sicher.

Sie war schwanger. Sie brauchte ihre Kraft. Egal, wie lange das hier dauern würde. Und wie es ausgehen mochte.

Einen Moment überlegte sie, dem Entführer von ihrer Schwangerschaft zu erzählen. Aber die Idee verwarf sie wieder. Jemand, der Frauen betäubte und verschleppte, war wohl kaum in der Lage, Mitleid zu empfinden.

Sie dachte an Duke. Wann würde er sie vermissen? Spätestens heute Nacht. Und dann würde er nach ihr suchen, die Brüder alarmieren. Die Wizards würden ausschwärmen, die Gegend nach ihr durchkämmen.

Und da fiel ihr ein, dass das die Lösung sein konnte. Wenn Mr. Ed tatsächlich Schotte war, kannte er möglicherweise Duke. Dann war er kein Frauenmörder, sondern sie war der Köder, um an Duke ranzukommen.

Christina presste Lippen und Lider zusammen und konnte doch nicht verhindern, dass eine Träne ihre Wange hinunterrollte. Dieser Gedanke war fast noch schlimmer als der, einem Psychopathen in die Hände gefallen zu sein. Der Kerl würde mit Duke Kontakt aufnehmen. Der würde kommen. Natürlich würde er das. Und dabei direkt in die Falle laufen, wie auch immer die aussehen mochte.

Aber da war auch ein Funken Hoffnung: Denn Duke würde nicht allein sein.

40 - Minus 38 Stunden - **Duke**

Die Wizards hatten das Clubhaus der Wild Rascals kaum erreicht, als sich bereits das schwarze Tor öffnete. Sie wurden erwartet.

Ein Prospect wies ihnen den Parkraum im Innenhof zu. Sie stellten ihre Bikes ab, hängten die Helme an die Lenker. Alle Member der Flensburger Wizards waren mitgefahren. Duke war sicher, dass im Inneren des Clubhauses die Rascals ebenfalls vollzählig auf sie warteten. Alles in allem etwa vierzig Mann in angespannter Lage. Das war eine Menge Adrenalin auf einem Haufen.

Andy kam heraus und nickte Bert mit ernster Miene zu. Das hier war kein Höflichkeitsbesuch, nichts, was Spaß machen sollte. Wenn es gut lief, fuhren sie in ein oder zwei Stunden nach Hause und hatten die Rascals überzeugen können, dass nicht sie Toby auf dem Gewissen hatten, sondern dass es da draußen einen gemeinsamen Feind gab, um den sich beide Clubs kümmern sollten. Wenn es schlecht lief, würden die Rascals ihnen kein Wort glauben und sie schon viel früher auf den Heimweg schicken. Und wenn es ganz schlimm kam, würde die Sache eskalieren, es würde Verletzte geben. Dukes Erfahrung und das Gesicht des Presidents der Rascals sprachen eher für einen unschönen Ausgang.

Aber man konnte sich täuschen. Es war immer möglich, positiv überrascht zu werden. Wichtig war nur, auf alles vorbereitet zu sein.

Duke lockerte seine Nackenmuskeln und zog das Handy aus seiner Tasche. Ein Blick auf das Display verriet ihm, dass Christina in der Zwischenzeit angerufen hatte. Natürlich während er irgendwo zwischen Flensburg und Rendsburg auf der Autobahn unterwegs gewesen war.

Klar. Wann sonst.

Er drückte auf die Rückwahl-Taste. Es klingelte mehrmals, doch niemand nahm ab.

»Alles klar, Bro?« Steve stand neben ihm und deutete auf den Eingang zum Clubhaus, durch den man den Teil einer Bar sehen konnte. »Wir müssen rein.«

»Yepp, alles okay.«

Duke steckte das Handy ein und folgte den Brüdern. Er war total bescheuert. Nur weil Christina schwanger war, hörte er plötzlich die Flöhe husten. Es war alles in Ordnung. Sie hatte versucht, ihn zurückzurufen. Dass sie jetzt nicht abnahm, hieß gar nichts. Sie war sehr müde in letzter Zeit. Wahrscheinlich schlief sie schon. Oder sie saß in der Badewanne, erschöpft nach einem anstrengenden Tag und dachte genau dasselbe: *Warum klingelt das Telefon immer dann, wenn ich nicht rangehen kann?*

Eigentlich war dieses ganze Hin und Her mit dem Handy lustig. Trotzdem konnte er nicht darüber lachen. Er hatte ein verdammt seltsames Gefühl im Bauch.

Samstag

41 - Minus 36 Stunden - **Torben**

Mitternacht.

Er hatte seine Maschine dort abgestellt, wo eines der Klingelschilder am Haus seinen Namen trug: T. Schneider. T für Torben. Aber er ging nicht hinein. Der Gedanke an die beiden kleinen Zimmer, die engen Wände und die niedrige Decke nahm ihm die Luft zum Atmen.

Also blieb er vor dem Haus stehen und sah sich die Reihe von Fenstern und Balkonen an, dicht an dicht übereinandergestapelt wie Streichholzschachteln. Viele Fenster waren dunkel. Schwarze, tiefe Abgründe; Einstiegslöcher in die persönlichen Höllen irgendwelcher Leute, die sich Tag für Tag durch das Dickicht kämpften, das sie Leben nannten. Bei manchen Fenstern schimmerte Licht hinter Jalousien oder Vorhängen. Einige wenige waren hell erleuchtet.

Von ihnen fiel Licht auf die Rasenfläche, auf der es eine Sandkiste gab. Zwei Sitzbänke waren aufgestellt für die Mütter, die ihre Knirpse beaufsichtigen wollten. Allerdings hatte er noch nie Kinder da spielen gesehen. Eigentlich saß dort nie jemand. Höchstens mal Jugendliche zum Rauchen. Oder ein Hundebesitzer, dessen Vierbeiner über die Grünfläche stromerte, um sein Geschäft zu machen. Kein Wunder. Der Sandkasten war angefüllt mit Kippen,

Flaschenverschlüssen, Kaugummipapier und leeren Plastiktüten.

Unter freiem Himmel und ohne jede Mauer schienen ihm diese beiden Bänke der richtige Ort zum Nachdenken. Torben ging über das feuchte Gras. Aus einer offenen Balkontür drangen Stimmen, Musik und Gelächter.

Leben. Oder das, was viele dafür hielten und was sich bei näherer Betrachtung als Illusion entpuppte.

Er setzte sich auf die Banklehne, zog seine Zigaretten aus der Tasche und zündete sich eine an. Er inhalierte tief und blies den Rauch in einen Himmel, an dem kaum Sterne zu sehen waren. Anders als da unten. In Afghanistan, besonders in den Bergen, waren die Nächte schwarz, klar, kalt und voller Sterne. Das war schön gewesen. Eine der wenigen schönen Erinnerungen an diese Zeit. Vielleicht die einzige.

Ein Auto fuhr auf der Straße vorbei und lenkte seine Gedanken wieder in die Gegenwart. Die Wizards hatten eine Menge erzählt an diesem Abend. Sie hatten von Axel Bender gesprochen. Von Paul Ohnesorge, dem Pressesprecher der Regierungspartei Schleswig-Holsteins. Von Gerd Schümann, einem Immobilienfuzzi. Und von Johannes von Warder, einem Typ aus altem Landadel, der zahllose Geschäfte tätigte – nicht alle legal. Es hatte gedauert, bis Torben kapiert hatte, wen die Wizards meinten. Klar, Ohnesorge war ihm ein Begriff. Wem nicht. Selbst wenn man versuchte, sich aus allem herauszuhalten, kam man an den Nachrichten und ihren Akteuren nicht immer vorbei. Auch von Schümann hatte er gehört. Dessen Immobilienfirma hatte hier in Rendsburg schon Immobilien verkauft und gebaut. Aber von Warder? Der Name klang fremd. Trotzdem hatte irgendwo in seinem Kopf eine Sirene geschrillt. Ein Alarm, der dem Weckruf in Afghanistan bei Angriffen ziemlich nahe kam.

Und dann war es ihm eingefallen, dank einer winzigen Bemerkung. McKinnley hatte von Warder »Major« genannt. Und da hatte Torben gewusst, dass er den Kerl kannte. Nicht so wie Ohnesorge oder Schümann. Sondern wirklich. Der Major war zu Zeiten seiner Ausbildung in der Kaserne gewesen – gefürchtet, berüchtigt, dennoch von nicht wenigen Spinnern verehrt. Ein Typ, eiskalt, berechnend, skrupellos, mit exzellenten Beziehungen zu den höchsten Militärkreisen und somit unantastbar. Er hatte ein Imperium mit ihm ergebenen Leuten innerhalb der Bundeswehr aufgebaut. Es hieß, dass es nichts gab, was der Major nicht besorgen konnte. Dass es nichts gab, was der Major nicht erledigen konnte. Und dass es niemanden gab, der es wagte, sich ihm entgegenzustellen. Bis auf Oberleutnant Klaas Bendixen.

Bendixen hatte herausgefunden, dass die Leute des Majors von ihren Einsätzen auf dem Balkan, in Afghanistan und Nahost mehr als ihre Ausrüstung mitgebracht hatten. Und er wollte den Major bei der obersten Heeresleitung anzeigen. Doch dazu war es nicht gekommen. Bevor Bendixen mit der obersten Heeresleitung hatte sprechen können, hatte es einen tödlichen Unfall auf dem Schießstand gegeben. Ein G22 war förmlich explodiert, zwei Soldaten waren schwer verletzt worden, der Schütze selbst, Bendixen, war gestorben. Es hatte eine Untersuchung gegeben. Experten der Firma waren aus Großbritannien gekommen, um herauszufinden, warum dieses überaus zuverlässige Scharfschützengewehr eine derart fatale Fehlfunktion haben konnte. Man fand nichts. Und so hieß es nach einigen Wochen, menschliches Versagen wäre die Unfallursache. Von dem Verdacht gegen den Major erfuhr niemand, eine Beteiligung an diesem Unfall war ihm nicht nachzuweisen. Und ein knappes Jahr später war der Major mit allen militärischen Ehren in den Ruhestand verabschiedet worden. Zu dem Zeitpunkt war Torben bereits in Afghanistan stationiert gewesen. Aber natürlich verfolgte man auch dort unten die Lage in der Heimat.

Seitdem hatte Torben nichts mehr vom Major gehört – und war nicht traurig darüber gewesen. Selbst in Afghanistan waren die Meinungen über den Major gespalten: Da gab es jene, die ihn fürchteten und seinen Namen kaum in den Mund nahmen, und die anderen, die ihn uneingeschränkt bewunderten.

Aber was hatte der Major nun mit Tobys Tod zu tun? Stimmte, was die Wizards erzählt hatten? Hatte einfach irgendein Rascal sterben sollen, um den Konflikt zwischen den beiden verfeindeten Motorradclubs anzuheizen? War es tatsächlich nichts als ein blöder Zufall, ein unglückliches Schicksal, Pech, schlechtes Kismet – oder wie man es auch immer nennen wollte –, dass nicht Ase, Andy oder Boje jetzt kalt und steif auf ihr Begräbnis warteten, sondern Toby? Der Bruder eines Mannes, der den Major persönlich kannte. Und der auch Bendixen gekannt hatte. Sehr gut sogar. Zwei Tage vor seinem Tod hatte Bendixen seinen Freunden von dem Verdacht gegen den Major und seinem Vorsatz, sich an die Heeresleitung zu wenden, erzählt – Lukas, Matthias. Und Torben.

Welch ein Zufall.

Er sog an der Zigarette, dachte nach. Schon lange hatte er nicht mehr so scharf nachgedacht.

Und dann kam es. Wie ein Blitz aus heiterem Himmel sah er alles ganz klar. Abrupt stand er auf und warf die glühende Kippe in den Sandkasten.

Scheiße.

42 - Minus 35 Stunden - **Duke**

Er ließ sich in den weichen Sessel fallen und rieb sich die Augen. Er war müde, aber an Schlaf war noch nicht zu denken. Zum Glück hatte Leon im Clubhaus die Stellung gehalten und versorgte sie alle mit Drinks. Duke bekam von ihm einen doppelten Single Malt in die Hand gedrückt. Er trank einen Schluck und ließ die nach Torf, Rauch und Pfeffer schmeckende Flüssigkeit die Kehle hinunterrinnen. Es tat gut. Erst jetzt merkte er, wie angespannt er in den vergangenen Stunden gewesen war. Da kam so ein Downer genau richtig.

Bert hob sein Wodka-Glas.

»Bros, das war eine gute Aktion.«

Sie stießen an.

Ob die Rascals ihnen glaubten, dass sie nichts mit Tobys Tod zu tun hatten, würde sich zwar erst in den kommenden Wochen herausstellen, aber sie hatten zugehört. Und offensichtlich Zweifel bekommen, denn zum Abschied hatte Andy Bert die Hand gereicht. Bei Politikern mochte das eine belanglose Geste für die laufenden Kameras sein. In der Welt der Motorcycleclubs galt ein Handschlag.

Es war erstaunlich still im Clubhaus. Jeder von ihnen rauchte, nippte an seinem Drink und hing seinen Gedanken nach. Nur Big J hatte sein Smartphone in der Hand. Klar. Es konnte nicht anders sein. Duke schmunzelte. Man sah den Vice nie ohne wenigstens ein technisches Gerät zur Datenverarbeitung in Reichweite. Sogar auf seinem Bike.

Hugger gähnte so laut und herzhaft, dass alle lachen mussten.

»Ich bin hundemüde. Ich glaube, ich schwing mich auf meine Lizzy, fahr nach Hause und hau mich auf's Ohr«, sagte er und stand auf.

»Moment.« Big J hob erst einen Finger, dann seinen Kopf. Sein Gesicht war so ernst, dass Hugger in der Bewegung verharrte. »Es gibt News.«

»Was?« Bert beugte sich vor und drückte seine Zigarette im Aschenbecher aus.

»Gleich. Im Memberraum.«

Wenig später saßen sie alle am Konferenztisch, während Leon den Clubraum aufräumte.

»Was gibt's, Big J?«

»Ich habe eine Nachricht von Con erhalten, eine Datei aus der Rechtsmedizin in Kiel.«

Duke nickte. »Stimmt, ich habe sie angerufen und gebeten, sich die Obduktionsbefunde von Toby und Bender zu ziehen. Hatte ich in der Hektik vorhin ganz vergessen zu erwähnen. Ich dachte, es könnte nicht schaden zu wissen, ob beide vom gleichen Schützen erledigt wurden.«

»Guter Gedanke. Und?«

Big J schaltete das Notebook an, das er im Clubhaus aufbewahrte. »Sobald ich die Datei geöffnet habe, kann ich es euch sagen. Einen Moment.«

Es war still im Raum. Das Klicken der Tastatur unter Big Js Fingern war das einzige Geräusch. Duke sah den Widerschein vom Bildschirm auf dem Gesicht des Vice: zuerst dunkelblau, dann heller, dann wieder dunkler. Zum Schluss fast weiß. Big Js blaue Augen wanderten rasch von links nach rechts und zurück. Er las.

»Aha. Das ist interessant.«

»Du machst es spannend, Bro«, sagte Bert. Seine Stimme klang heiser und er räusperte sich.

»Einen Moment noch. Ich muss erst ... Ah! Ja, das habe ich mir gedacht.« Er hob den Kopf. »Toby und Bender sind durch das gleiche Kaliber umgekommen. 8,2 mm.«

»Was?« Das kam von mehreren gleichzeitig. Sie sahen sich an.

»Ja, ganz richtig. 8,2.«

»Was soll das denn für ein Kaliber sein?«, brummte Red. »Nie gehört.«

»Da bist du nicht der Einzige, Bro«, sagte Big J. »Was ebenfalls interessant ist: Bender starb an einem Schuss durch das Ohr.«

»Fuck.« Duke fühlte, wie sich seine Nackenhaare aufstellten. »Ein Sniper.«

Big J nickte ernst.

»Aber das Beste kommt noch: Mit diesem Kaliber wurde auch Danny abgeknallt. Der Quincy in Kiel hat die Fälle miteinander verglichen. Offensichtlich war ihm Danny vor zwei Jahren weggenommen worden, bevor er richtig fertig war. Die anderen beiden übrigens auch. Aber er hat seine Notizen behalten. Con hat die Datei gehackt und uns zugeschickt. Der Quincy geht davon aus, dass die drei mit demselben Gewehr umgebracht wurden. Und er wagt die These, dass es sich um einen Prototyp handelt. Oder ein Teil, das es nur auf dem Schwarzmarkt gibt.«

Wenn es vorher schon still gewesen war, so herrschte jetzt Grabesstille. Man hätte einen Schmetterling mit den Flügeln schlagen hören können.

Bert holte tief Luft.

»Also war's bei allen derselbe Killer. Noch dazu ein Profi.«

43 - Minus 34 Stunden und 20 Minuten - **Torben**

Die A7 war nahezu leer. Lediglich ein paar Lkw waren unterwegs nach Skandinavien.

Er fuhr viel zu schnell, aber er hatte es eilig. Seine mageren Arme zitterten, als er einen Tanklaster überholte und in dessen Windschatten geriet. Für einen Moment hatte er Angst, nicht mehr in der Lage zu sein, die Maschine unter Kontrolle zu halten. Er fürchtete sich nicht vor dem Tod. Aber wenn er einen Unfall hatte, würde er niemandem mehr erzählen können, was er herausgefunden hatte.

Die ganze Scheiße stand ihm so klar vor Augen, dass er sich fragte, warum ihm das nicht eher aufgefallen war.

Dass er sich auf den Weg zu den Wizards gemacht hatte, kam ihm mittlerweile seltsam vor. Er hätte seine Erkenntnisse auch mit Ase oder Andy teilen können. Aber er gehörte nicht mehr dazu. Er gehörte zu niemandem mehr. Und die Wizards waren die, die unmittelbar betroffen waren – abgesehen von ihm. Oder er war einfach komplett durchgeknallt, das konnte auch sein. Als er plötzlich gewusst hatte, was da gespielt wurde, war sein nächster Gedanke gewesen, dass er mit den Wizards reden musste. Nicht morgen Nachmittag. Nicht in ein paar Stunden. Sondern jetzt. So schnell wie möglich.

War er verrückt? Er war verrückt, klar. Anders konnte es gar nicht sein. Doch sein Verstand arbeitete scharf und klar. So klar wie schon lange nicht mehr. Dabei hatte er heute weder etwas getrunken noch geraucht oder geschnupft. Seltsam, dass er sich überhaupt auf den Beinen halten konnte. Eigentlich müsste er jetzt auf Entzug sein, fast im Koma liegen. Das, was er gerade tat, war medizinisch gesehen ein Ding der Unmöglichkeit. Und doch saß er auf seinem Bock und fuhr die A7 um zwei Uhr nachts Richtung Flensburg hoch. Das Geheimnis war Adrenalin. Die wirksamste Droge von allen. Und so, wie er sich fühlte, floss aktuell eine Menge von dem Zeug durch seine Adern.

Ein Schild zeigte ihm, dass er noch sechzig Kilometer vor sich hatte. Er blinkte und überholte den nächsten Lkw. Sechzig Kilometer, etwa eine halbe

Stunde. Er drehte den Gasgriff auf und beschleunigte. Der Asphalt zog unter ihm weg wie ein schwarzer, reißender Fluss. Hoffentlich schob im Clubhaus der Wizards irgendein Prospect oder Hangaround Wache. So war es jedenfalls bei den Rascals. Das Clubhaus war eigentlich nie unbemannt, schon gar nicht über Nacht.

Wenn nicht – tja, dann wäre es besser gewesen, zu Andy oder Ase zu fahren.

44 - Minus 34 Stunden - **Duke**

Woran merkte man um zwei Uhr nachts, dass die Wohnung leer war?

Woher auch immer, er wusste es, sobald er die Wohnungstür aufschloss. Er spürte es.

Er schaltete das Licht im Flur an, und das Gefühl wurde zur Gewissheit: Christinas Jacke hing nicht an der Garderobe, ihre Schuhe standen nicht auf der Matte. Ebenso fehlte die große, unförmige Tasche, die sie normalerweise achtlos auf dem Boden stehen ließ und über deren Henkel er schon mehrfach gestolpert war.

Am Telefon blinkte das rote Lämpchen. Es stand auf der kleinen Konsole im Flur in seiner Ladestation, so, wie sie es heute Morgen zurückgelassen hatten. War sie in der Zwischenzeit nicht zu Hause gewesen?

Duke drückte auf die Taste zum Abhören der Nachrichten. Stefanie erinnerte sie an einen gemeinsamen Termin. Susanne, eine Kollegin, wollte wissen, wie es ihr ging, und wünschte ihr gute Besserung. Christinas Mutter bat um Rückruf. Von ihr selbst keine Nachricht.

Das sah ihr nicht ähnlich.

Er ging in die Küche. Der Tisch stand da, wie sie ihn heute früh zurückgelassen hatten, in Christinas Tasse war noch ein Teerest. Auf der kalten, schwarzen Flüssigkeit schwamm eine ölig schillernde Lache.

Mit gerunzelter Stirn machte er sich auf den Weg ins Wohnzimmer, dann ins Schlafzimmer, ins Bad. Nirgendwo ein Zeichen, dass Christina im Laufe des Tages nach Hause gekommen war. Es war nicht einmal neun Uhr gewesen, als er sie am Südermarkt abgesetzt hatte, der Arzttermin war um halb zehn. Wenn der Arzt sie ins Krankenhaus geschickt, sie auf dem Weg einen Unfall gehabt oder sich mit einer Freundin getroffen hätte – irgendjemand hätte angerufen. Sie selbst, die Freundin, im schlimmsten Fall das Krankenhaus.

Duke zog sein Handy aus der Tasche und versuchte wieder, sie zu erreichen.

Es klingelte. Er zählte mit. Sieben. Acht. Neun. Keine Mailbox. Sie schaltete die Mailbox nie aus. Never.

Fuck.

Einen Moment schloss er die Augen, holte tief Luft. Dann rief er eine andere Nummer an.

Diesmal musste er nicht lange warten. Nach zweimaligem Klingeln hörte er eine raue Stimme.

»Ja?«

»Bert, Christina ist nicht zu Hause. Ich fürchte, da stimmt etwas nicht.«

196

Er lag im dunklen Wohnmobil auf dem Bett. In seiner Hand hielt er das Handy, das eben vibriert hatte. Das Display leuchtete sogar noch. »Duke« stand da.

Natürlich wusste er, wer damit gemeint war. Duke. Er lachte. So nannte sich McKinnley also jetzt. Über mangelndes Selbstbewusstsein hatte der Kerl sich noch nie beklagen können.

Duke.

Die Frau lag im Büro nebenan auf ihrem Lager und schlief. Er hatte vor einer halben Stunde nach ihr gesehen. Wegen der Dunkelheit hatte er dafür seine Infrarotbrille benutzt. Auf der Forststraße gab es keine Straßenbeleuchtung, sodass es auf dem Gelände der Lagerhalle stockfinster war. Es gab zwar zwei Laternen auf dem Parkplatz, aber er hatte die Außenbeleuchtung nicht angeschaltet, damit nächtliche Spaziergänger nicht aufmerksam wurden.

Sie hatte auf der Seite gelegen und ruhig und gleichmäßig geatmet, ihre Augen waren geschlossen. Gelegentlich hatte sie aufgeseufzt wie jemand, der lange geweint hatte.

Wieder sah Chester das Handy an. Was McKinnley jetzt wohl tat? War er nervös? Machte er sich bereits Sorgen? War er so weit, alles zu tun, um seine Frau wiederzubekommen? Wirklich alles?

In zwei oder drei Stunden, vielleicht früher, oder erst im Laufe des Nachmittags: Irgendwann würde er McKinnley anrufen. Er würde ihm die Bedingungen diktieren. Und dann ...

Showdown.

Das Handy in seiner Hand vibrierte erneut, das Display leuchtete auf und tauchte den kleinen Schlafbereich in ein unwirkliches, blaugrünes Licht.

Duke. Schon wieder. Die Abstände wurden kürzer. War es das erste Anzeichen von Panik?

Chester grinste.

Nicht jetzt, McKinnley. Ein bisschen musst du noch warten. Noch bist du nicht an dem Punkt, an dem ich dich haben will.

Das Leuchten auf dem Display erlosch. Er legte das Handy auf seine Brust und schloss die Augen.

Warum hatte er nicht schon viel früher damit begonnen, so zu arbeiten? Er fühlte sich gut. Verdammt gut.

46 - Minus 33 Stunden, 30 Minuten - **Duke**

»Hier, trink das.« Steve reichte ihm einen Becher Kaffee, legte dabei kurz eine Hand auf seine Schulter.

Er saß auf dem roten Sofa im Clubhaus, und um ihn herum saßen und standen ein paar der Brüder: Bert, Big J, Steve, Red und Renegade. Sie alle waren blass, unrasiert und sahen übernächtigt aus. Wahrscheinlich hatte keiner von ihnen auch nur einen Moment die Klamotten abgelegt, nachdem sie sich vorhin verabschiedet hatten. Trotzdem waren sie gekommen.

Duke verschüttete den Kaffee über seine Jeans. Der Stoff sog die Flüssigkeit auf, die Hitze spürte er kaum. Sein ganzer Körper vibrierte. Sein Knie wippte. Er stellte den Kaffeebecher auf dem Tisch ab und stützte den Kopf auf.

»Hast du im Krankenhaus angerufen?«

»Ja. Da ist sie nicht.«

»Und bei ihrem Bruder?«

Wieder schüttelte Duke den Kopf.

»Die beiden haben sich am Donnerstag gestritten. Außerdem hätte sie angerufen. Eine Nachricht auf dem Anrufbeantworter hinterlassen. Christina bleibt nicht einfach so weg. Sie sagt es mir.«

»Vielleicht hat sie es dir gesagt? In der letzten Zeit ist so viel Scheiße passiert, dass dir niemand einen Strick draus dreht, wenn du dich nicht mehr daran erinnern würdest. Oder sie hat es vergessen, glaubt aber, du wüsstest Bescheid.«

Duke biss die Zähne zusammen und ballte die Fäuste. Er zwang sich, ruhig zu bleiben, auch wenn es ihm zunehmend schwerfiel. Seine Faust sehnte sich nach einem Ziel – der Tisch, die Glasregale hinter dem Tresen. Oder Big Js Gesicht.

»Nein, Big J.« Er sprach langsam, artikulierte deutlich und sah den Vice dabei an. »Ich sagte doch: Sie hat nichts gesagt. Ich würde mich erinnern. Mein Gedächtnis arbeitet einwandfrei. Und sie würde niemals einfach so wegbleiben!«

Bei den letzten Worten war er lauter geworden.

»Ho! Ruhig, Bro, ganz ruhig.« Bert hob beschwichtigend die Hände. »Niemand will dir etwas unterstellen oder dich beleidigen. Wir sind alle hier, um zu helfen. Also ...« Der Presi holte tief Luft, beugte sich vor, faltete die Hände auf seinen Knien und fixierte ihn mit seinen klaren, blauen Augen. Wie auch immer er es anstellte, es half. Wenigstens ein bisschen. »Was, denkst du, könnte passiert sein?«

Duke schloss die Augen, runzelte die Stirn, öffnete den Mund. Dann schüttelte er den Kopf.

»Keine Ahnung.« Er kaute auf seiner Unterlippe. Dann sah er die Gesichter der Brüder an. »Fuck! I don't know!«, brüllte er, sprang auf, lief ein paar Schritte durch den Clubraum und gab einem der Barhocker einen Tritt, sodass er polternd zu Boden fiel. »Vielleicht dieser von Warder. Dem würde ich alles zutrauen, Kidnapping included. Oder dieser durchgeknallte Bruder von Toby.«

Bert nickte bedächtig.

»Okay, das sind Theorien. Warum sollte deiner Meinung nach einer der beiden Christina entführen?«

»Was weiß ich denn! Rache? Erpressung?«

»So abwegig klingt das gar nicht«, sagte Big J. »Ob sich der Major mit so einer Sache abgeben würde, kann ich jetzt nicht beurteilen. Aber Tobys Bruder ist völlig am Ende. Der Kerl ist verrückt wie ein Hamster auf 'ner heißen Herdplatte. Wer weiß, ob er uns glaubt. Und wer weiß, wozu der Kerl fähig ist.«

Duke holte tief Luft.

»Was können wir tun?«

Bert sah ihn an, mit einem Ausdruck im Gesicht, als wollte er ihm die Wahrheit ersparen. Aber er kannte sie auch so. Sie konnten nichts tun, wenn sie nicht Wochen damit verbringen wollten, jeden Quadratzentimeter von Schleswig-Holstein nach Christina abzusuchen. Sie konnten nur abwarten, was geschah. Ob sie von selbst wieder auftauchte, oder ob sich jemand meldete.

Duke ließ sich auf das Sofa fallen und lehnte den Kopf gegen die Wand, an der der Totenkopf der Wizards prangte. Es half, die Härte und Kälte der Mauer zu spüren. Es beruhigte seine Nerven.

»Sorry, Bros«, sagte er und lächelte schief. »Ich bin ziemlich durch den Wind.«

»Das wäre jeder von uns.« Bert gab Steve ein Zeichen. »Ich glaube, es ist Zeit für etwas Stärkeres als Kaffee. Was meinst du, Duke?«

Er nickte, stützte wieder den Kopf auf und fuhr sich mit beiden Händen durch das Haar. Wenn er nur gewusst hätte ...

Er spürte das Vibrieren des Handys in seiner Tasche, bevor er das Klingeln hörte. Der erste Ton war noch nicht verklungen, als er das Teil auch schon in der Hand hielt. Christinas Icon blinkte. Erleichterung durchflutete ihn. Sie!

Er drückte auf die Taste.

»Ja?«

»Oh. Hast du am Telefon gewartet?«

Das angenehme Gefühl wich einer Eiseskälte. Am anderen Ende der Leitung war ein Mann. Ein Fremder, der mit Christinas Handy telefonierte. Ein Mann, der Englisch sprach. Sämtliche Haare an seinem Körper richteten sich auf. Und plötzlich funktionierte Dukes Verstand wieder. Ein Entführer. Jetzt hieß es cool bleiben, ihn im Gespräch halten, damit er sich verriet. Und nebenbei versuchen, ihn nicht spüren zu lassen, wie sehr der Typ ihn bei den Eiern hatte. Eine leichte Übung. Ganz easy.

»Nein. Warum sollte ich?«

Der Fremde lachte leise.

»Weil ich mir vorstellen kann, dass du jemanden vermisst.«

Der Mann sprach mit leichtem schottischen Akzent, als versuchte er, es zu unterdrücken. Und er kannte diese Stimme. Duke umklammerte mit der Rechten sein Knie, während Gesichter durch seinen Kopf huschten.

»Hilf mir mal. Wer soll das sein?«

»Weiblich, etwa einsfünfundsechzig, braune Haare, hübsch ...«

Duke biss die Zähne zusammen und ballte die Faust. Doch er blieb ruhig.

»Davon gibt es einige«, sagte er und schloss die Augen. *Wenn du Dreckskerl sie anfasst, bist du ein toter Mann. Das schwöre ich dir.* »Du musst schon konkreter werden. Welche Nutte meinst du?«

Wieder lachte das Arschloch am anderen Ende der Leitung. Irgendwo in Dukes Kopf schlummerte eine Erinnerung. Diese Stimme, dieses Lachen ... Er kannte den Drecksack.

»Diese hier hört auf den Namen Christina. Christina Martens.«

»Ah! Okay, jetzt habe ich eine Ahnung, von wem du sprichst. Was ist mit ihr?«

»Sie ist bei mir. Und sie wartet auf dich. Sehnsüchtig.«

»Und was ...«

»Alles Weitere beim nächsten Mal. Bleib in der Nähe deines Handys.« Der Mann lachte, als hätte er einen guten Witz gehört. »Hoka hey, McKinnley.«

Das Gespräch war offenbar beendet. Duke sprang auf, stürmte mit langen Schritten zur Tür, riss dabei einen im Weg stehenden Barhocker um und weg war er. Die Tür fiel krachend hinter ihm ins Schloss.

So sehen Wut und Verzweiflung aus, dachte Bert.

»Scheiße, was ...« Steve erhob sich aus seinem Sessel. Er würde Duke folgen, klar. Die beiden waren sehr eng miteinander. Aber Steve war ein Hitzkopf, ein Heißsporn, der immer wieder gebremst werden musste. Und er war ganz bestimmt nicht der Richtige, um beruhigend auf einen Bruder einzuwirken.

»Bleib sitzen.« Bert stand auf. »Ich rede mit ihm.«

Allein. Unter vier Augen ließ sich manches leichter aussprechen.

Die Luft draußen war kühl und fühlte sich feucht an. Das Licht aus dem Clubhaus drang durch Glastür und Fenster und erleuchtete den Hof, auf dem die Bikes parkten. Duke stand zwischen ihnen, den Kopf in den Nacken gelegt, die Hände vor dem Gesicht.

Bad News.

»Komm. Setz dich.« Er deutete mit dem Kinn auf die unteren Treppenstufen, setzte sich und holte Zigaretten und Feuerzeug aus seiner Tasche. Duke kam näher, ließ sich neben ihm auf die Stufen fallen. Das Licht fiel auf sein Gesicht und Bert konnte sehen, dass die Muskeln an seiner Wange und Schläfe ebenso arbeiteten wie seine Hände. Zu

Fäusten geballt schienen sie nur darauf zu warten, irgendwo reinschlagen zu können.

»Hier.« Er hielt Duke die Zigaretten hin. Der nahm eine und zündete sie an. Eine Weile rauchten sie schweigend.

»Der Anruf«, begann Bert, »war wegen Christina. Stimmt's?«

Duke nickte und schnippte die Asche auf den Hof.

»Dieser Scheißkerl hat sie entführt. Dieses miese, dreckige kleine Arschloch hat sie ...« Seine Stimme bebte vor mühsam unterdrücktem Zorn, seine Augen wurden zu schmalen Schlitzen. »This fucking shitface ...«

»Wie geht es ihr?«

Duke schüttelte den Kopf.

»Keine Ahnung. Das Arschloch sagte nur, dass er sie hat.« Er sog an seiner Zigarette, blies den Rauch durch die Nase. »Scheiße. Ich ...«

Bert konnte es im Gesicht des Bruders lesen, noch bevor er es ausgesprochen hatte.

»Du kennst den Kidnapper?«

Duke nickte.

»Aus Glasgow. Ist eine alte Geschichte. Lange her.« Er inhalierte tief.

»Hey, wenn du sie erzählen willst – ich habe gerade nichts anderes vor.«

»Wir müssen Christina finden und sie aus der Hand dieses Motherfuckers befreien!«

»Ruhig, Bro, ganz ruhig. Wenn dir der Typ am Telefon nicht gesagt hat, wo sie ist, wie willst du sie dann finden?«

»I ...« Duke brach ab und schüttelte den Kopf.

»Siehst du.« Bert legte ihm seine Hand in den Nacken. »Du sagtest eben, dass du den verfickten Kidnapper kennst. Also brauchen wir zuerst alle Infos, die wir kriegen können. Vielleicht hilft das, das Arschloch zu schnappen.«

»Das muss es. Sonst ...« Duke fuhr sich mit der Hand durch das Haar, dann holte er tief Luft. »Also gut. Sein Name ist Williams. Chester Williams. Wir sind uns vor Jahren beim Militär begegnet.«

»Du hast gedient?«

»Fuck! Was hat das denn jetzt mit Christina zu tun?«

»Jede Kleinigkeit kann helfen.« Er sprach bewusst ruhig. Duke stand unter Strom. Er war wütend und hatte gleichzeitig Angst um seine kleine Lady. So verständlich das war, so gefährlich war diese Mischung. Er musste ihn dazu bringen, seine Emotionen beiseitezulassen und sein Hirn anzu-schalten. Dann hatten sie eine Chance. »Also? Hast du gedient?«

»Nein. Ich wollte aber. Was ...«

»Sprich weiter. Denk dran, dass in allem, woran du dich erinnerst, die entscheidende Info stecken kann.«

Duke verdrehte die Augen, sog wieder an seiner Zigarette.

»Ich weiß zwar nicht, was das bringen soll, aber okay. Bei uns kann man sich mit sechzehn freiwillig melden, you know? Ich hatte eine ziemlich beschis-sene Phase: Mit meinem Dad lief es überhaupt nicht. Millicent, seine Frau, machte ständig Stress. In der Schule war ich lange nicht mehr gewesen und die wollten irgendwelche Disziplinarmaßnahmen ergreifen – mich mit Bulleneskorte zur Schule bringen lassen oder in ein Internat stecken oder so. Und da hielt ich es für eine gute Idee, mich bei der Armee zu bewerben.«

Bert neigte seinen Kopf.

»Wie hast du das hinbekommen?« Im Chapter hatte es gedauert, bis alle verinnerlicht hatten, dass eine SMS an Duke Zeitverschwendung war. Der Bruder war Legastheniker und konnte weder richtig lesen noch schreiben. »Die Anträge, Formulare und all das? Oder gibt es das bei euch in Schottland nicht?«

»Doch, klar.« Ein kurzes Lächeln huschte über Dukes angespanntes Gesicht. »Ich hing ja schon damals die meiste Zeit in der Werkstatt der Wizards rum. Einer von ihnen hat die Formulare für mich ausgefüllt. Ich musste nur meinen Namen druntermalen.«

»Und es hat geklappt, du wurdest angenommen.«

»Yes. Bei der Ausbildung stellte sich schnell heraus, dass ich ein passabler Schütze bin, und ich wurde für die Scharfschützenausbildung vorgeschlagen. Da habe ich dann Chester getroffen.«

»Was für ein Typ war er?«

Duke verzog das Gesicht.

»Ein komischer Kerl. Ein Einzelgänger. Wir haben ihn »Hoka« genannt, weil er nach jedem Schuss immer »Hoka hey« gesagt hat. Diesen indianischen Ausspruch. Nahm sich selbst verflucht ernst, hatte einen kranken Humor, wollte immer der Beste sein.«

»Und? War er der Beste?«

Duke lächelte.

»Beim Schießen nicht.« Sein Gesicht wurde wieder ernst. »Aber er konnte lesen und schreiben. Als die ersten schriftlichen Tests kamen, habe ich die Ausbildung geschmissen. Danach habe ich nichts mehr von Chester gehört. Bis ich ihn vor einiger Zeit zufällig hier in Flensburg gesehen habe.«

»Hier?«

Duke nickte.

»Das war kurz nachdem der Reporter hier im Clubhaus krepiert ist und wir die Fotos von dem Mord gefunden haben. Ich habe mir damals nicht viel dabei gedacht. Eine zufällige Begegnung, mehr nicht. Aber jetzt ...«

Bert holte tief Luft.

»Hat er dich auch gesehen?«

»Ja. Wir haben uns direkt angesehen.«

»Und erkannt?«

Duke zuckte mit den Schultern.

»Meinst du, er ist immer noch beim Militär?«

»Weiß nicht. Eigentlich sah er nicht danach aus. Das Haar war nicht kurz genug.«

»Okay.« Bert dachte einen Augenblick nach. In seinem Bauch bildete sich ein heißer Knoten. Das alles klang nicht gut. Gar nicht gut. »Er ist also ein Scharfschütze, ein Profi. Zufällig wissen wir, dass drei Leute von einem Sniper mit einem ungewöhnlichen Kaliber gekillt wurden. Einer davon zu einer Zeit, als du diesen Hoka in Flensburg gesehen hast. Und jetzt hat dieser Kerl Christina. Weil er an deine Kohle will. Oder an dich.« Duke nickte. »Hat er schon irgendwelche Forderungen gestellt?«

»No. Ich soll in der Nähe des Telefons bleiben.« Duke zog sein Handy aus der Tasche und starrte auf das Display. »Fuck. Ich habe ihm erzählt, dass ich sie kaum kenne. Dass ...«

Bert legte ihm eine Hand auf die Schulter.

»Ich finde das richtig. Du darfst einem solchen Typen nicht zeigen, dass er Macht über dich hat. Das wäre in meinen Augen völlig falsch. Er muss den Eindruck haben, dass er weniger in der Hand hat, als er dachte. Dann wird er vielleicht nervös und macht Fehler.«

Duke sah Bert an. Das Licht aus dem Fenster über ihnen spiegelte sich in seinen Augen, die Pupillen so groß, dass sie fast schwarz aussahen.

»Wenn er nervös wird und sie umbringt, Bert, was dann?«

Er holte tief Luft.

»Das werden wir versuchen zu verhindern.«

»Er hat am Schluss *Hoka Hey* gesagt.«

»Was heißt das eigentlich?«

»Irgendwas wie *Heute ist ein guter Tag zum Sterben*. Oder so ähnlich.« Duke runzelte die Stirn und wandte sich ab. »Vielleicht hat das Schwein das sogar schon getan. Vielleicht ...«

Bert presste die Lippen zusammen. Er konnte Dukes Angst verstehen. Er legte ihm wieder seine Hand in den Nacken.

»Hey, gib die Hoffnung nicht auf. Wenn der Typ klug ist, weiß er, dass er dich nur haben kann, wenn er deine Lady am Leben lässt.«

»Das allein wird nicht reichen. Sie ist schwanger, Bert.«

Es fühlte sich an wie ein Tritt in den Magen, und einen Augenblick wusste er nicht, was er sagen sollte.

»Oh Mann, Duke. Das ist ... Weiß er es?«

Duke schüttelte den Kopf.

»No. You're the first one.«

»Scheiße.«

»And I swear by my guts – wenn dieser Mistkerl ihr oder dem Baby auch nur ein Haar krümmt, werde ich ihn umlegen.«

Bert nickte. Etwas anderes gab es dazu nicht zu sagen. Er würde dasselbe tun, wenn es um Marion oder eines seiner Kinder gegangen wäre.

»Duke, du bist nicht allein. Wir sind an deiner Seite.«

48 - Minus 33 Stunden, 10 Minuten - **Torben**

Seine Befürchtungen, niemanden bei den Wizards anzutreffen, erwiesen sich als unbegründet: Das Clubhaus in der Batteriestraße war hell erleuchtet. Er ließ die Maschine vor dem Haus ausrollen. Seine Arme und Beine zitterten, als er abstieg. Er hatte den Weg tatsächlich geschafft. Auch wenn er nicht genau wusste, wie. Und daran, dass er nach Rendsburg zurückmusste, mochte er gar nicht denken. Aber scheiß drauf. Irgendwie würde es schon gehen.

Als er vor das dunkelgrüne Tor trat, schaltete sich ein Scheinwerfer an. Das grelle Licht stach ihm in die Augen, die sofort zu tränen begannen. Er hob den Kopf und sah über sich den gehörnten Schädel der Wizards thronen. Das Ding bleckte seine Reißzähne und lachte ihn aus – ein heiseres Geräusch direkt aus der Hölle, das ...

Verwirrt schüttelte er den Kopf.

Nein, nein, nein! Falsch. Ganz falsch! Das Ding kann nicht lachen!

Der Schädel war eine Nachbildung aus wetterfestem Kunststoff. Was er hörte, war lediglich eine Halluzination. Ein Produkt seines Hirns, das in allmählicher Verzweiflung nach einem seiner üblichen Helfer zu schreien begann – Alkohol, Opiate, Gras, Kokain ... Er kam auf Entzug.

Ich muss durchhalten. Ich muss durchhalten!

Er griff sich in die Haare und zog daran, bis die Kopfhaut schmerzte. Widerwillig begann sein Verstand zu arbeiten.

Zu den Wizards. Er musste zu den Wizards und mit ihnen reden. Vor ihrem Tor stand er bereits. Und jetzt? Wie kam er rein? Beim letzten Mal hatte er es über die Mauer versucht und war kläglich gescheitert. Dabei war er da in deutlich besserer körperlicher Verfassung gewesen als heute. Nein, die Wizards mussten ihm schon das Tor öffnen. Aber wie sollte er sich bemerkbar machen?

Klingeln. Vielleicht haben sie eine Klingel am Tor.

Torben schützte seine Augen mit der Hand gegen das grelle Scheinwerferlicht und sah sich um. Da! Ein Klingelzug – ein eiserner Ring an einer schweren Kette. Er zog kräftig daran. Es dauerte, bis sich jemand rührte. Zitternd schlang er die Arme um seinen Körper. Das Frieren hatte eingesetzt. Es war blöd gewesen, loszufahren, ohne vorher noch irgendwas einzuwerfen. Und er hatte nichts dabei, nicht einmal einen Krümel Gras.

Nervös trat er von einem Bein auf das andere. Wo blieben die nur? Wollten die ihn hier versauern lassen? Er wollte schon ein zweites Mal klingeln, als sich endlich schwere Schritte näherten. Ein Riegel wurde zurückgeschoben, dann öffnete sich das Tor einen Spalt. Vor ihm stand der Vice der Wizards, den Namen hatte er vergessen. Ein wahrer Koloss. Zwei Meter geballte, im Fitnessstudio gestählte Muskelkraft. Sein Blick war kalt und hart. Torbens Zähne begannen aufeinanderzuschlagen.

»Was willst du?«

»Ich muss mit euch reden. Neue Erkenntnisse.«

»Na dann.« Der Vice winkte ihn durch. »Wir sind gespannt.«

Er schob den Riegel wieder vor und ging hinter Torben die Treppe zum Clubhaus hoch. Drinnen brannte Licht, die grüne Lichterkette im Fenster funkelte. Im Clubhaus starrte ihn mindestens ein Dutzend Augenpaare an. Die Wizards waren fast vollständig versammelt, Getränke standen auf dem Tisch. Kaffee, Cola, Wasser. Aber es spielte keine Musik. Ganz offensichtlich saßen die Männer hier nicht zum Feiern zusammen.

Der Vice deutete auf einen der Sessel und ließ sich selbst in einen anderen fallen.

»Also. Du wolltest etwas erzählen. Dann rede.«

Torben setzte sich. Jemand schob ihm einen Becher mit Kaffee hin, den er dankbar annahm. Er brauchte jetzt Koffein. Dringend, vielleicht hielt er damit die Systeme am Laufen. Wenigstens so lange, bis er mit den Wizards geredet hatte.

»Ich habe nachgedacht.« Er musste langsam sprechen, um die Kontrolle über seine Zunge und

Lippen zu behalten. Alles an ihm schien jetzt zu zittern. Vorsichtig führte er den Becher an den Mund und trank einen Schluck. Der Kaffee war stark. So stark, dass man mit einer Tasse von dem Gesöff locker eine ganze Nachtwache hätte überstehen können. Er konnte nur hoffen, dass es in seinem besonderen Fall reichte, um auf den Beinen zu bleiben. »Über Toby. Und über das, was ihr vorhin bei den Rascals erzählt habt. Ihr liegt nämlich falsch.«

Der President beugte sich vor, seine Augen waren schmal.

»So? Und das weiß Mr. Einstein woher?«

»Ich habe nachgedacht.«

»Haben wir schon mal gehört.« Der Vice neigte seinen Kopf und sah ihn scharf an. »Sag mal, bist du auf Entzug?«

Das Gesicht des Mannes begann sich zu verzerren, als wollte es flüssig werden und seinen Hals hinabtropfen und ...

Das ist nicht real!

Torben schlug sich mit der flachen Hand gegen den Schädel, wie früher sein Opa gegen den Fernseher geschlagen hatte, wenn das Bild verzerrt war. Lustigerweise half es. Er trank zwei große Schluck Kaffee. Das Zeug war heiß, und seine Zunge fühlte sich danach noch pelziger an. Offensichtlich hatte er sich verbrannt.

»Die wollten nicht Toby umbringen. Sondern mich. Die Arschlöcher haben uns verwechselt.«

Jemand sog die Luft hörbar ein.

»Okay. Und warum?«

Torben trank den Becher leer, jemand schenkte nach und er erzählte. Von seiner Zeit bei der Bundeswehr, vom Major, von Klaas Bendixen und dessen Verdacht. Und vom Unfall des Oberleutnants auf dem Schießstand.

»Ich bin ein lästiger Zeuge.«

»Und warum jetzt?« Der Vice starrte ihn durchdringend an. »Warum hat dich der Major nicht längst kaltgemacht? Und was ist mit den anderen beiden, mit denen dieser Bendixen gesprochen hatte?«

Torben zuckte mit den Schultern und kratzte sich am Kopf. Die Haut begann zu jucken – an den Oberschenkeln, an den Innenseiten der Arme. Am schlimmsten am Kopf.

»Ich weiß nicht. Aber ...« Plötzlich fiel ihm etwas ein. »Matthias ist tot. Er starb vor zwei Jahren an einer Infektion im Krankenhaus. Und Lukas ist irgendwo in Europa unterwegs, als Sekretär bei der NATO.«

Der Vice schnalzte mit der Zunge.

»Ein ordentlicher Karrieresprung, oder? Vielleicht hast du da schon den Verräter, der dem Major Bendixens Pläne gesteckt hat.«

Torben sah den großen Wizard ungläubig an. Dieser Gedanke war ihm noch nie gekommen. Wenn er darüber nachdachte, kam er ihm durchaus plausibel vor.

»Warum hat der Major dich laufen lassen? Und warum ist er ausgerechnet jetzt hinter dir her? Ein paar Jahre danach?«

»Ich wurde nach Afghanistan abkommandiert. Und er ging in den Ruhestand. Da ergab sich die Gelegenheit vielleicht nicht.«

»Ich gebe Big J recht«, sagte der President und drückte seine Zigarette in dem Schädel aus, der auf dem Tisch stand. »Das ist zu wenig. Warum gerade jetzt? Und warum dann auch noch Bender?«

»Das liegt doch auf der Hand.« Torben sah in die gespannten Gesichter und fragte sich, ob sie es tatsächlich nicht erkannten. Oder war das alles auch nur eine Halluzination? Saß er in Wirklichkeit gar nicht hier? »Bender hat sich mit Toby getroffen. Wahrscheinlich durch Zufall. Die beiden haben etwas miteinander getrunken und die alten Zeiten aufleben lassen. Das muss einer der Leute des Majors gesehen haben. Sie müssen gedacht haben, dass ich es bin. Dass das Treffen geplant war. Und dass ich Bender gesteckt habe, welchen Dreck der Major an seinen Fingern hat.«

»Klar. Sie konnten nicht zulassen, dass einer von euch beiden plaudert.«

»Richtig. Toby wurde das Opfer einer Verwechslung. Dass man es euch in die Schuhe schieben und dadurch den Zwist zwischen Rascals und Wizards wieder neu anheizen konnte, war ein willkommener Nebeneffekt. Aber nicht der Grund.«

»Sagt dir der Name Chester Williams etwas?«

Torben hob den Kopf, und für einen Augenblick spürte er nicht einmal mehr den Juckreiz. Dunkel und tief wie Gräber waren McKinnleys Augen auf ihn gerichtet.

Ich hole dich hinab in die ewige Finsternis ...

Er griff sich in die Haare, zog an ihnen, schüttelte den Kopf und klatschte sich ein paarmal mit der flachen Hand gegen die Stirn.

»Fuck, hör mir zu!« McKinnley brüllte ihn an, sodass sein Hirn wieder zu arbeiten begann.

Wenigstens für den Moment. »Chester Williams. Kennst du den?«

Torben versuchte nachzudenken.

»Ich weiß nicht. Irgendwie ...«

Er leerte den zweiten Becher, bat wortlos um Nachschub. Einer der Wizards nahm ihm die Tasse ab und schenkte sie nur zur Hälfte voll. Als er sie entgegennahm, wusste er, warum. Er zitterte mittlerweile so stark, dass er den Kaffee verschüttet hätte. Kalter Schweiß brach ihm aus den Poren und rann zwischen seinen Schulterblättern den Rücken hinunter.

»Denk nach.« McKinnley beugte sich vor. »Chester Williams.«

Einen Augenblick hatte Torben den Eindruck, dass der Mann gleich quer über den Tisch hechten, ihn am Kragen packen und ihm ins Gesicht schlagen würde. Und das war diesmal bestimmt keine Halluzination.

»Mann! Ich weiß nicht ...«

Wieder packte er seine Haare, riss an ihnen. Sein Magen begann sich zu verkrampfen. Er hatte Bauchschmerzen und gleichzeitig wurde ihm übel. Bald würde er sich als krümmender, wimmernder Haufen Knochen und Fleisch auf dem Boden winden und sich die Seele aus dem Leib scheißen und kotzen. Ausgerechnet im Clubhaus der verfeindeten Wizards. Konnte man noch tiefer sinken? Er wollte lachen. Da kam die Erkenntnis wie ein Blitz.

»Ja. Ich kenne jemanden, der so heißt. Ein Engländer, wie du. Ein ...«

»I'm Scottish!«, zischte McKinnley durch die Zähne. »Weiter. Chester Williams. Woher kennst du ihn?«

»Ist er ein Scharfschütze oder so? Die Firma, die das G22 herstellt, hat ihn nach dem Unfall vorbeigeschickt, um den Vorgang zu untersuchen.«

»Und hat dieser fucking Punk mit dem Major zusammengearbeitet?«

Torben starrte McKinnley an. Er fühlte, dass ihm Speichel aus dem Mund lief und über das Kinn rann. Doch es war, als würde das einer anderen Person passieren und er durch eine Glasscheibe dabei zusehen. Mitleidig. Und angeekelt.

»Rede!« Der Tisch bebte, als die Faust des Schotten auf die Platte krachte. »Hat Williams mit dem Major zusammengearbeitet? Ja oder nein?«

»Ja. Soweit ich mich erinnere ...«

»Fuck! It all fits«

»Ja, Duke.« Der President nickte. »Es passt alles zusammen.«

49 - Minus 28 Stunden - Chester

Er stand in der Küche im Wohnmobil und schmierte zwei Scheiben Brot mit Butter und Marmelade. Frühstücksservice für seinen besonderen Gast. Er hatte sie zwar nicht nach ihren Wünschen gefragt, aber sie würde schon essen. Und wenn nicht, war das ihr Problem. Er würde sich jedenfalls keine unnötige Brutalität vorwerfen lassen.

Heute war die Zeit knapp, er hatte viel zu tun.

Wenn er gleich losfuhr, würde er genau rechtzeitig ankommen, wenn der Baumarkt seine Pforten öffnete. Er brauchte Holz, Nägel, Säge und Hammer. Den Point hatte er gefunden. Ein Hochsitz, etwa 500 Meter von der Lagerhalle entfernt, mit guter Sicht auf den Eingangsbereich und das Büro, trotzdem verborgen zwischen den Bäumen. Allerdings war der Hochsitz wohl schon länger nicht mehr in Gebrauch und deshalb in einem erbärmlichen Zustand. Er musste Bretter ersetzen oder verstärken, um ihn als Point nutzen zu können.

Er trank den letzten Schluck Kaffee und stellte den Becher in die Spüle. Einen Augenblick dachte er daran, seinen Gast abspülen zu lassen. Wozu hatte er jetzt eine Frau im Haus? Aber es war riskant, sie in den Kontakt mit Porzellan kommen zu lassen. Sie war nicht dumm. Und sie hatte einen erstaunlichen Kampfeswillen. Als Soldat erkannte er diese Eigenschaft sofort. Er respektierte sie. Aber sie machte einen Gegner auch gefährlich.

Chester klappte die Brotscheiben zusammen, nahm eine frische Wasserflasche, verließ das Wohnmobil und ging in das Büro. Die Sonne schien, und trotz der weit heruntergelassenen Außenjalousien war es hell genug, um ausreichend sehen zu können.

Die Dame war wach. Als er in den Raum trat, setzte sie sich auf.

Sie hielt sich gut, das musste man ihr lassen. Eigentlich hatte er mit Tränen gerechnet, mit Jammern, Flehen, Bettelei. Aber nichts da. Stattdessen sah sie ihn immer mit einer Aufmerksamkeit an, als wartete sie darauf, dass er sich eine Blöße geben oder einen Fehler machen würde. Fast hatte er den Verdacht, dass sie Polizistin war oder gedient hatte. Oder waren die Frauen von Bikern aus einem härteren Holz geschnitzt als andere Weiber?

Ohne ein Wort zu sagen, stellte er die PET-Flasche auf dem Boden neben der Isomatte ab und balancierte die Brotscheiben obenauf. Dann prüfte er die Fesseln. Alles war, wie es sich gehörte. Trotzdem wickelte er ihr eine neue Lage Tape um die Hand- und Fußgelenke. Vorsichtshalber, falls das Tape sich durch ihre Bewegungen gelockert hatte. Schließlich half er ihr beim Aufsetzen. Gerade dachte er daran, wie McKinnley sich in diesem Augenblick fühlen mochte; wie er irgendwo saß, auf das Handy starrte und darauf wartete, dass er sich wieder meldete. Dieser Gedanke versetzte ihn in Hochstimmung.

»Guten Appetit«, sagte er und lächelte sie an.

»Danke.« Ihre Stimme klang heiser, dann griff sie mit beiden Händen nach dem Brot und biss hinein.

Schön, offenbar hatte sie Hunger.

»Kaffee kann ich nicht anbieten.«

»Schon klar«, sagte sie und sah ihn auf diese aufmerksame, wissende Art an.

Chester drehte sich um und kehrte zum Wohnmobil zurück, um zum Baumarkt zu fahren. Es gab einen Zeitplan. Den wollte er einhalten.

50 - Minus 27 Stunden - **Duke**

Er fuhr auf den Parkplatz vor dem Polizeirevier und stellte sein Bike ab. Die Fahrt vom Clubhaus zur Hafenspitze war zu kurz, um die Nerven zu beruhigen und den Kopf freizubekommen. Aber es hatte ein bisschen geholfen. Wenn er hier fertig war, wollte er sich mit Bert und Big J im Clubhaus treffen und anschließend zu Con nach Schleswig fahren. Vielleicht konnte die Hackerin ihnen helfen, Christina zu finden. Die Tour würde ihm jedenfalls guttun. Er brauchte dringend etwas, um klar denken zu können. In seinem Kopf war nur noch Platz für Chesters widerliches Lachen, sein »Hoka Hey« und all die Vorstellungen, was dieser Psychopath mit Christina anstellen konnte. Das war nicht gut. Er hätte darüber sogar beinahe seine Auflage vergessen. Zum Glück hatte Bert ihn daran erinnert. Im Knast würde er Christina am wenigsten nützen.

Er schaltete die Alarmanlage an, klemmte sich den Helm unter den Arm und stieg die Stufen zum Revier hoch. Dabei schob er sich ein Kaugummi in den Mund. Etwas zum Zubeißen. Auf diesen Behördenscheiß hatte er jetzt keinen Nerv. Es war zu hoffen, dass die Bullen ihm heute nicht krumm kamen. So, wie er sich gerade fühlte, konnte er für nichts garantieren.

Duke ging zu dem Mann, der in Uniform und geschützt hinter Panzerglas am Empfang saß und in einer Tageszeitung blätterte. Offenbar war es ein ruhiger Tag für die Flensburger Polizei.

»Moin.«

Der Cop legte die Zeitung zur Seite.

»Moin. Was kann ich für Sie tun?«

Sein abschätzender Blick sagte deutlich, dass er jemanden wie Duke nicht auf diesem Revier erwartet hätte. Zumindest nicht allein und ohne Handschellen.

»Ich soll mich melden. Auflage.«

Das Gesicht des Typen entspannte sich sichtlich. Da hatte sich wohl gerade ein Weltbild wieder zurechtgerückt. Duke kaute langsam.

»Ihren Ausweis, bitte.«

Er zog seinen Ausweis aus der Geldbörse und schob ihn durch den Schlitz. Der Bulle nahm ihn und verschwand in einem Büro hinter dem Glaskäfig.

Duke lockerte seine Schultern, seinen Nacken, schloss die Augen, atmete tief ein, biss auf das Kaugummi. In seinem Magen war ein heißer Knoten, der von Minute zu Minute anschwoll.

Verdammt, Arschloch, beeile dich.

Aber er kam nicht. Dann, bei einem kurzen Blick auf die Uhr über der Tür, hinter der der Cop verschwunden war, stellte Duke fest, dass es an ihm lag. Mit seinem Zeitgefühl stimmte etwas nicht. Seit er seinen Ausweis aus der Hand gegeben hatte, waren keine zwei Minuten vergangen.

Die Tür öffnete sich.

»Alles in Ordnung, Ihre Meldung wurde registriert.« Der Bulle schob den Ausweis zurück durch den Schlitz. »Dann bis morgen!«

Das fiese Grinsen hätte er dem Kerl am liebsten mit der Faust vom Gesicht gewischt. Stattdessen biss er auf das Kaugummi. Er schob seine Geldbörse wieder in die Gesäßtasche, als ihn jemand ansprach.

»Na, sieh mal einer an. McKinnley.«

Duke schloss die Augen, dann drehte er sich langsam um. Es gab Tage, an denen blieb einem nichts erspart.

»Was machst du hier?« Thomas stand vor ihm, die Arme vor der Brust verschränkt, im Hintergrund sein dicker Kollege. Dem Gesicht nach zu urteilen, war dem die Situation peinlich.

»Meine Auflage erfüllen«, antwortete Duke. Jetzt ein falsches Wort ... Thomas war nicht von einer Wand aus Panzerglas geschützt.

»Eigentlich gehörst du in den Knast. Aber euer Anwalt ist sehr tüchtig, das muss man sagen.«

»Wenn ich mich richtig erinnere, war es nicht mein Anwalt, sondern der Quincy aus Kiel, dem ich meine Freiheit zu verdanken habe. Ich habe für den Tatzeitraum ein Alibi.«

Thomas' Augen verengten sich zu schmalen Schlitzen und er trat näher. So nahe, dass Duke nicht nur sein Aftershave, sondern auch das Mettbrötchen mit Zwiebeln riechen konnte, dass Christinas Bruder offenbar zum Frühstück gegessen hatte.

»Wir beide wissen, was dieses »Alibi« in Wirklichkeit bedeutet. Du wirst gedeckt. Irgendein fehlgeleiteter Supporter oder Hangaround macht sich Hoffnungen auf die Kutte, wenn er behauptet, dass du um die Zeit Tresendienst hattest. Dabei weiß jeder, der sich mit der Szene auskennt, dass sich ein Fullmember niemals hinter den Tresen stellt. Dafür hat man schließlich seine Knechte.«

Einen Moment war die Versuchung, Thomas die Rechte mitten in die Fresse zu zimmern, übermächtig. Dann hatte Duke sich wieder unter Kontrolle. Er kaute sein Kaugummi.

»Entweder man ist Member, oder man ist es nicht. Einen »Fullmember« gibt es nicht.« Er lächelte kalt. »Die Info gibt's gratis. Vielleicht wird's dann auch irgendwann etwas mit dem Titel *Kenner der Szene*.«

Duke ließ ihn stehen und ging mit ruhigen Schritten zum Ausgang. Hinter sich hörte er die Stimme des Dicken.

»Lass es, Thomas. Es ist gut jetzt.«

Doch für den war offenbar gar nichts gut.

»McKinnley! Richte meiner Schwester aus, dass ich sie sprechen will.«

Die Worte trafen Duke wie ein Faustschlag in den Magen. Er schluckte und biss die Zähne so fest aufeinander, dass er glaubte, sein Kiefer müsste brechen. Dann drehte er sich langsam um.

»Ruf sie selbst an.«

»Das habe ich«, erwiderte Thomas und wirkte plötzlich besorgt. »Sie geht nicht an ihr Handy.«

Ich weiß.

»Vielleicht will sie ja nicht mit dir sprechen?«

Thomas starrte ihn wütend an. Er brauchte nichts zu sagen. Seine Körperhaltung, sein Blick formten ein einziges, unausgesprochenes Wort: Arschloch.

Somit wären wir quitt.

Duke drehte sich um und verließ das Revier. Jetzt musste er aufs Bike, um nicht durchzudrehen. Und er fragte sich, ob die Strecke bis Schleswig lang genug sein würde, um wieder runterzukommen.

51 - Minus 26 Stunden - **Christina**

Während sie fuhren, kauerte sie auf dem Boden des Wohnmobils, gefesselt, den Mund mit einem Stück Tape verklebt. Wohin die Reise gehen sollte, hatte der Kerl natürlich nicht gesagt. Er sprach ohnehin kaum mit ihr. Dass es eher an mangelnder Notwendigkeit denn an Vorsicht lag, war ihr durchaus bewusst. Sie machte sich keine Illusionen über das Schicksal, das ihr Entführer für sie vorgesehen hatte. Wenn ihr Überleben zu seinem Plan gehört hätte, hätte er sich vermummt oder ihr die Augen verbunden. Sie hatte sein Gesicht gesehen, kannte seine Stimme, sie konnte ihn und das Wohnmobil beschreiben.

Sobald er sein Ziel erreicht hatte, würde er sie töten.

Nachdem er ihr heute Morgen das Frühstück gebracht hatte, war er weggefahren und eine Stunde später wiedergekommen. Sie hatte gehört, dass er etwas aus dem Wohnmobil geladen hatte. Holz. Ja, es hatte nach Holz geklungen. Was hatte der Kerl vor? Wozu brauchte er das Holz? War sie doch nicht der Köder, sondern das Ziel, und der Psychopath wollte einen Verschlag bauen, um sie in Zukunft dort gefangen zu halten? Was hatte er vor?

Sie war überrascht gewesen, als er zu ihr in den Raum gekommen war und gesagt hatte: »*Stehen Sie auf, wir fahren eine Runde.*«

Wohin? Warum? War es jetzt so weit? Wollte er sie nun umbringen?

Christina seufzte und schloss die Augen. Wenn der Kerl es wollte, würde sie es erfahren. Nur nicht verzweifeln. Sie musste einen klaren Kopf behalten, um nachzudenken. Um eine Möglichkeit zur Flucht zu suchen und sie zu nutzen, sobald sich die Gelegenheit bot.

Das Wohnmobil rumpelte hin und her, als würden sie über unebenen Untergrund fahren. Eine Schotterstraße? Ein Feldweg? Dann bremste der Kidnapper so abrupt, dass Christina das Gleichgewicht verlor und zuerst nach vorne, dann nach hinten geschleudert wurde. Der Motor wurde abgestellt, das Vibrieren des Bodens erstarb.

»So, wir sind da«, sagte der Mann, schnallte sich ab und kam zu ihr. Er hockte sich vor ihr nieder und lächelte. Einen Augenblick dachte sie daran, ihm einfach die Füße oder Knie in den Magen oder in den Schritt zu rammen. Aber ihre Füße waren ebenso gefesselt wie ihre Hände. Selbst wenn sie zielgenau seine Eier traf, würde ihn das nicht dauerhaft unschädlich machen. Die Chance, ihn anschließend zu überwältigen, sich zu befreien und zu fliehen, war so gering, dass sich das Risiko nicht lohnte. Wenn sie ihn wütend machte, würde er sie möglicherweise schlagen und das Baby verletzen. Das Risiko durfte sie nicht eingehen.

Nein, es musste einen anderen Weg geben.

Mit einem Ruck riss er ihr das Klebeband vom Mund. Ihre Lippen brannten. Sie schmeckte den Klebstoff und etwas Blut. Trotzdem war sie erleichtert, das Ding los zu sein.

»Stehen Sie auf, wir müssen nach vorne.«

Er packte sie unter den Armen und stellte sie auf die Füße, dann bugsierte er sie zur Fahrerkabine und drückte sie auf den Beifahrersitz.

Sie standen auf einem grasbewachsenen Parkplatz. Hinter einem niedrigen Zaun aus Baumstämmen begann ein Kiesstrand, dahinter konnte sie das Meer sehen. Den Himmel, kreisende Möwen, einen Grünstreifen am Horizont. Sie waren noch an der Förde, was gut war. Nicht weit weg von zu Hause, und damit in Dukes Nähe. Sie sah aber auch, dass der Parkplatz leer war. Ebenso wie der Strand.

»Wir werden jetzt telefonieren«, sagte er, holte ein Handy aus seiner Hosentasche und stellte es in die Freisprecheinrichtung des Wohnmobils. Es war ihr eigenes Handy.

Sie spürte ihren Puls am Hals, als er über das Display fuhr und die Nummer antippte, die sie sogar im Traum hätte nennen können. Duke. Sie würden Duke anrufen. Und jetzt wusste sie auch, was der Kerl von ihr wollte: Duke. Ihr Bauchgefühl sagte ihr, dass es nicht um das Geld ging, das Duke von seinem Vater geerbt hatte. Er selbst war das Ziel. Sie musste ihn warnen. Aber wie? Der Bastard würde jedes Wort hören, das sie sagte. Und er würde auch Dukes Antwort hören können. Was also sollte sie tun?

Alles, was nötig ist, um Duke von diesem Kerl fernzuhalten.

52 - Minus 25 Stunden - **Duke**

Von außen sah Cons Reetdachkate aus wie aus einer Zeitschrift über das Landleben entsprungen: ein toprenoviertes Fachwerkhaus mit Stockrosen an den Hauswänden und einem kleinen, gepflegten Bauerngarten vor der Haustür. Das Baujahr 1865 war in schmiedeeisernen Zahlen am Giebel angebracht. Kein Außenstehender hätte geahnt, dass sich in seinem Inneren im ehemaligen Stallbereich eine Computerzentrale befand, die der CIA alle Ehre gemacht hätte. Duke war selbst bei seinem ersten Besuch mächtig überrascht gewesen. Mittlerweile wusste er, dass Cons Wahl nicht durch Zufall auf dieses Dörfchen vor den Toren Schleswigs gefallen war – es gab hier keine Hochspannungsleitungen. Und wegen eines nahen Vogelschutzgebiets würden auch nie welche gebaut werden. Keine Hochspannungsleitungen bedeuteten keine Interferenzen. Ideale Voraussetzungen für ihr »ungewöhnliches Hobby«, wie Con selbst ihre Hacker-Tätigkeit bezeichnete. Offiziell war sie Schriftstellerin und erfolgreich. In beiden Branchen.

Der kaum acht Quadratmeter große, fensterlose Raum wurde durch LED-Lampen erleuchtet. Auf drei zu einem Hufeisen zusammengestellten Tischen standen mehrere Monitore, Tastaturen und Laptops, ein paar Telefone, eins davon noch mit Wählscheibe, außerdem Drucker, Scanner, ein Tonband- sowie ein altmodisches Funkgerät.

Duke zog den Kopf ein, um sich nicht an den niedrigen Deckenbalken zu stoßen, und beobachtete die zierliche, rotblonde Frau, die in ihrem Drehsessel hinter den Bildschirmen saß und ihre Finger in rasender Geschwindigkeit über die Tastatur fliegen ließ.

Die Lüfter der Geräte summten, die Tasten klickten unter Cons geschickten Fingern. Keiner sagte ein Wort. Und Duke zählte seine Herzschläge. Wie lange würde es dauern, bis Con ihnen verriet, wo sie Christina finden konnten?

Lange. Viel zu lange. Er schloss einen Moment die Augen, konzentrierte sich auf seinen Atem. Ein Vorteil von Taekwondo und anderen asiatischen Kampfsportarten: richtig praktiziert dienten sie auch der Konzentration und Beruhigung von Körper und Geist. Überaus hilfreich in Situationen wie dieser.

Con schnalzte mit der Zunge, dann quietschte der Sessel und das Geräusch der Rollen, die über die Terrakottafliesen rutschten, ließ Duke aufblicken. Noch bevor sie den Mund öffnete, wusste er, dass die Hackerin ihm diesmal nicht helfen konnte.

»Tut mir leid«, sagte sie und schüttelte bedauernd den Kopf. »Der Entführer hat das Handy ausgeschaltet. Das kann ich beim besten Willen nicht orten. Er muss anrufen, damit ich eine Chance habe. Sorry.«

»Ist ja nicht deine Schuld.« Duke fuhr sich mit beiden Händen durch das Haar. »Fuck.«

Einen Augenblick fühlte es sich an, als hätte ihm jemand von hinten einen Stock in die Kniekehlen geschlagen, seine Beine drohten nachzugeben. Dann hatte er sich wieder unter Kontrolle. Es nützte niemandem, wenn er schlappmachte, am wenigsten Christina. Wenn Con das Handy jetzt nicht orten konnte, hatte sie vielleicht eine Idee. Oder er. Oder einer der Brüder.

»Scheiße.« Big J legte ihm eine Hand auf die Schulter. »Tut mir leid, Bro.«

»Ich werde Christina finden. Wenn nicht so, dann auf andere Art. Außerdem wird der fucking Bastard sich wieder melden. Hast du ein mobiles Ortungsgerät oder so, das ich bei mir tragen kann?«

Con schüttelte den Kopf. »Bedaure, nein.«

»Kann ich hier übernachten?«

»Klar.«

In diesem Moment vibrierte es in seiner Hosentasche. So schnell hatte Duke noch nie sein Handy in der Hand gehabt.

»Ist er's?« Con sah ihn erwartungsvoll an.

Ein Blick auf das Display genügte.

»Yes.«

»Einen Augenblick. Warte noch.« Sie hob ihren Finger, setzte einen Kopfhörer auf, dann gab sie Duke ein Zeichen. »Jetzt.«

»Ja?«

»Oh, bist ja doch da, McKinnley.« Duke fühlte eisigen Zorn, als er diese Stimme hörte. Hokas Stimme. Bis vor Kurzem war ihm der Kerl egal gewesen. Das hatte sich vor einigen Stunden geändert. Jetzt hasste er ihn. »Warum hat es so lange gedauert?«

»Auf dem Bike lässt sich's schlecht telefonieren. Ich musste erst am Straßenrand halten.« Duke machte eine Pause, um Zeit zu gewinnen. Zeit, die

Con brauchte, um diesen verdammten Wichser zu orten. »Was willst du?«

»Ich habe hier jemanden, der dich sprechen möchte.«

»Okay. Da bin ich mal gespannt.«

Con blickte von der Tastatur auf.

»Vorsicht!«, flüsterte sie. »Freisprecheinrichtung!«

Duke nickte. Also musste er seine Rolle weiterspielen, mit Christina reden, als würde er sie kaum kennen, als wäre sie ihm egal. Fuck. Er ballte die Rechte zur Faust. Hoffentlich begriff sie, warum er es tat. Es war der einzige Trumpf, den er zurzeit in der Hand hielt.

»Hello? Wer ...«

»Tina, Duke. Hier ist Tina.« Christinas Stimme zu hören, tat gut. Gleichzeitig drehte sich ihm der Magen um. »Es tut mir so leid, dass ich dir Umstände mache. Das wollte ich nicht. Aber dieser Kerl hat mich gekidnappt und ...«

»Bist du verletzt?« Er gab sich Mühe, seine Stimme kühl und geschäftsmäßig klingen zu lassen.

»Nein. Alles in Ordnung.«

Das klang wenigstens ehrlich.

»Gut. Ich klär das. Gib mir mal dieses Arschloch.«

»Was gibt's, McKinnley?«

Duke richtete seinen Blick auf Con, deren Finger über die Tastatur hasteten.

»Hör mal, ich kenne ja deinen Plan nicht. Aber vielleicht lässt du dich auf einen Deal ein. Ich habe eine Menge Geld in Tina investiert, das ich wiederhaben will. Ich gebe dir fünftausend Euro, wenn du sie laufen lässt. Und einen Bonus von tausend, sollte sie unverletzt sein. Nutten ohne Narben bringen mehr.«

Chester lachte.

»Nutte? Na, wenn du meinst. Ich habe einen anderen Vorschlag, McKinnley. Du kommst morgen um 12 Uhr zu mir und holst sie selbst ab. Die genaue Adresse bekommst du gleich per SMS. Tauchst du oder einer deiner Kumpels hier früher auf, wird die Frau erschossen. Bist du zu spät, wird sie erschossen. Den ganzen Kram mit der Polizei und so weiter zu erwähnen, spare ich mir. Du weißt, was dann passiert. Na?«

Du Mistkerl. Du verfickter, dreckiger Mistkerl!

Con hielt ihre Hand hoch und spreizte die Finger. Fünf. Sie brauchte noch fünf Sekunden.

»Was soll ich bei dir?«

»Ein Treffen. Um der alten Zeiten willen, McKinnley. Aber wir können es auch bleiben lassen. Dann stirbt sie hier und jetzt. Wenn du willst, kannst du zuhören.«

Con nickte, ließ sich in ihrem Sessel zurückfallen und wischte sich über die Stirn.

»Scheiße. Du hörst nicht zu, oder? Auf dem Friedhof nützt sie mir nichts. In der Kleinen stecken zwanzig Riesen. Nee, nicht mit mir. Schick mir die verfickte Adresse und lass es uns morgen über die Bühne bringen.«

»Sehr vernünftig, McKinnley. Wir sehen uns.«

Das Gespräch wurde unterbrochen.

Duke musste sich zusammenreißen, um das Handy nicht vor Wut gegen die Wand zu schleudern.

»Hast du ihn?«, erkundigte sich Bert.

»Ja. Er ist auf einem Parkplatz an der Förde in der Nähe der Geltinger Birk.«

»Scheiße. Das heißt, dass er gleich wieder weg ist.«

»Vermutlich. Er ist nicht dumm.«

Duke wurde übel. »Was ...« Das Handy vibrierte erneut, eine Textnachricht erschien auf dem Display. »Kann mir jemand sagen, was da steht?«

Bert nahm ihm das Handy aus der Hand und nannte eine Adresse. Sofort tippte Con sie in ihren Computer ein, dann drehte sie den Bildschirm so, dass sie es alle sehen konnten. Es war die Satellitenaufnahme eines Waldstücks, in dem sich ein langgestrecktes Gebäude befand – eine Halle oder Scheune.

»Scheint ein Industriebau zu sein. Weit ab vom Schuss, keine Nachbarn. Ideal für seine Zwecke. Das Handy ist übrigens wieder abgeschaltet.« Sie sah Duke an. »Was will der Kerl überhaupt von dir?«

Er schüttelte den Kopf.

»I don't know. Ich vermute mal, dass er nicht mit mir reden oder mir einen Drink spendieren will.«

»Was willst du tun?«

»Christina aus der Hand dieses atmenden Scheißhaufens befreien. Und wenn ich dafür morgen um 12 bei dieser fucking Halle sein muss, bin ich da.«

53 - Minus 24 Stunden, 30 Minuten - **Torben**

Er lag auf einem Bett in einem Zimmer im Clubhaus der Wizards. Einer von ihnen saß in einem Sessel am Fenster und blätterte in einer Tattoo-Zeitschrift. Immer wieder hob der Typ seinen Blick und sah ihn an. Dabei erkannte er deutlich die Verachtung in seinen Augen. Natürlich tranken die Wizards Alkohol, sie rauchten. Auch Gras. Und bestimmt zogen sie gelegentlich eine Nase durch. Aber Abhängigkeit bedeutete Schwäche. Und das passte nicht in ihr Konzept. Wie überall.

Ich kann dich sogar verstehen, dachte Torben und rieb sich die Stirn.

Die Wodkaflasche stand auf dem Tisch. Bevor er angesetzt hatte, war sie voll gewesen, jetzt waren zwei Drittel weg.

»Alles klar? Willst du noch etwas von dem Zeug?«

Es ging ihm besser als vorhin, als er zitternd und schwitzend auf dem Boden im Clubraum der Wizards gelegen hatte. Zwei von ihnen hatten ihn daraufhin unter den Armen gepackt und in dieses Zimmer in den ersten Stock geschleift. Dabei hatte er einem der beiden auf die Schuhe gekotzt. Sie hatten das erstaunlich gleichmütig hingenommen. Aber Torben rechnete fest damit, dass er die Quittung bekommen würde. Rocker vergaßen keine offenen Rechnungen.

»Nee, ist schon gut.« Er setzte sich auf, schwang die Beine über die Bettkante und stützte die Hände auf den Knien ab. Das Bettzeug war zerwühlt und feucht, seine Klamotten klebten ihm am Körper.

»Kannst du aufstehen?« Der Wizard legte die Zeitschrift zur Seite und erhob sich.

»Ich denke schon.«

Torben richtete sich auf. Seine Beine trugen ihn tatsächlich, wenn auch nicht ohne Protest.

»Kann ich mich umziehen?« Er wusste selbst, wie kläglich sich das anhörte, winselnd, bettelnd. Aber wer ganz unten in der Jauchegrube sitzt, sollte den Stolz für eine Weile beiseitelassen. Es sei denn, er legt es darauf an, in der Scheiße zu ertrinken.

»Klar. Du darfst sogar duschen.« Der Wizard grinste breit. »Und anschließend Schuhe putzen.«

54 - Minus 20 Stunden - **Christina**

Zurück im Käfig.

Nach dem Telefonat mit Duke hatte sie sich wieder im hinteren Teil des Wohnmobils auf den Boden setzen müssen und war erneut mit einem Streifen Tape geknebelt worden. Dann waren sie wieder zur Lagerhalle gefahren. Seitdem hatte sie ihren Entführer kaum zu Gesicht bekommen. Auf der Fahrt hatte er nachdenklich gewirkt. War er verunsichert? Hatten Duke und sie mit ihrer hollywoodreifen Leistung am Handy tatsächlich erreicht, was in so einer verfahrenen Lage erreicht werden konnte? Möglicherweise stellte der Kerl sich jetzt die Frage, ob sein Entführungsopfer das richtige Druckmittel war, um Duke zu sich zu locken. Was würde er tun? An seinem ursprünglichen Plan festhalten? Aufgeben? Oder sie gleich töten und sich etwas Neues ausdenken?

Derzeit werkelte er irgendwo in der Halle herum. Durch die angelehnte Tür hörte sie die Geräusche einer Säge und eines Akku-Schraubers. Als sie das Wohnmobil verlassen hatten, hatte sie einen kurzen Blick auf ein paar neue Bretter und Vierkanthölzer werfen können. Was machte er da? Was plante er mit Duke? Was er mit ihr anstellen würde, darüber brauchte sie sich keine Gedanken zu machen. Sie war der Wurm am Haken, ihr Schicksal war vorhersehbar.

Aber sie war nicht die Frau eines angepassten Büroangestellten. Duke war Rocker. Er würde alles dransetzen, sie zu finden und zu befreien. Und er musste es nicht allein tun. Er hatte zwanzig weitere Männer hinter sich, die ebenfalls bereit waren, durch Türen und Fenster zu gehen.

Christina schloss die Augen und zwang sich, langsam und gleichmäßig zu atmen. Morgen um 12 Uhr, hatte der Mistkerl gesagt. So lange hatten Duke und die Wizards Zeit, sie zu finden. Und sie selbst, um sich einen Fluchtplan zu überlegen. Alles, was sie brauchte, war ein klarer, kühler Kopf. Nur keine Panik. *Alles nimmt ein gutes Ende für den, der warten kann.* Von wem stammte dieses Zitat? Von irgendeinem Schriftsteller. Oscar Wilde? Nein. Der war es nicht. Aber er hatte etwas Ähnliches gesagt: *Am Ende wird alles gut. Und wenn es nicht gut ist, ist es nicht das Ende.* Auch nicht übel.

Wenn ich es nicht schaffe zu fliehen, kommt Duke. Das hier ist nicht das Ende.

Eine Tür wurde ab- oder aufgeschlossen. Dann hörte sie das Öffnen des Hallentores, kurz darauf fiel es wieder ins Schloss. Es folgten Schließgeräusche an mindestens zwei weiteren Schlössern. Ging Mr. Ed weg?

Sie schloss die Augen und hielt den Atem an, um sich besser auf die Geräusche konzentrieren zu können. Es war still. Abgesehen von Schritten und dem Klang von gegeneinanderschlagendem Holz irgendwo außerhalb des Gebäudes. Dann ein metallisches Rasseln, wieder das Holz. Es wurde leiser und leiser. Christina zählte langsam bis sechzig.

Nichts. Vogelgezwitscher, Blätterrauschen. Sonst Stille.

Er war bereits ein paarmal weggegangen – mal für wenige Minuten, mal etwas länger. Stets hatte er vorher ihre Fesseln geprüft und dann die Tür abgeschlossen. Dass er es jetzt nicht getan hatte, war das Absicht? Kam er gleich zurück? Oder hatte er es einfach vergessen?

Egal! Die Chance musste sie nutzen.

Sie kniete sich hin und stemmte sich hoch. Das Tape um ihre Fußgelenke hatte sich im Laufe der letzten Stunde gelockert. Nicht viel, aber genug, um sich etwas bewegen zu können. Das Gehen war dadurch zwar alles andere als einfach, besonders auf der Plastikfolie, die sich mit jedem kleinen Schritt um ihre Füße zu wickeln drohte, aber es klappte. Achtsamkeit war das Stichwort. Keine abrupten und hektischen Bewegungen, sondern langsam und bedacht, in winzigen Mäuseschritten.

Sie ging zum Fenster. Durch den schmalen Spalt, den die Außenrollläden frei ließen, war kaum mehr zu sehen als rissiger Asphalt. In den Ritzen wuchsen Gras und Löwenzahn.

Dieses Objekt stand offenbar schon seit einiger Zeit leer.

Wann kam der Kerl wohl wieder? Egal, wie lange sie hatte, sie musste die Zeit nutzen, um so viel über ihre Umgebung herauszufinden wie möglich.

Sie bewegte sich zur Tür. Es ging viel zu langsam mit diesen winzigen Schrittchen. Sie musste schneller sein, sich beeilen! Wenn der Kerl nun gleich zurückkam? Vielleicht war dies jetzt ihre einzige Chance ...

Halt. Ganz ruhig. Keine Panik. Vor allem keine Hektik. Einen Sturz solltest du nicht riskieren.

Also ging sie weiter im Schneckentempo. Öffnete die Tür, spähte hinaus, lauschte.

Stille.

Sie traute sich und ging in den Empfangsraum. Das Fenster nach vorne war offen, sodass sie auf den asphaltierten Platz hinaussehen konnte. Da waren ein eisernes Tor, ein hoher Gitterzaun, dahinter eine Straße. Und Wald. Keine Menschen.

Die nächste Tür zu ihrer Rechten war geschlossen. Wie sie wusste, führte sie in die Lagerhalle, in der das Wohnmobil stand. Sie sah sich schon in den Caravan einsteigen und filmreif mit Vollgas das Tor der Halle durchbrechen. Hoffnungsvoll drückte sie die Klinke runter – abgeschlossen. Natürlich. Sie hatte es ja gehört.

Christina holte tief Luft und tröstete sich damit, dass sie das Wohnmobil niemals hätte starten können, es sei denn, der Kidnapper hätte den Zündschlüssel vergessen. Doch vielleicht gab es dort einen zweiten Ausgang oder die Möglichkeit, sich zu verstecken?

Du kommst da nicht rein, also denk nicht daran, was sein könnte. Mach es wie Duke: Schau nach vorne.

Also weiter zur Eingangstür. Die war ebenfalls abgeschlossen. Allerdings hatte sie auch nicht ernsthaft damit gerechnet, dass ausgerechnet diese Tür offen sein würde. Hinter der nächsten Tür war das Klo, das ließ sie aus. Da gab es nichts außer dem Waschbecken, der Kloschüssel und einer Dusche ohne Vorhang. Nicht einmal ein Fenster. Dann kam ein weiterer Büroraum, leer bis auf ein paar Staubflusen in den Ecken. Jetzt blieb nur noch eine Tür. Es war ...

Eine Küche!

Klein, aber es gab ein paar Schränke und Schubladen.

Christina lachte vor Freude. Der Mistkerl versorgte sie regelmäßig mit Mahlzeiten, die er schließlich auch irgendwo zubereiten musste. Vielleicht gab es hier eine Schere, ein Messer oder etwas anderes, mit dem sie ihre Fesseln durchschneiden und das sie als Waffe benutzen konnte?

Sie öffnete Schranktüren, zog Schubladen auf. Ihre Hoffnungen schwanden dahin.

Nichts. In dieser Küche war nichts außer dem Mobiliar.

Klar, dachte sie bitter. *Wahrscheinlich macht er alles im Wohnmobil. Und da komme ich nicht hin.*

Die Verzweiflung verstopfte ihr jetzt doch die Kehle. Sie schluckte, würgte. Schließlich entrang sich ihr ein Schrei, sie sank in die Knie und schluchzte.

Wie lange sie auf dem kalten Fliesenboden gesessen hatte, konnte sie nicht sagen. Ein Geräusch ließ sie aufhorchen – ein metallisches Rasseln. Im selben Moment war ihr klar, was das bedeutete: Es war die Kette am Tor. Mr. Ed kam zurück!

Hastig zog sie sich am Küchenschrank hoch, trippelte in winzigen Schrittchen aus der Küche hinaus, schloss die Tür hinter sich.

Durch das vordere Fenster sah sie ihn am Tor stehen und die Kette wieder durch den Zaun fädeln. Dabei drehte er ihr den Rücken zu.

Scheißkerl.

Schnell, schnell, schnell! Was würde er tun, wenn er sie hier erwischte? Sie war nicht wild darauf, das herauszufinden.

Christina biss die Zähne zusammen, versuchte, den Mann da draußen aus ihrem Hirn zu streichen und sich nur auf ihre Füße zu konzentrieren, um nicht über die Plastikfolie zu stolpern. Es war nicht mehr weit. Drei Meter. Höchstens. Und wenn sie erst im richtigen Büro war und die Tür hinter sich zugezogen hatte, gewann sie Zeit. Durch die geschlossene Tür würde er sie nicht sehen können.

Schritte näherten sich.

Sie begann zu hüpfen und hatte mit ein paar Sprüngen die Tür erreicht. Kurz drehte sie sich um. Sah, wie er sich bückte und etwas silbrig Glänzendes vom Asphalt aufhob. Ein Dankgebet, dann hatte sie die Tür auch schon zugezogen.

Christina hüpfte zu ihrem Lager, ließ sich auf die Matratze fallen, lehnte sich gegen die Wand und zog die Beine an.

Gerade noch rechtzeitig. Sie hielt die Luft an, um Atem und Herzschlag zu beruhigen, und wischte sich die feuchte Stirn an ihrem Ärmel ab. Im gleichen Moment wurde die Eingangstür aufgeschlossen. Schritte näherten sich, und dann stand Mr. Ed in der Tür.

Er runzelte die Stirn, untersuchte das Schloss. Dann hockte er sich vor sie hin. Während er das Tape an ihren Händen und Füßen prüfte, konnte Christina riechen, dass er im Wald gewesen war. Er roch nach Harz und frisch gesägtem Holz. Was hatte er dort gemacht? Einen Sarg gezimmert?

Der Kerl hob seine Hand. Instinktiv zog sie ihren Kopf zurück, prallte gegen die Wand und sah für einen Moment grelle Lichtblitze.

Tadelnd schüttelte er den Kopf, strich ihr mit dem Zeigefinger über die Wange und hielt ihn an seine Zungenspitze. Ein Grinsen breitete sich auf seinem Gesicht aus.

Tränen. Er hatte mitbekommen, dass sie geweint hatte. Und es gefiel ihm.

Fick dich, Arschloch!

55 - Minus 18 Stunden - **Duke**

Aufwachen und feststellen, dass das hier ein beschissener Traum ist, wäre eine geile Option.

»Was will der Kerl eigentlich von dir?«

Duke hob seinen Kopf und sah in Berts Gesicht.

»Mich abknallen, schätze ich.«

»Warum?«

Er zuckte mit den Schultern. Als ob das eine Rolle spielen würde.

Wieder saßen sie im Memberraum, dieses Mal in kleiner Runde. Nur Bert, Big J und er. Leon und Steve waren oben und passten auf Torben auf. Alle anderen waren nach Hause gefahren – zu ihren Familien und um ein paar Stunden Schlaf zu finden.

»Was für eine Scheiße.« Big J fuhr sich mit beiden Händen über die Glatze. »Ich sag's ungern, Duke. Aber dir ist klar, dass deine Chancen gegen einen Sniper eins zu hunderttausend stehen? Wenn überhaupt.«

»I know.« Er holte seine Zigaretten aus der Brusttasche und stellte fest, dass die Schachtel leer war. Die zweite heute. Unter Stress rauchte er zu viel. Das war schon immer so. Doch über Lungenkrebs brauchte er sich wohl keine Sorgen mehr zu machen. Der Gedanke reizte ihn zum Lachen.

»Alles gut, Bro?« Bert sah ihn besorgt an.

»Ja. Alles klar. Habt ihr eine Kippe für mich?«

Big J zog eine Packung aus seiner Tasche und schob sie über den Tisch.

»Danke.« Duke zündete sich eine Zigarette an und inhalierte tief. »Die Chancen stehen schlecht, ich weiß. But ... Irgendetwas muss ich tun. Ich kann nicht rumsitzen und darauf warten, dass es zwölf wird. Aber egal, was ich mache: Christina darf kein Haar gekrümmt werden. Alles andere ist scheißegal.«

Bert runzelte die Stirn.

»Hast du eine Idee?«

»No.« Duke schüttelte den Kopf und schnippte Asche in den Schädel auf dem Tisch. »Hey, in einem Film würde ein anderer Sniper auf einem gegenüberliegenden Gebäude Hoka aufs Korn nehmen und genau im richtigen Moment abdrücken. Bamm. Und Ende.«

»Coole Idee, Bro. Aber da fehlt noch was: Das Gewehr, der Schütze und die Position von Hokas Point. Kleinigkeiten. Aber sonst ...«

Duke lachte auf.

»Fuck, du hast recht.« Er rieb sich mit dem Daumen die Augenbraue. »Außerdem weiß ich nicht, ob ich das Mistschwein überhaupt tot sehen will. Dann hat er es ja hinter sich, noch dazu schnell und nahezu schmerzlos.« Er schüttelte den Kopf. »No. Aber die Vorstellung, Hoka bis zum Rest seiner Tage im Knast zu wissen und einigen der Jungs dadrin den Rat zu geben, sich bevorzugt um ihn zu kümmern, die gefällt mir. Und der Höhepunkt wäre, wenn dieser Pisser nie wieder eine Knarre anfassen kann, selbst wenn er aus welchem verfickten Grund auch immer freikommen sollte. Weil er seine Hände nicht mehr gebrauchen kann oder blind ist oder so. Das wär's. Echt.«

»Das ist es! Man könnte ihn blenden!« Big J schlug auf den Tisch. »Dann brauchen wir weder Gewehr noch Scharfschütze. Nur einen Laser. Und die Position seines Points natürlich. Den Laserpointer kann ich besorgen. Zufällig habe ich einen in meiner Garage herumliegen.«

»Hm.« Bert wirkte skeptisch. »Hat so ein Teil denn die nötige Reichweite?«

Big J nickte.

»Klar. Wir reden hier ja nicht über einen Kugelschreiber mit eingebautem Laser für Powerpoint-Präsentationen. Im Schnitt sind es 1500 Meter.«

»Wow.«

»Ja, das Ding kann einem ein hübsches Loch in die Netzhaut brennen.«

Bert schüttelte ungläubig den Kopf.

»Warum hast du so was herumliegen, wenn ich mal fragen darf?«

»Eigentlich habe ich das Teil für den Hund gekauft. Das ist ein klasse Spielzeug, von der Idee her besser als ein Ball. Aber die Gefahren sind zu groß. Ich möchte den Hund ja nicht verletzen, geschweige denn, dass mal eines der Kinder versehentlich in den Strahl reinlaufen und hineinschauen könnte. Deshalb liegt das Ding zu Hause nur rum. Ich hatte es schon lange entsorgen wollen. Gut, dass ich es nicht getan habe.«

»Und du erkundigst dich nicht vorher? So kenne ich dich gar nicht.«

Big J zuckte mit den Schultern.

»Fünf Euro im Internet. Das ist nun wirklich keine Investition, über die man drei Tage nachdenken muss.«

»Auch wieder wahr. Also das könnte klappen? Kann man diesen Hoka mit dem Pointer blenden?«

»Könnte man. Wenn man denn wüsste, wo er steckt.«

Duke kniff die Augen zusammen und blies den Rauch an die Decke.

»Con hat eine Satellitenaufnahme vom Gelände. Right?« Beide Brüder nickten. »Und oben hockt dieser Junkie. Der Typ ist krank im Kopf, keine Frage.

Vor allem aber kennt er die kranke Denkweise eines fucking Sniper-Hirns. Mit seiner Hilfe lassen sich die möglichen Points bestimmt eingrenzen. Und dann legt sich einer von uns hin und schießt dem Kerl einen Laserstrahl mitten ins Auge.«

»So die Theorie.« Big J nickte. »Aber es könnte funktionieren. Willst du das selber erledigen, Duke?«

»No. Das verfickte Arschloch will mich an einem bestimmten Punkt sehen. Wenn ich nicht da bin, bringt er Christina um.«

»Ich kann das für dich übernehmen«, bot Big J an.

»Great, Bro.« Duke holte tief Luft. »Jetzt müssen wir nur noch seinen Point kennen.«

»Wir haben Cons Satellitenaufnahmen«, sagte Bert. »Druck die aus, Big J. Und dann müssen wir den Junkie da oben so fit bekommen, dass er nachdenken kann.«

»Zur Not kommt er unter den Schlauch, mit dem wir unsere Bikes waschen.« Duke drückte seine Zigarette im Aschenbecher aus und stand auf. Er fühlte sich besser. Immerhin gab es jetzt so etwas wie einen Plan. Zugegeben, es war nicht der beste. Aber er konnte endlich etwas tun. Das war ihm lieber, als nur herumzusitzen und zu grübeln. Und es bedeutete einen schmalen Streifen Licht am Horizont – Hoffnung.

Wenn du denkst, dass du nicht mehr tiefer sinken kannst, tut sich unter dir garantiert eine Fallgrube auf.

Er hockte in dem kleinen Zimmer vor dem Bett auf dem Boden und putzte seine Kotze von den Schuhen eines Wizards. Dass er dabei vor den beiden Typen kniete und sie sich einen feixten, war schwer genug zu ertragen. Das Schlimmste aber war die Kleidung, die sie ihm als Ersatz für seine durchgeschwitzten Klamotten gegeben hatten. Er trug ein dunkelgrünes T-Shirt und eine dunkelgrüne Jogginghose, auf denen in weißen Buchstaben *Support WoD* und *Support 9Lives Flensburg* stand. Er trug Unterstützer-Zeug der Wizards.

Es war nicht viel Fantasie nötig, um sich auszumalen, was Toby zu diesem Outfit gesagt hätte. Das schaffte sogar sein umnebeltes Hirn. Sein Bruder war ein Rascal gewesen, der noch dazu bei einem Event der Wizards abgeknallt worden war. Wenn es nach Toby gegangen wäre, hätte er lieber nackt bleiben sollen. Garantiert.

Doch Torben hatte keinen Stolz mehr in sich. Ihm war es egal, welchen Affen er aus sich machte. Er hatte die Sachen angezogen, ohne lange darüber nachzudenken. Umso mehr überraschte es ihn, wie unbehaglich er sich bereits nach kurzer Zeit in den Klamotten fühlte. Und es war nicht nur der Gedanke an Toby.

Einmal Rascal, immer Rascal.

Offenbar galt das auch für ihn, und irgendwo unter dem ganzen Scheiß der letzten Jahre vergraben steckte doch noch ein Member in ihm.

Die Tür ging auf, und drei weitere Typen kamen herein. Es waren der President der Wizards, sein Vice. Und der Schotte.

»Geht schon mal runter, wir kommen gleich«, sagte der Presi. Torbens Bewacher nickten und verließen das Zimmer, ohne Fragen zu stellen. »Und nun zu dir.«

Torben stand auf, verschränkte die Arme vor seinem Brustkorb und steckte die Hände unter die Achseln. Das Zittern setzte wieder ein. Und egal wie tief es noch abwärtsging, er wollte nicht so tief fallen, dass er auch noch dem Presi die Schuhe putzen musste.

»Du musst uns helfen.«

»Aha.«

»Du musst einen Sniper finden.«

»Einen Sniper. Wollt ihr jemanden aus dem Weg räu...«

»Halt's Maul!« Der riesige Vice hatte nicht nur fette Muskeln, sondern auch eine Stimme, die einem das Trommelfell wegblasen konnte. »Wo würde ein Sniper seinen Point haben?«

Er legte drei DIN-A4-Blätter auf den Tisch. Es schienen Satellitenaufnahmen zu sein. Sie zeigten ein helles, langgestrecktes Gebäude auf einem asphaltierten Platz, eine Straße und Bäume. Viele Bäume.

Torben zuckte mit den Schultern und rieb sich die Oberarme. Draußen war Sommer. Trotzdem fror er.

»Woher soll ich das wissen?«

McKinnley trat an ihn heran, so dicht, dass zwischen sie höchstens noch eine Hand gepasst hätte. Der Schotte überragte ihn um mindestens einen halben Kopf. Sein Gesicht war angespannt, der Blick seiner dunklen Augen nagelte Torben förmlich fest.

»Du bist ... pardon, warst ein Sniper. Right?«

»Was hat das mit ...«

»Right?«

Scheiße, auch der Schotte hatte eine verflucht kräftige Stimme.

»Ja.«

»Dann versetz dich jetzt in das Hirn dieses kranken Arschlochs und sage uns, wo der Kerl seinen Point haben könnte.«

Torbens Gehirn weigerte sich einen Moment, diese Informationen zu verarbeiten. *Gib mir Alk, gib mir H, gib mir Koks oder Gras, dann bekommst du alles, was du willst ...*

McKinnleys Hand schnellte hervor und packte ihn am Kinn.

»Rede.«

Der Schmerz war so überzeugend, dass sich sein Hirn bequemte, nachzudenken. Er nahm die Fotos vom Tisch, sah sie sich an. Eines nach dem anderen. Dann zuckte er mit den Schultern.

»Ich müsste erst mehr wissen«, sagte er.

»Welche Infos brauchst du?«

»An welcher Stelle wird das Ziel erwartet? Sonst könnte er überall hocken. In jedem verdammten Baum.«

Die drei Wizards warfen sich einen Blick zu, dann nickte der Presi.

»Geht klar. Was noch?«

246

Torben fuhr sich mit der Zunge über die Lippen. Wie war das noch mit der Falltür? Scheiß drauf. Wozu brauchte jemand wie er Stolz und Selbstachtung?

»Was zu trinken. Kein Wasser, sondern was Richtiges. Und Gras. Oder etwas Stärkeres. Koks?«

Der Presi holte tief Luft und ballte die Fäuste. Torben erwartete bereits den Schlag, als der Mann nickte.

»Gut, wir werden sehen, was sich machen lässt. Also?«

»Nee, ihr versteht nicht. Ich brauche das Zeug jetzt. Mein Hirn arbeitet sonst nicht.«

»Heilige Scheiße!« Der Vice öffnete die Tür und brüllte in den Flur. »Leon! Bring mal Wodka hoch. Eine volle Flasche!«

»Sonst noch einen Wunsch?« Die drei starrten ihn an, als hätten sie ihm am liebsten die Eingeweide aus dem Leib geprügelt. Was nicht hieß, dass sie es nicht auch noch tun würden. Irgendwann. Nur nicht jetzt. Jetzt brauchten sie ihn.

Er schüttelte den Kopf.

»Erst mal was trinken, dann sehen wir weiter.«

Schritte näherten sich, es klopfte an der Tür. Der Vice öffnete, nahm eine Flasche entgegen und reichte sie Torben.

Er griff danach und wusste im selben Moment, dass er aussehen musste wie Gollum.

Mein Schatz!

Seine Hände zitterten so stark, dass ihm die Flasche beinahe aus der Hand gefallen wäre. Seine unruhigen Finger nestelten erfolglos am Verschluss herum. Und für einen furchtbaren Augenblick sah er sich die Flasche gegen die Wand werfen und anschließend den Wodka vom Boden lecken.

»Holy shit!« McKinnley verdrehte die Augen, riss ihm die Flasche aus der Hand und öffnete sie. »Open your fucking mouth!«

Da ist sie, die Fallgrube.

Torben sank auf die Knie, legte den Kopf in den Nacken und öffnete den Mund. Und der vor ihm stehende Schotte goss ihm den Wodka hinein.

Ohne Schluck- und Würgereflex ließ Torben die klare Flüssigkeit in seine Kehle rinnen. Dann gab er McKinnley ein Zeichen. Der Schotte setzte die Flasche ab. Torben schluckte, wischte sich mit dem Handrücken über den Mund. Der Alkohol brannte in seiner Kehle, in seiner Speiseröhre, in seinem Magen. Es war das Brennen eines Kaminfeuers. Wohltuend, wärmend. Lebensrettend.

»Mehr?«

Torben nickte, stand aber auf und nahm die Flasche. Seine Hand war jetzt deutlich ruhiger. Er setzte an und trank. Gierig und ohne Scham. Als er sie wieder absetzte, war sie nur noch einen Fingerbreit gefüllt. Er sah die drei Wizards nicht an. Was sie dachten, konnte er sich gut vorstellen. Er selbst hätte sich auch geekelt und gewundert. Aber ... auch das lag längst hinter ihm.

Er fühlte sich besser.

Jetzt können wir uns die Fotos noch einmal ansehen.

»Wo wird das Ziel erwartet?«

McKinnley deutete auf den vorderen Bereich der Lagerhalle. Torben nahm die Bilder erneut in die

Hand, betrachtete sie gründlicher. Dann schüttelte er den Kopf.

»Keine Chance. Es gibt so viele Möglichkeiten ...«

»Kannst du es wenigstens eingrenzen?«

»Wisst ihr, welches Gewehr der Typ benutzt?«

Kopfschütteln.

»Okay. Ich brauche mehr Bilder. Genauere Fotos von der Umgebung. Am besten aus unterschiedlichen Winkeln.«

Der Vice nickte.

»Kriegst du.«

57 - Minus 17 Stunden - Duke

Glück im Unglück.

Big J hatte Kontakt zu Con aufgenommen, tatsächlich war sie zu Hause. Fünf Minuten später hatte sie eine Verbindung hergestellt, über die sie mit Big J und Torben kommunizierte.

»Wo kommt das Ziel an?«, fragte Torben und nahm einen Schluck aus der Flasche. Er hatte die zweite Wodkaflasche bereits zur Hälfte geleert. Jeder andere hätte längst im Koma gelegen, doch der Ex-Rascal schien erst ab zwei Promille überhaupt ansprechbar zu werden. Trotzdem ging es nur quälend langsam voran.

»Vermutlich da.« Duke zeigte auf den Eingangsbereich der Halle, wo man ein Rolltor sehen konnte.

Torben rieb sich das Kinn. Schweigen.

»Brauchst du eine größere Aufnahme der Halle?«, meldete sich Con. Sie hatte sofort begriffen, worum es ging, was auf dem Spiel stand. Das galt offensichtlich nicht für alle hier im Raum.

»Nein.«

Torben nahm wieder einen Schluck. Und Duke versenkte seine Fäuste in den Hosentaschen, um die Flasche nicht an sich zu reißen und auf dem Schädel des Ex-Rascals zu zertrümmern.

»Also keine Bilder vom Halleneingang?« Cons Gesicht in der rechten oberen Bildschirmecke war angespannt.

»Nein.« Torben kratzte sich am Kopf. »Auf dem Dach wird er nicht sein. Er selbst wäre sichtbar, außerdem wäre der Schusswinkel kritisch. Kennt ihr das Gewehr, das der Sniper benutzt?«

»No. Immer noch nicht. Like five minutes ago.« *Und die dreißig Male davor, die du diese Frage bereits gestellt hast, Butthead.*

Torben runzelte die Stirn, starrte auf seine Fußspitzen. Trank wieder. »Dann wird es schwierig.«

»Fuck. Sag uns etwas Neues«, fuhr Duke ihn an.

»Du solltest die Flasche hinstellen«, sagte Big J. »Ich glaube, du hast allmählich genug.«

»Yeah. Du sollst nachdenken. Und ich schwöre dir, wenn du dich hier gleich wie ein Bär im Winterschlaf unterm Tisch verkriechst, wirst du ...« Big J legte ihm eine Hand auf den Arm. Duke schwieg und biss die Zähne zusammen.

»Vielleicht kriegst du ja noch mit, dass die Ventile hier gerade ziemlich unter Druck stehen«, sagte Bert gereizt. »Also streng mal deinen restlichen Grips an und grenze die Möglichkeiten ein!«

»Lasst uns doch systematisch vorgehen«, schlug Con via Webcam vor. Ein Kugelschreiber wippte zwischen ihren Fingern auf und ab und erzeugte ein Klickgeräusch auf ihrem Schreibtisch, dessen Rhythmus mit Dukes wippendem Knie harmonierte. »Vielleicht beginnen wir mit dem Radius. Welche Reichweite haben handelsübliche Scharfschützengewehre?«

»Von 100 bis 800 Meter. Kann aber auch mehr sein. Bis 1500. Je nach ...«

»Geht's vielleicht etwas genauer, Einstein?« Duke schloss die Augen und rieb sich die Stirn.

»Soll ich googlen?«, fragte Con.

»Nicht nötig.« Torbens Stimme klang nicht mehr so schleppend. »Je nach Gelände. Da mit all den Bäumen drum herum ist 800 sicher die Obergrenze.«

»Immerhin, besser als nichts.« Die Hackerin atmete geräuschvoll aus und strich sich das rotblonde Haar aus dem Gesicht. Duke konnte ihre Finger über die Tastatur hetzen hören. Dann erschien ein rot schraffierter Kreis auf dem Bildschirm. Das Teil war so groß, dass es fast den ganzen Wald abdeckte. »So. Das ist also der infrage kommende Radius. Können wir Bereiche ausgrenzen?«

Torben neigte seinen Kopf und starrte auf den Monitor.

»Hallo? Könnt ihr mich hören? Ist die Verbindung ...«

»Nee, Con. Alles klar. Wir hören dich sehr gut. Nur unser Fachvertreter für Spirituosen hier braucht etwas länger, bis die Leitungen funken.«

Torben sah Big J irritiert an. Dann zeigte er auf den Bildschirm. »Da. Und da.«

Duke schlug mit der Faust auf die Armlehne.

»Fuck. Wie soll sie sehen können, wohin dein dämlicher Finger zeigt, du Genie? Hast du dir deine paar Hirnzellen total versoffen, oder was? Konzentriere dich, oder ich ...«

»Ruhig, Duke. Das hat keinen Sinn. Wir müssen einen klaren Kopf behalten. Wir alle.« Bert stand auf. »Komm. Wir gehen einen Moment nach draußen. Atmen durch. Und dann kommen wir zurück.«

»Recht hast du. Sonst drehe ich dem Kerl noch den Hals um.« Wütend sprang Duke auf, der Stuhl fiel dabei um. »Aber ich gehe allein.«

Er stürmte aus dem Raum und schlug die Tür hinter sich zu. Er wusste, dass Bert recht hatte. Dass er selbst nicht mehr klar denken konnte. Dass sich seine Nervosität, seine Anspannung auf alle im Raum übertrugen – Big J, Con, sogar auf Bert. Von dem Junkie ganz zu schweigen. Der Typ war labil.

Und trotzdem. Die verdammte Uhr tickte. Sie brauchten Ergebnisse!

58 - Minus 16 Stunden - **Torben**

Er saß am Tisch, den Kopf in die Hände gestützt. Der Bildschirm vor ihm schien zu flackern. Die Stimmen um ihn herum – der Presi, der Vice, die rotblonde Tussi in der Webcam – klangen seltsam verzerrt. Sie dröhnten und hallten in seinen Ohren und wechselten ständig ihre Frequenz. Mal klangen sie hoch und schrill, als hätten hier alle Helium geatmet, dann wieder tief, als kämen sie direkt aus der Hölle.

Schlafen. Er wollte schlafen. Er musste schlafen. Warum ließen sie ihn nicht in Ruhe? Warum stellten sie Fragen und Fragen und noch mehr Fragen? Müde schloss er die Augen und legte seinen Kopf auf die verschränkten Arme.

Aber nicht lange.

Sofort packte ihn jemand bei den Schultern, riss ihn hoch.

»Hey! Du pennst jetzt nicht ein, Pestbeule!«

Jemand klatschte ihm die Hände ins Gesicht. Links. Rechts. Links. Verschwommen konnte er ein Gesicht mit einem graumelierten Bart sehen. Wer war das? Chuck Norris? Dennis Hopper? Der Weihnachtsmann? Aber würde der ihn packen und schütteln?

»Fuck. Wasser! Schnell. Hol einen Eimer Wasser, Big J. Leon soll Kaffee kochen. Und die hier«, etwas fiel polternd zu Boden, »kommt jetzt weg.«

Irgendwoher kannte er dieses Geräusch. Das war doch ... das war doch ... Der Klang einer Flasche!

»He!«, rief Torben entrüstet aus. »Mein Wodka! Ihr könnt nicht einfach ...«

»Und was wir können. Du wirst es gleich erleben. Stell ihn hierhin, Big J.«

»Was? Was habt ihr ...«

Den Satz brachte er nicht mehr zu Ende. Sein Stuhl wurde gedreht, sein Körper gepackt und nach vorne gerissen. Ein großes rotes Auge raste ihm entgegen. Und noch bevor sein Hirn begriffen hatte, worum es sich handelte, steckte er kopfüber in eiskaltem Wasser.

Er ruderte mit den Armen, versuchte mit den Beinen zu strampeln, doch eine Hand hielt eisern seinen Nacken und drückte ihn unter die Wasseroberfläche.

Ich ertrinke! Verdammt, die wollen mich ersäufen wie eine Ratte!

Der Griff lockerte sich und er schnellte nach oben, hustete, und spuckte eine Ladung Wasser auf den Boden. Gierig sog er Luft in seine Lungen. Nase und Rachen brannten. Aber er atmete. Halleluja, er atmete!

»So. Und nun streng dich ein bisschen an!« Der Stuhl wurde gedreht und so nahe an den Tisch geschoben, dass er mit den Rippen gegen die Tischkante stieß. Der Bildschirm vor ihm wirkte so groß, dass er fast sein gesamtes Sichtfeld ausfüllte. Hinter ihm öffnete sich die Tür. »Guck hin! Wo könnte der Mistkerl stecken?«

Torben drehte den Kopf.

»Wo ist die Flasche? Ich brauche etwas zu trinken! Die Flasche! Bitte! Ich sage euch auch alles, was ihr wissen wollt. Aber gebt mir ...«

»Du willst trinken?«

Die Stimme des Schotten und die Hand in seinem Nacken ließen ihn zusammenzucken. Wo kam der plötzlich wieder her? Der Kerl umklammerte sein Genick, als wollte er es mit bloßen Händen brechen.

»Take this.«

Er hielt ihm einen heißen Becher an die Lippen. Der Geruch von starkem Kaffee stieg ihm in die Nase und ließ seine Augen tränen. Er wollte sich wehren, doch er hatte keine Chance. Er musste schlucken, verbrannte sich Zunge und Kehle dabei. Aber Mitleid hatte hier offensichtlich niemand.

»Und nun rede endlich!«

Das Koffein schien direkt von der Mundschleimhaut ins Gehirn zu gehen, denn er wurde klarer im Kopf, erkannte, dass der Bildschirm vor ihm nicht flackerte. Er sah in der rechten oberen Ecke die Hackerin mit den tollen Haaren, die ihn ungeduldig ansah. Was wollten die von ihm?

»Und jetzt erzähle uns, wo deiner Meinung nach der Sniper stecken könnte«, sagte sie. »Schau dir einfach die Fotos an. Und sag es.«

Allmählich war er wieder im Bilde. Einer von ihnen – McKinnley, wenn er es richtig mitgekriegt hatte – hatte ein Date der besonderen Art. Ein Sniper wollte ihn treffen, im wahrsten Sinne des Wortes. An dieser Halle irgendwo in einem Wald. Das Lustige war, dass den Schotten das gleiche Schicksal treffen sollte wie Toby. Interessant, dass der Wizard überhaupt davon wusste. Üblicherweise waren Scharfschützen nicht so freigiebig mit den Infos, wo sie ihre Opfer ausschalten wollten. Diesen Vorteil wollten die Wizards offensichtlich nutzen, um McKinnleys Arsch zu retten. Klar. Konnte man ihnen nicht verübeln, hätte wohl jeder so gemacht. Aber ... Wieso sollte dieser dreckige Mistkerl weiteratmen, während Toby, sein eigener Bruder, in einer verfickten Leichenhalle lag?

Und wenn er nun nichts sagte? Oder etwas Falsches? Konnten sie ihn zwingen? Klar. Sie konnten es versuchen. Sie konnten ihn verprügeln und umbringen. Allerdings würde er ihnen dann nichts mehr nützen. Und ihm hätten sie sogar noch einen Gefallen getan. Also ...

Er lächelte.

»Was hast du vor?«

Fuck. McKinnley hatte es gesehen. Wieder packte der Kerl ihn, diesmal bei den Haaren, und riss seinen Kopf zurück. Der Schotte beugte sich über ihn, das Gesicht nur eine Handbreit entfernt, die Augen so nahe, dass sie ihn wie schwarze Löcher in ihre Dunkelheit sogen.

»Listen, Shitface. Dieser verfickte Dreckskerl hat nicht nur mich auf dem Radar. Er hat meine Lady. Und sie wird er auch umbringen, sobald er mich erledigt hat, so viel ist klar. Deshalb müssen wir wissen, wo der Kerl steckt. Damit wir ihn rechtzeitig ausschalten können. Soweit ich weiß, gilt der Kodex auch bei den fucking Rascals. Falls du also noch ein bisschen Ehre im Leib hast, denke an den Kodex: Keine Frauen und Kinder. Klar?«

»Kinder? Wieso ...«

Einen Moment starrten sie einander schweigend an. Die Nasenflügel des Schotten bebten, die Muskeln an seinen Kiefergelenken arbeiteten. Dann ließ er ihn abrupt los und stürmte hinaus. Und da erkannte Torben plötzlich die ganze Wahrheit.

Was für eine Scheiße.

McKinnley hatte recht. Keine Frauen und Kinder.

Torben gab sich einen Ruck und setzte sich aufrecht vor den Bildschirm. Den Point eines Snipers zu finden war schwierig, wenn nicht gar unmöglich. Aber er musste es versuchen. Da war diese Sache vor drei oder vier Jahren in Afghanistan. Es gab noch etwas gutzumachen. Jetzt bestand die Möglichkeit. Eine zweite Chance, sozusagen. Die gab es nicht oft.

59 - Minus 15 Stunden - **Bert**

Mit einem schlechten Gewissen fuhr er auf seinem Bike nach Hause. Das letzte Mal, als er in einer brenzligen Situation nicht rund um die Uhr bei seinen Brüdern gewesen war, hatte er mit Lungenentzündung im Bett gelegen. Marion hatte ihn vom Boden des Schlafzimmers aufsammeln müssen, weil er trotz 41 Grad Fieber versucht hatte, sich auf den Weg ins Clubhaus zu machen. Entsprechend hatten alle ihn auch angesehen, als er eben erklärt hatte, unbedingt nach Hause fahren zu müssen: Big J, Duke, Red, Steve, Hugger, Mike ... Sogar Con in der Webcam. Seine Entscheidung hatte alle überrascht. Irritiert. Vielleicht waren sie sogar wütend. Aber das nahm er auf sich.

Er blinkte und legte sich in die Kurve, während er nach Harrislee fuhr. Dabei sah er die Gesichter im Memberraum vor sich: Der Ex-Rascal, der mittlerweile tatsächlich sein Bestes gab, um die möglichen Points zu finden. Red, Hugger, Steve und die anderen, die immer abstrusere Ideen entwickelten. Con, die sich auf Torbens Hinweise konzentrierte und nebenher mit den anderen die Vorschläge diskutierte. Big J, der versuchte, einen kühlen Kopf zu bewahren und den Wust an Ideen nach Brauchbarem zu filtern. Und natürlich Duke. Duke, den es kaum auf dem Stuhl hielt, der eine Zigarette nach der anderen rauchte, und dessen Gesichtsfarbe zwischen dunklem Rot und tödlicher Blässe hin- und herwechselte.

Als Bert das Clubhaus verlassen hatte, hatte Con begonnen, eine Wärmebildkamera zu bauen. Es war eine der vielversprechendsten Ideen gewesen, eine ferngesteuerte Drohne mit einer solchen Kamera auszustatten und sie über das Waldstück fliegen zu lassen, um den Standort des Snipers zu finden. Das Problem war nur, dass die Wärmebildkamera bisher nicht existierte. Normalerweise hätten sie eine via Internet bestellen können. Aber sie hatten die Zeit nicht. Bis High Noon blieben nicht einmal fünfzehn Stunden. Und auch wenn Con genial war und vermutlich den Großteil der benötigten Komponenten zu Hause hatte – sie konnte nicht zaubern.

Das war der Punkt gewesen, an dem Bert sich entschieden hatte, einen eigenen Weg zu verfolgen. Die Idee war vage, unausgegoren und nicht allein von ihm abhängig – deshalb hatte er auch den anderen nichts davon erzählt. Zumindest erst mal nicht. Aber eines stand fest: Er würde nicht danebenstehen und zusehen, wie einer seiner Männer abgeknallt wurde. Nein. Niemals.

Er fuhr auf die Auffahrt, drosselte den Motor und stellte das Bike ab.

Die Haustür öffnete sich, bevor er sie erreicht hatte. Das überraschte, erfreute Lächeln verschwand schnell aus Marions Gesicht.

»Ärger?«, fragte sie leise.

Er nickte, zog seine Stiefel aus und hängte seine Jacke an die Garderobe.

»Schlimm?«

»Yepp.«

»Wer?«

»Duke.«

»Scheiße.« Sie schlang ihre Arme um ihn und er drückte sie fest an sich. »Ich mag ihn. Musst du gleich wieder weg?«

»Ja. Ich muss nur was erledigen.«

»Okay.« Marion nickte, holte tief Luft und straffte die Schultern. Ihre Geste für *Was auch immer passiert, wir stehen das durch.* »Kein Problem. Hast du Hunger? Wir haben zwar schon gegessen, aber der Braten und die Soße sind bestimmt noch warm.«

Bert schüttelte den Kopf.

»Keine Zeit.«

Sie legte ihm eine Hand auf die Wange. »Danke, dass du trotzdem gekommen bist. Isabelle wird sich freuen. Enrico ist auch da.«

Bert nickte. *Ich weiß.*

Er ging ins Esszimmer, wo Timo, Sophie, Isabelle und ihr Freund Enrico am Tisch vor den Resten ihres Nachtischs saßen. Als er eintrat, sprang seine Älteste von ihrem Stuhl. Er nahm sie in die Arme.

»Meine Tochter. Glückwunsch zum Geburtstag, Schatz.« Dann löste er sich von ihr und reichte dem jungen Mann die Hand, der neben ihr gesessen hatte. Er war aufgestanden, sah Bert gerade in die Augen, sein Händedruck war fest. Dabei dachte er über die Option nach, die ihm eingefallen war.

Enrico Morelli, sechsundzwanzig Jahre alt, Fahrer einer V-Rod. Seine Eltern betrieben eine Pizzeria im Stadtzentrum von Flensburg. Er selbst hatte die deutsche Staatsangehörigkeit. Er hatte gedient. Sechs Jahre als Einzelkämpfer. Ausgebildet in Überlebens- und Nahkampftechniken. Seit einem Jahr war er mit Isabelle zusammen, seit sechs Monaten war seine Dienstzeit vorbei. Und er war interessiert am Clubleben. Sehr interessiert. In den vergangenen drei Jahren hatte man ihn oft beim Open House und anderen Events gesehen. Er half beim Bänke- und Kistenschleppen, beim Aufräumen und Putzen. Seit er aus der Bundeswehr ausgeschieden war, hatte Enrico nicht ein Event versäumt. Und Isabelle lobte immer wieder seine Zuverlässigkeit. War er der Richtige?

»Kann ich dich einen Moment sprechen?«

»Klar.«

Bert trat auf die Terrasse hinaus und zündete sich eine Zigarette an. Enrico stellte sich neben ihn und wartete schweigend.

»Wie lange braucht ein Einzelkämpfer, um ein Ziel in einem Waldstück von etwa einem Quadratkilometer zu finden und auszuschalten?«

Enrico runzelte die Stirn.

»Ist das Ziel beweglich?«

Bert dachte kurz nach. Nach allem, was er über den Sniper wusste, würde der Kerl einen festen Punkt haben, von dem aus er ein gutes Schussfeld hatte. Er würde bestimmt nicht im Wald herumrennen.

»Nein.«

»Sagen wir so: Wenn er mehr als eine Stunde braucht, hätte er seine Eichenblätter nicht verdient.«

Bert inhalierte tief. So eine Antwort hatte er sich erhofft. Jetzt blieb nur noch die Frage, was er Enrico für den Gefallen anbieten sollte.

»Was ich dir schon immer mal sagen wollte, Bert: Ich finde die Wizards absolut geil. Ihr seid eine richtig coole Truppe. Meinst du, ich hätte Chancen, bei euch aufgenommen zu werden? Ich meine natürlich nach Ablauf aller Fristen – Hangaround, Prospect ... Du weißt schon.«

»Warum nicht«, sagte Bert und unterdrückte ein Grinsen. Manchmal lösten sich Probleme von selbst. Und wenn Duke und seine kleine Lady dadurch am Leben blieben, war es die Sache wert. »Unter Umständen lässt sich das sogar beschleunigen. Hör zu.«

60 - Minus 13 Stunden - Chester

Er lag auf dem schmalen Bett und starrte an die niedrige Decke des Wohnmobils. Eigentlich sollte er schlafen. Er hatte sich sogar extra früh zurückgezogen, so wie er es immer machte, am Tag davor. Vor seinen Aufträgen sorgte er stets dafür, dass er ausgeschlafen war. Jeder Fehler konnte zum Versagen führen, und das war keine Option. Aber in diesem Fall ...

Er versuchte sich vorzustellen, was McKinnley gerade tat. Ob er auch wach auf seinem Bett lag? Dachte er an morgen? War er nervös?

Chester neigte den Kopf. Das dünne Kissen unter ihm warf Falten, die sich in seine Wange prägten. Heute würde er nicht schlafen. Aber war es Aufregung?

Nein. Er war gelassen. Ruhig. Eins mit sich und dem Universum. Er spürte, wie sein Atem ruhig und gleichmäßig durch ihn floss. Geist, Körper und Seele waren eins. Er lächelte beim Gedanken an den kommenden Tag. Den Tag, an dem er McKinnleys Existenz dem Universum wieder zur Verfügung stellen würde.

Ob McKinnley auch gerade Frieden in sich spürte? Oder fragte er sich in diesem Augenblick nach dem Warum? Dem Motiv?

Chester ließ den Atem durch seinen Körper fließen. Ein. Aus.

Das Motiv.

Er hätte sich manches ausdenken können, das plausibel klang: das Gelächter bei einem Fehlschuss im Schießstand. Der Ellenbogen in der Schlange bei der Essensausgabe. Die vor der Nase zugeschlagene Tür. Aber wenn er ehrlich war, lag das lange hinter ihm. Kein Groll, kein Gekränktsein, kein Neid. McKinnley war nur noch ein Faden. Ein loser Faden, den er abschneiden musste, bevor er Schaden anrichtete.

Sonntag

61 - Minus 10 Stunden - Duke

Er rauchte, obwohl ihm bereits schlecht von der Menge Nikotin und Kaffee war, die er in den letzten vierundzwanzig Stunden konsumiert hatte. Steve kam herein, machte sich an der Bar zu schaffen und reichte ihm einen Whisky.

»Danke, nein.« Duke schüttelte den Kopf. »Wie spät?«

»Kurz nach zwei.«

»Ich muss in ein paar Stunden fit sein und fahren. Wenn die Bullen mich anhalten und ich bin alkoholisiert ...«

... dann komme ich zu spät. Und dann ...

Er rieb sich die Stirn, um den Gedanken nicht zu Ende denken zu müssen.

Steve ließ sich auf den Sessel neben ihm fallen.

»Solltest du dich nicht aufs Ohr hauen? Wenigstens ein bisschen schlafen?«

Duke lachte auf.

»Als ob ich das könnte.« Wieder schüttelte er den Kopf. Seine Augen brannten. Vor Müdigkeit. Vor Rauch. »Was machen sie gerade? Sind sie schon weitergekommen?«

»Wie man's nimmt. Con fehlt irgendein Teil für die Kamera. Big J ist nach Hause gefahren, weil er so etwas wohl bei sich herumliegen hat. Du kennst ihn ja. Er bringt es ihr nach Schleswig. In der Zwischenzeit versucht sie herauszufinden, wo überall in dem Wald Hochsitze aufgestellt sein könnten. Der Junkie meinte, dass so ein Hochsitz ein guter Point für einen Sniper wäre.«

»Und das fällt ihm erst jetzt ein? Fucking Punk! Wir hätten den Wald bei Tageslicht absuchen können!«

»Was willst du machen.« Steve zuckte mit den Schultern. Ihre Blicke trafen sich kurz.

Duke blies den Rauch durch die Nase.

»Fuck. Ich nehme den Whisky doch. In neun Stunden muss ich erst los. Bis dahin sollte ich wieder nüchtern sein.« Er trank das Glas in einem Zug leer. Die Flüssigkeit brannte in seiner Kehle und hinterließ den unnachahmlich rauchigen Geschmack eines guten Islay Single Malt auf seiner Zunge. Wer konnte schon sagen, wie lange er noch die Gelegenheit hatte, das zu genießen. »Neun Stunden noch.«

62 - Minus 4 Stunden - Christina

Die Tür öffnete sich und sie schreckte hoch. Durch den Spalt der Außenjalousie drang Licht in den Raum. Lange hatte sie wach gelegen, gegrübelt, nach einer Möglichkeit zur Flucht gesucht. Irgendwann musste sie doch eingeschlafen sein, erschöpft und frustriert von den end- und sinnlos kreisenden Gedanken. An Träume konnte sie sich jedenfalls nicht erinnern.

»Guten Morgen.« Der Mann war höflich wie immer, fast freundlich. Er reichte ihr zwei belegte

Brote und eine PET-Flasche Wasser und prüfte ihre Fesseln. So, wie er es immer tat. Trotzdem war Christina sich sicher, dass jetzt etwas anders war. Er wirkte irgendwie ruhiger als sonst.

Dann fiel es ihr ein. Heute war Sonntag. Um 12 Uhr würde er Duke treffen. Und auch wenn er es nie erwähnt hatte: Christina wusste, dass er Duke töten würde. Ihr Herz begann zu hämmern. Konnte sie das verhindern? Konnte sie diesen Mann davon abhalten, Duke umzubringen?

Sie beobachtete seine konzentrierten Bewegungen. Dann trafen sich ihre Blicke. Er lächelte. Ein feines Lächeln, voller Gelassenheit, fast friedlich. Ein Lächeln, das Christina frösteln ließ.

Wie konnte man eine Kobra daran hindern, zuzustoßen?

63 - Minus 3 Stunden, 30 Minuten - **Torben**

»Verdammte Scheiße!«

Der Schrei kam aus dem Lautsprecher des Computers. Torben schreckte zusammen und wurde sich erst dadurch bewusst, dass er eingeschlafen war. Wann und wie lange, hätte er nicht sagen können. Er saß immer noch im Clubhaus der Wizards, auf demselben Stuhl und vor dem Bildschirm.

»Scheiße.« Die Hackerin stützte ihren Kopf auf. Ihr rotblondes Haar war zerzaust. Um sie herum auf dem Schreibtisch lagen geöffnete Schokoriegel, ein dampfender Becher, Werkzeug. Zum größten Teil Feinmechaniker-Werkzeug.

»Was ist, Con?« Der President stellte sich neben Torben und beugte sich vor, sodass vermutlich sein Gesicht in der Webcam zu sehen war.

Sie sah auf. Dunkle Ringe umgaben ihre Augen. An ihrer Seite erschien das Gesicht des Vice. Irgendwann in der Nacht war er losgefahren, um der Hackerin etwas zu bringen, was sie brauchte. Und er war geblieben, um ihr zu helfen.

»Nichts. Ich bin mit dem Schraubenzieher abgerutscht. Aber ...« Sie lächelte schwach in die Webcam. »Gottlob, es ist alles in Ordnung. Die Kamera ...« Sie holte tief Luft und rieb sich die Augen. »Die Kamera ist fertig. So weit die gute Nachricht.«

»Und die schlechte?«

Der Vice rieb sich über den kahlen Schädel, der vor Schweiß glänzte.

»Jetzt müssen wir die Kamera von der Drohne ab- und die Wärmebildkamera anmontieren.«

Der President atmete geräuschvoll ein.

»Aber hey.« Die Hackerin kniff die Augen zusammen. »Wie spät haben wir es?«

»Acht Uhr.«

»Knappe vier Stunden, bis ...«

Der President nickte.

»Schafft ihr das?«

Die beiden auf der anderen Seite des Bildschirms, in real irgendwo in der Nähe von Schleswig, sahen sich an. Dann gaben sie sich ein High five.

»Werden wir sehen. Aber wir geben unser Bestes.«

»Okay. Legt los. Die Hoffnung stirbt zuletzt.«

Irrtum, dachte Torben und musste bei dem Gedanken fast lachen. *Am Ende stirbt McKinnley.*

Schritte näherten sich der Tür. Christinas Herz klopfte. Sie wusste nicht, wie spät es war. Auf ihr Zeitgefühl war selten Verlass, schon gar nicht unter diesen Umständen. Es konnte bereits Mittag sein. Oder es waren erst fünf Minuten vergangen, seit der Kerl ihr das Frühstück gebracht hatte. Wer konnte das schon sagen?

Sie hatte sich zum Essen gezwungen, obwohl ihr Magen mit Steinen gefüllt zu sein schien. Wieso sollte der Typ ihr Essen bringen, wenn er sie in wenigen Stunden töten wollte?

Weil man das als Henker so macht, zum Beispiel?

Diese bittere, sarkastische Stimme hätte sie gern zum Schweigen gebracht. Seit Freitag, dem Tag ihrer Entführung, war sie immer lauter geworden. Hatte sich immer häufiger zu Wort gemeldet. Es war die Realistin in ihr, die da sprach, während die Optimistin noch an ein Wunder glaubte. Auch wenn sie immer seltener zu Wort kam.

Scheiße. Scheiße, scheiße, scheiße. Ich will hier raus!

Die Tür öffnete sich. Der Entführer kam zu ihr an die Matratze, griff unter ihre Arme und zog sie auf die Füße.

»Was ...«

»Ich bringe dich zum Klo. Du solltest noch mal pinkeln.«

Christina schluckte. Was konnte das bedeuten? Wollte er für längere Zeit weg?

»Warum?«

Er schüttelte den Kopf. Keine Antworten. Das hatte er ihr am Anfang gesagt. Er würde keine Fragen beantworten. Sie würde zum richtigen Zeitpunkt alles erfahren, was sie wissen musste.

Er führte sie in das kleine Bad, zog die Tür hinter ihr zu und wartete draußen. Höflich, fast freundlich, ganz Gentleman. Doch gerade das machte ihr Angst. Viel mehr, als wenn er ein ungehobelter, brutaler Bursche gewesen wäre, der sie herumstieß, anbrüllte, vielleicht sogar schlug. Es wirkte so abgeklärt, so distanziert, kontrolliert. So ... normal.

Sie lehnte ihre Stirn gegen die grauen Fliesen an der Wand und schloss die Augen, schluckte. Aus dem Bad gab es kein Entkommen. Es gab kein Fenster, nur eine vergitterte Lüftung unterhalb der Decke, kaum größer als ein Kinderkopf. Und die Tür, vor der der Entführer stand.

Sie klappte den Toilettendeckel hoch und dachte darüber nach, ob sie sich in der Kloschüssel ertränken sollte. Ende. Wenn er kein Druckmittel gegen Duke in der Hand hatte, brauchte Duke gar nicht erst herzukommen.

Und wie soll Duke davon erfahren, du Schaf? Glaubst du, Mr. Ed wird ihn anrufen und es ihm erzählen?

Da war sie wieder, die Realistin. Und sie hatte recht. Natürlich hatte sie recht. Außerdem ... wer konnte jetzt schon sagen, was in den kommenden Stunden passieren würde?

Am Ende wird alles gut. Und wenn es nicht gut wird, ist es nicht das Ende. Das sagt Oscar Wilde. Und ich möchte dem alten Oscar gerne glauben.

An der Tür klopfte es.

»Ja doch, es geht eben nicht so schnell!«

»Ich gebe Ihnen noch drei Minuten, dann komme ich rein.«

Christina öffnete ihre Jeans und streifte sich die Hose hinunter.

Warum fällt mir nichts ein? Oh Himmel, warum fällt mir denn so gar nichts ein?

Sie musste an Käte denken, ihre Vermieterin. Die alte Frau hatte ihr erzählt, dass sie immer bei Gott Zuflucht suchte. Und dass sie in ihren sechsundachtzig Lebensjahren noch nie enttäuscht worden war.

Christina rieb sich mit ihren gefesselten Händen die Stirn. Sie hatte schon lange nicht mehr gebetet. Es hatte schon fast etwas Komisches, ausgerechnet auf einer Kloschüssel damit wieder anzufangen. Sie faltete ihre Hände und hoffte, dass das Tape um ihre Handgelenke reichte, um sie in Gottes Ohr zu einem Notfall zu erklären.

Oh, bitte, Gott, hilf uns. Rette Duke! Rette sein Leben. Und wenn es möglich ist, meins bitte auch. Und das unseres Kindes. Bitte.

65 - Minus 2 Stunden, 45 Minuten - **Torben**

Die Geräusche um ihn herum summten und dröhnten in seinem Kopf. Die Stimmung war angespannt.

Immer wieder kam einer der Wizards herein, starrte eine Weile auf den Bildschirm und verschwand wieder. Immer öfter wurden die Stimmen im Clubhaus lauter, Türen schlugen zu. Es ging um Kleinigkeiten – eine Glühbirne, ein Glas, den Kaffee. Torben kamen die Wizards vor wie ein Rudel ausgehungerter Wölfe am Ende des Winters – aggressiv, nervös, unsicher.

Doch in den letzten Minuten hatte sich die Atmosphäre gebessert. Die Hackerin und der Vice hatten begonnen, die Wärmebildkamera an die Drohne zu montieren. Mit dieser Kamera sollte das Gerät über das Waldstück fliegen, um herauszufinden, wo der Sniper tatsächlich hockte. Torben hatte ihnen erzählt, dass der Mann spätestens eine Stunde vorher seinen Point beziehen würde – vielleicht sogar eher. Und jetzt sah es aus, als würden sie bald damit fertig sein.

Es roch nach Hoffnung im Clubhaus.

Der President kam herein, stellte sich neben ihn.

»Wie sieht's aus?«

Die Hackerin nickte.

»Dauert nicht mehr lang. Big J befestigt gerade die Kamera, dann starten wir ...«

»Fuck!« Das Gebrüll in ihrem Rücken ließ die Hackerin zusammenzucken.

»Was ist los?«

»Scheiße. Die Halterung der Kamera ist abgebrochen.«

Der Vice hielt die Drohne in der einen und die unförmige Kamera in der anderen Hand hoch. Aus dem Bauch der weißen Drohne hingen Kabel, Stecker und Platinen heraus.

Wie Eingeweide.

»Verdammte ...«

»Nein!« Die Hackerin fiel dem Vice in die Arme. »Nicht! Wenn du es jetzt auf den Boden wirfst, war alles umsonst. Vielleicht können wir es wieder reparieren.« Sie wandte sich erneut der Webcam zu.

»Duke soll um 12 Uhr vor Ort sein, richtig?«

»Ja«, antwortete der Presi heiser.

Ihr Blick wanderte zu etwas, das irgendwo schräg über der Webcam sein musste.

»Okay«, sagte sie, ihre braunen Augen waren groß und dunkel im bleichen Gesicht. »Wir haben also noch eine Stunde, bis wir hier losfahren müssen. Das muss reichen.«

66 - Minus 2 Stunden - **Chester**

Im Wald roch es nach feuchter Erde, Laub und Pilzen. Ein angenehmer, gesunder Duft. Die Blätter raschelten unter seinen Schuhen, irgendwo hämmerte ein Specht, gelegentlich hüpfte etwas hektisch davon. Es waren kleine Frösche oder Kröten, dunkelbraun und nahezu unsichtbar zwischen den Blättern und dem Moos.

Ein guter Tag für einen Spaziergang, dachte er. *Und ein guter Tag zum Sterben.*

Er lächelte beim Gedanken daran, dass es McKinnleys letzter Tag war, die letzten Stunden, und er deswegen jetzt ziemlich nervös sein dürfte. Der Mann war schließlich nicht blöd.

Zehn Minuten nachdem Chester von der Straße abgebogen und quer durch den Wald gegangen war, hatte er den alten Hochsitz erreicht. Das Ding war in einem erbärmlichen Zustand gewesen. Viele Bretter waren verfault oder weggebrochen, die Rückwand hatte nicht mehr existiert und der Leiter drei von fünf Sprossen gefehlt. Aber das hieß auch, dass sich hier keine Jäger mehr aufhielten. Er hatte morsche Bretter ausgewechselt oder verstärkt und sie mit Erde und Laub abgerieben. Das frische Holz sollte nicht wie eine Signallampe durch den Wald leuchten und seine Anwesenheit verraten. Aus dem gleichen Grund trug er jetzt Tarnkleidung und hatte sich das Gesicht mit Ruß geschwärzt. Vorsichtig konnte man nicht genug sein. Doch es war weit und breit keine Menschenseele zu sehen oder zu hören.

Perfekt!

Er kletterte die Leiter hoch. Auf der Plattform war genug Platz für ihn und die Tasche. Er zog den Reißverschluss auf. Silbern funkelte ihm der Inhalt entgegen – der Alukoffer, der das SR Hades 11 beherbergte. Den Prototyp. Seinen Schatz.

Chester ließ den Verschluss des Koffers aufschnappen und entnahm ihm das Dreibein. Mithilfe von Brettern aus dem Baumarkt hatte er an die vordere Brüstung eine Ablagefläche gebaut, auf der das Dreibein sicher stehen konnte. Dann schraubte er das Gewehr zusammen.

Der Aufbau war eine Angelegenheit von wenigen Minuten. Bis zum vereinbarten Treffen waren es noch genau zwei Stunden. Aber er ließ sich gern Zeit. Das gehörte für ihn zum Job: mehrfach die Bedingungen checken, regelmäßig an den Messvorrichtungen Windrichtung und -stärke ablesen, die Flugbahn berechnen, das Sichtfeld prüfen. Warten. Meditieren. Mit der Umgebung verschmelzen. Und sich auf den entscheidenden Moment vorbereiten. Den Augenblick, in dem er den Finger am Abzug krümmen und das Projektil auf seine Reise schicken würde.

Es gab keinen Grund, mit diesen Gewohnheiten zu brechen.

Chester erwartete nicht, dass McKinnley allein auftauchen würde. Er war Mitglied in einem dieser Motorradclubs mit Bruderschaft und Ehre und Loyalität und solchem Zeug. Die anderen würden ihn nicht allein fahren lassen. Das aber bedeutete, dass er sich vor den aufmerksamen Augen dieser Kerle schützen musste. Er setzte die Brille auf und sah sich die Messdaten an. Windstärke 1,3 Richtung Ost/Südost. Das Projektil würde schnurgerade fliegen und kaum abgelenkt werden.

Perfekt!

Als ob das Universum sich darauf vorbereitete, McKinnleys irdische Existenz zu beenden.

67   - Minus 1 Stunde, 50 Minuten - **Duke**

Er legte die Hand auf die Klinke und atmete tief durch. In den vergangenen Stunden war er rastlos durch das Clubhaus getigert, draußen gewesen, mit Berts Hund am Strand vom Ostseebad, das Handy immer in Reichweite. Für den Fall, dass Williams sich meldete, neue Anweisungen gab. Nur den

273

Memberraum hatte er gemieden wie die Pest. Er war ohnehin unruhig, nervös, aggressiv. Da musste er sich nicht noch verrückter machen, indem er Con und Big J auf die Finger schaute, und sie sogar noch mit seiner Unruhe anstecken. Die anderen Brüder hielten ihn auf dem Laufenden. Aber jetzt war es an der Zeit, dass er sich selbst ein Bild machte. In einer Stunde würden sie losfahren.

Er lockerte seinen Nacken, seine Schultern und ging hinein. Im Raum hatte sich wenig verändert. Die Jalousien waren heruntergelassen, damit die Sonne nicht blendete. Die Luft war rauchgeschwängert und stickig. Der Ex-Rascal saß auf dem Stuhl vor Big Js Laptop, als wäre er daran festgebunden. Er zitterte, auf dem Rücken seines T-Shirts hatten sich feuchte Flecken gebildet. Bert stand daneben und starrte auf den Bildschirm. Als die Tür ins Schloss fiel, hob er den Kopf und nickte ihm zu.

»Hi, Duke. Du kommst genau richtig. Con und Big J wollen gleich einen Flugversuch starten und die Kamera testen.«

Duke trat hinter den Rascal. Schweißgeruch stieg ihm in die Nase. Der saure Schweiß eines Junkies im Entzug.

»Hallo, Duke!« Con lächelte zaghaft in die Webcam. Sie sah bleich und übernächtigt aus. Vorsichtig wickelte sie Klebeband um die Kamera und den Rumpf der Drohne, die Big J in seinen großen Händen hielt. »Schere.«

Big J reichte ihr eine Schere, mit der sie das Klebeband durchschnitt.

»Fertig.« Geräuschvoll atmete sie aus. »Jetzt können wir einen Test machen.«

Big J klappte die Landeständer aus und stellte die Drohne auf den Tisch.

Sie nahm ihr Smartphone in die Hand, und Duke hielt den Atem an. Sein Herzschlag pochte an seinem Hals. Die Arme vor der Brust verschränkt, umklammerte er sich selbst.

Gott, wenn du irgendwo da draußen bist – bitte. Ich bitte dich ...«

Nahezu lautlos begannen sich die vier Propeller zu drehen, dann hob sich die Drohne in die Luft. Zehn Zentimeter, zwanzig, dreißig. Sie stieg höher, bewegte sich vorwärts.

»Und nun die Kamera ...«

Con schaute auf das Display ihres Smartphones, runzelte die Stirn und steuerte die Drohne wieder auf den Tisch. Elegant wie ein weißes Miniatur-Ufo senkte sie sich ab. Eine Weile drehten sich noch die Rotoren, dann standen sie still.

Noch bevor Con den Mund öffnete, wusste Duke, dass etwas schiefgegangen war.

»Ich bekomme kein Bild.«

Und danach ... Stille. Als ob jemand für einen Moment die Welt angehalten hatte.

»Fuck.« Big Js Stimme klang heiser, Con schluchzte.

»Was ... was ist passiert?«, fragte Bert.

»Die Kamera hat offenbar keine Verbindung. Ein Wackelkontakt, ein gebrochenes Kabel, was weiß ich. Vielleicht ist es passiert, als die Halterung gebrochen ist. Wir müssen die Kontakte checken.« Con wischte sich die Tränen aus dem Gesicht. »Oder ich rufe einen Freund in Eckernförde an. Er hat zwei Drohnen. Vielleicht kann der uns eine leihen. Und wenn wir uns auf halbem Weg treffen ...«

»Stop.« Duke sah, wie Con zusammenzuckte. Big J runzelte die Stirn.

»Aber ...«

»Hey, Con, Big J. Ihr habt's versucht. Es klappt eben nicht.«

»Aber Duke! Wir sollten noch ...«

»No. Es reicht. Ihr habt euer Bestes gegeben. Die Zeit läuft uns davon.«

»Willst du etwa aufgeben?« Big J brüllte, sodass der Lautsprecher des Laptops übersteuerte.

»Nein. Big J, wie gut können wir die möglichen Points eingrenzen?«

Der große Vice schluckte und fuhr sich mit der Hand über die Glatze.

»Auf sieben, acht Points. Ein paar Bäume, die infrage kämen, und Hochsitze, verteilt auf einem Areal von etwa einem halben Quadratkilometer. Was hast du vor?«

Duke legte dem Ex-Rascal eine Hand auf die Schulter. Der Typ hob den Kopf. Sein Blick aus den blutunterlaufenen Augen war glasig. Lange würde er bestimmt nicht mehr durchhalten.

»Wie viel Zeit liegt bei einem Sniper zwischen dem ersten und dem zweiten Schuss?«

Torben schüttelte den Kopf.

»Nein. Kein zweiter Schuss. Es gibt keinen zweiten Schuss. Ein Sniper würde niemals ...«

»Duke!« Big Js Stimme klang eindringlich. Er hatte sich vorgebeugt, sodass sein Gesicht fast den Bildschirm ausfüllte, Con stand schräg hinter ihm und kaute an einem Fingernagel. »Du kannst einem

276

solchen Projektil nicht ausweichen. Allein der Gedanke, es zu versuchen, ist Wahnsinn!«

»Darum geht es nicht.« Duke kniff die Augen zusammen. »Das hier ist kein gewöhnlicher Sniper. Nehmen wir an, er will einen zweiten Schuss abgeben. Wie lange braucht er dafür?«

Der Ex-Rascal fuhr sich mit der Zunge über die Lippen.

»Es ist immer nur eine Kugel. Er muss also nachladen. Aber wieso sollte er das gleiche Ziel ...«

»Nicht das gleiche. Ein anderes.«

Big J brüllte auf und schlug mit der Faust auf Cons Tisch, sodass die Webcam wackelte und das Bild einen Moment unscharf war. »Duke! Nein! Das ist ...«

»Ich will die Antwort hören, Big J.« Wieder wandte er sich an den Ex-Rascal. »Also?«

»Er muss nachladen und das Gewehr neu ausrichten. Zwei Minuten. Höchstens.«

Duke schloss die Augen. Das war verdammt wenig.

»Okay. Wenn das alles ist, was wir haben, müssen wir damit auskommen.« Er nickte langsam. »Wenn er den ersten Schuss abgegeben hat, wird das Geräusch seinen Point verraten. Dann bleiben euch zwei Minuten, den Kerl auf seinem verfickten Baum zu finden und zu verhindern, dass er einen zweiten Schuss abgibt. Kann ich mich auf euch verlassen?«

Eine kurze Pause folgte. Bert schluckte hörbar und schüttelte den Kopf.

»Nein, Duke! Niemals! Das werden wir nicht zulassen. Du wirst nicht ...«

»Hast du eine andere Idee? Hast du Zeit, die Kamera zu reparieren und Mr. Fick-dich-Hoka an seinem fucking Point zu finden? Ich auch nicht. Also?« Er fixierte Torben, versuchte, das Brüllen von Big J, Cons Weinen und die Faust von Bert zu ignorieren, die auf den Tisch krachte. »Kann ich mich darauf verlassen, dass ihr das hinkriegt? Dass ihr dieses Stück Scheiße von seinem Point holt, bevor er auch Christina abknallen kann?«

Bert nickte knapp.

»Big J, versuche zusammen mit Con und Torben noch mal alles aus den Bildern herauszuholen. Vielleicht könnt ihr die möglichen Points weiter eingrenzen.«

»Machen wir.« Big J presste die Lippen zusammen, und Duke konnte sich nicht daran erinnern, das Gesicht des Vice jemals so blutleer gesehen zu haben. »Wir geben alles, Bro.«

Duke biss die Zähne zusammen.

»Thanks.«

Dann verließ er den Raum.

68 - Minus 1 Stunde, 40 Minuten - Bert

Er hatte eine Weile zugesehen, wie Con und Big J wieder ein Satellitenfoto nach dem anderen auf den Bildschirm projizierten und der Ex-Rascal mal hierhin, mal dorthin zeigte. Der Mann zitterte, er schwitzte am ganzen Körper und stank erbärmlich. Bert hatte ihm noch eine Flasche Wodka holen lassen, aber das allein schien nicht mehr zu helfen. Der

Kerl brauchte garantiert Heroin oder Ecstasy oder Koks. Wenn die Medien recht hätten, hätte Bert nur in den Keller gehen müssen, wo das Zeug tonnenweise lagerte. Aber das waren Gerüchte, die mit der Wirklichkeit nichts gemein hatten. Und zum ersten Mal in seinem Leben bedauerte er das. Vielleicht hätte das Hirn dieses Ex-Rascals mit entsprechender Unterstützung besser gearbeitet.

»Wie sieht es mit diesem Point aus? Was kannst du dazu sagen?«

»Ich weiß nicht ...« Die Stimme klang schleppend. Big J fuhr beinahe aus der Haut. Und auch Bert hielt es nicht mehr aus. Seine Hände waren schweißnass. Nein, es musste etwas geschehen. Jetzt.

Er schob den Ausdruck eines Fotos, auf dem mögliche Points rot markiert waren, so auf die Tischplatte, dass er ein Foto mit dem Handy machen konnte. Immerhin, auf sechs hatten sie die Möglichkeiten mittlerweile begrenzt. Aber das waren immer noch fünf zu viel.

»Kommt ihr einen Moment ohne mich klar?«

Big J nickte grimmig.

Bert hörte ihn noch sagen: »Und nun sieh dir mal diese Vergrößerung an. Was meinst du?« Dann fiel die Tür hinter ihm ins Schloss.

Im Flur war es dunkel, und im Vergleich zum Memberraum war die Luft direkt frisch und angenehm. Trotzdem war die Atmosphäre elektrisiert. Das ganze Clubhaus schien zu summen und in seinen Grundmauern zu beben. Aus dem Clubraum drangen laute Stimmen. Die Brüder waren gereizt, nervös, aggressiv. Zwei stritten sich. Es waren

Steve – was keine Überraschung war, da er der emotionalste aller Brüder war – und Red. Der rothaarige Riese hatte ein Gemüt wie ein Bär. Es dauerte lange, ihn zu reizen. Wenn er aber in Rage war, gab es kein Halten mehr.

Bert konnte sie verstehen. Jeder von ihnen wollte Duke und seine kleine Lady schützen. Und keiner von ihnen konnte es.

Fuck. Aber vielleicht ist das ein Weg.

Bert ging in die Werkstatt. Niemand war dort, alle waren im Club- oder Memberraum oder draußen auf dem Hof. Er war allein.

Bestens.

Er zog sein Handy aus der Tasche und wählte eine Nummer.

»Ja?« Die Stimme am anderen Ende klang hellwach.

»Enrico? Ich bin's, Bert. Hast du über meinen Vorschlag nachgedacht?«

»Ich habe schon auf deinen Anruf gewartet. Klar bin ich dabei.«

»Okay. Ich schicke dir jetzt ein Foto von dem Areal. Hast du's?«

»Einen Moment ... Ja. Die roten Kreise sind ...«

»... die möglichen Standorte. Genau.«

»Wann ist der Treffpunkt angesetzt?«

»Um zwölf.«

»Okay. Also in siebenundneunzig Minuten.«

»Machbar?«

»Yepp. Und was soll ich mit dem Kerl machen, wenn ich ihn gefunden habe?«

Bert schloss die Augen, atmete tief durch. Er sah Duke vor sich. Er konnte sich noch gut daran erinnern, wie der Bruder vor zwei Jahren auf einer Europa-Tour nach Flensburg gekommen war und wegen Erbstreitigkeiten und Schulden bei einem Kredithai bei ihnen festhing. Als die Sache geklärt war, war Duke geblieben – was unter anderem an Christina gelegen hatte. Und als er wenige Monate später um den Transfer vom Glasgower ins Flensburger Chapter gebeten hatte, hatten ihn alle mit offenen Armen aufgenommen. Jeder Einzelne von ihnen. Duke war aus dem Club nicht mehr wegzudenken. Und deshalb musste Enrico ...

»Bert? Bist du noch dran? Was soll ich mit dem Kerl machen?«

Was immer nötig ist, dachte er.

»Falls möglich, setze ihn fest. Kriegst du das hin?«

»Ich bin schon unterwegs.«

Das Gespräch wurde unterbrochen.

Bert hielt das Handy noch einen Augenblick in der Hand. Er würde den anderen davon erzählen – hinterher. Jetzt brauchten sie nicht noch mehr Unruhe und Infos. Außerdem, was war Enrico?

Eine Option. Eine weitere Möglichkeit. Eine Steigerung der Chancen um ein paar Prozent. Nicht mehr. Auch wenn Duke derzeit jeden Prozentpunkt brauchen konnte.

69   - Minus 60 Minuten - **Torben**

Sie standen auf dem Hof, das ganze Chapter. Alle waren gekommen. Sie zogen ihre Jacken und Kutten über. Bis vor wenigen Augenblicken war es noch wie in einem Hornissennest zugegangen, in dem irgendein Idiot mit einem Stock herumgestochert hatte. Jetzt war es ruhig. Empfindlich ruhig.

Torben hörte den Wind über die Mauer streichen und einen Busch auf der anderen Seite zerzausen. Er hörte das Knarzen von Leder, das Einrasten von Druckknöpfen, das Schließen von Reißverschlüssen, gelegentlich ein Räuspern oder Husten. Sonst nichts. Die Gesichter waren angespannt, verschlossen. Manche der Männer waren blass, andere hatten rote Flecken auf Stirn und Wangen.

In der Mitte von ihnen stand McKinnley. Er zog den Reißverschluss seiner Lederjacke hoch und wirkte fast gelassen dabei. Er hob den Kopf und sah Torben an. Dann kam er auf ihn zu. Eine Weile standen sie sich gegenüber. Schweigend. Plötzlich fiel ihm wieder auf, wie groß der Schotte war.

»Hey. Thanks. Du hast dein Bestes gegeben.«

Er ergriff die ausgestreckte Hand, der Druck war fest. Und mit einem Mal tat es ihm leid, dass er McKinnley verdächtigt hatte, Toby erschossen zu haben.

Nicht McKinnley, korrigierte er sich. *Duke. Sein Name ist Duke.*

Wann war das gewesen? Wann war Toby gestorben? Vor einem Jahr? Vor zweien? Überrascht stellte er fest, dass es gerade mal eine Woche her war. Ein paar wenige, lächerliche Tage ...

»Es war nicht viel.« Torben zuckte mit den Schultern. Dabei wusste er, dass es zu wenig war, was er hatte tun können. Jedenfalls zu wenig, um McKinnley zu retten. »Hoffe, dass es hilft. Wenigstens, um ...« Er brach ab und fühlte sich hilflos.

»Wir werden sehen.« Duke drehte sich um und ging zu seiner Maschine.

»Warte!«

Torben rieb sich die Stirn. Natürlich war Toby auch ein Bauernopfer in einem tödlichen Spiel um Macht und Geld. Deswegen war er aber nicht erschossen worden. Sein Bruder war gestorben, weil er selbst etwas über von Warder wusste, was nicht an die Öffentlichkeit sollte. Ihn hätte die Kugel treffen sollen. Und doch lebte er. Atmete. Und jetzt ... Da war dieser Gedanke. Schon während der Stunden, die er auf Fotos und auf den Bildschirm gestarrt hatte, war ihm dieser Gedanke immer wieder gekommen. Was wäre, wenn ...

»Ich ...« Er gab sich einen Ruck. Es war an der Zeit, die Dinge zurechtzurücken. »Ich könnte für dich fahren.«

»Was?«

»Ich meine, ich könnte eine Jacke von euch anziehen und an deiner Stelle ...« Er fuhr sich mit der Zunge über die Lippen. »Toby war mein Bruder. Und ich bin ...« Er steckte die Hände in die Hosentaschen, um etwas zu haben, das er festhalten konnte. Die Stimme wollte ihm brechen und irgendetwas verstopfte seine Kehle. »Hör mal, Duke. Ich bin sowieso nicht mehr am Leben. Okay, ich atme. Fressen und scheißen kann ich auch, und manchmal sogar pennen. Aber du ...«

»Das würdest du tun?«

»Ja. Klar. Sonst würde ich nicht davon anfangen.«

Torben kratzte sich am Kopf und musste lachen.

Wieso war er nicht eher auf den Gedanken gekommen? Er fühlte sich leicht wie schon lange nicht mehr. Endlich gab es so etwas wie einen Sinn in seiner Existenz. »Das ist ... Im Grunde würde der Kerl mir sogar einen Gefallen tun.«

Duke lächelte. »Hey, ich glaube, ich könnte dich mögen!« Dann schüttelte er den Kopf und wurde ernst. »Ich bin kein Typ, der andere seine Scheiße wegputzen lässt. Ich bin ein Wizard. Wir stehen für unsere Angelegenheiten gerade – im Guten wie im Schlechten. Davon abgesehen kennt Hoka mich. Wenn er den Schwindel bemerkt, würde er meine Lady töten. Immediately. Das Risiko wäre viel zu groß.« Er fuhr sich durch das Haar. »And last but not least – jemand müsste den Rascals deinen Tod erklären. Was meinst du, wie es bei ihnen ankäme, wenn einer von uns das macht? Und dann wäre hier richtig die Kacke am Dampfen. Etwas, worauf die fucking Politiker und Bullen nur warten. Uns fliegt alles um die Ohren und der Club ist Geschichte. Keine Rascals und keine Wizards mehr. Keine Runs und Clubabende, keine Partys und Rides. Und keine Wand, an der mein Foto hängt. Oder deins.« Er legte Torben eine Hand auf die Schulter. »Ich weiß, dass du dein Angebot ernst meinst. Thanks for that.«

Duke drehte sich um und ging wieder zu seinem Bike, setzte den Helm auf. Dann schwang er sich auf den Sitz.

»Bist du bereit?« Die Stimme des Presis klang seltsam dünn.

Ein tiefer Atemzug, ein kurzes Nicken.

»Yes.«

Duke startete seine Maschine zuerst. Und in der nächsten Sekunde war die Luft erfüllt vom Donnern der Motoren und dem Geruch von Harleys. Einer der Prospects öffnete das Tor und die Wizards ließen ihre Bikes auf die Straße rollen.

»Lass«, sagte Torben zum Prospect, der das Tor schließen wollte. »Ich mach das.«

»Ja?« Der Mann warf seinem Presi einen Blick zu, der seine Zustimmung mit einem Nicken gab. »Danke.«

Der Prospect gab ihm einen Klaps auf die Schulter und rannte zu seinem Bike. Als auch er auf der Straße war, setzte sich das Pack in Bewegung. Torben trat auf den Bürgersteig und sah ihnen nach, wie sie davonfuhren: In geordneter Zweierreihe, den gehörnten Totenkopf auf dem Rücken, Duke an der Spitze.

Erstaunt registrierte Torben, dass seine Augen feucht waren. Und er schämte sich nicht mal dafür.

70 - Minus 15 Minuten - **Chester**

11-4-5

Alles war ruhig. Vögel zwitscherten.

Er schloss einen Moment die Augen und lauschte den Vogelstimmen. Natürlich konnte er Meisen hören, ein Rotkehlchen. Aber da war auch ein Stieglitz irgendwo rechts von ihm. Ein kaum spürbarer Wind fuhr durch die Baumkronen. Windstärke 1,32 Richtung Ost/Südost. Der Wind hatte sich kaum geändert. Das Universum ebnete ihm die Bahn.

Chester schaute durch das Fernglas. Ein Schwarzspecht in einer Birke weckte kurz seine Aufmerksamkeit. Er sah zu, wie der Vogel sein Gefieder putzte. Es war ein wirklich schönes Exemplar, wohlgenährt, die Federn glänzten. Drei Jahre. Dann hatte er genug Kapital, um sich endgültig in sein Haus auf Pelee Island zurückzuziehen. Dann konnte er an den Strand oder in den Wald gehen und Vögel beobachten. Zu jeder beliebigen Tages- oder Jahreszeit.

Er schwenkte das Fernglas Richtung Lagerhalle. Noch lag sie verlassen da, die Kette am Tor war unberührt. Aber das würde sich bald ändern. McKinnley konnte jeden Augenblick auftauchen. Würde McKinnley der Kette mit einem Bolzenschneider zu Leibe rücken oder einfach über das Tor klettern?

Ich bin gespannt.

Durch das Fenster des Büros konnte er die Frau sehen. Sie saß auf dem Stuhl, Hände und Füße gefesselt. Zur Sicherheit hatte er sie mit Tape an der Lehne fixiert. Aber wahrscheinlich war das übertriebene Vorsicht. Sie rührte sich kaum, drehte nur gelegentlich den Kopf. Ob sie weinte, konnte er nicht erkennen. Die Auflösung des Fernglases ließ es nicht zu, dieses Detail durch die Fensterscheiben des Büros hindurch zu erkennen. Schade eigentlich. Nun, lange würde es ohnehin nicht mehr dauern.

Erst er, dann du. Oder umgekehrt?

Chester lächelte, schwenkte das Fernglas zur Birke mit dem Specht. Der Vogel hatte aufgehört, sich zu putzen. Er sah zufrieden aus, wie er da auf dem Ast hockte, die Federn aufgeplustert, und seinen Specht-Träumen nachhing. Plötzlich machte er einen langen Hals, sah sich hektisch um. Dann flog er weg.

Im gleichen Moment übertönte anschwellendes Motorengrollen das Vogelgezwitscher.

71 - Minus 12 Minuten - **Duke**

Er klappte den Seitenständer aus und stellte sein Bike neben der schmalen Waldstraße ab. Glücklicherweise war der Boden fest genug, sodass es keine Probleme gab und das Bike sicher stand. Er öffnete den Kinnriemen und hielt inne. Ein Gedanke zuckte durch sein Hirn. Wenn er den Helm aufbehielt?

Würde das nichts ändern. Das bisschen Styropor und Hartplastik konnte möglicherweise seinen Schädel bei einem Sturz schützen, aber das Projektil würde den Helm durchdringen wie weiche Butter. Im Gegenteil: Unter Umständen war der Schuss dann nicht sauber, tötete nicht sofort, sondern erst nach minutenlangem Todeskampf.

Er nahm den Helm ab und hängte ihn an den Lenker.

Es gab deutlich schlimmere, langsamere und qualvollere Arten zu sterben als durch die Hand eines Snipers.

Lucky day.

Die anderen hatten ihre Bikes mittlerweile ebenfalls geparkt. Noch nie hatte er Brüder so schweigsam erlebt. Nicht einmal bei einer Beisetzung. Weder in Glasgow noch hier in Flensburg oder anderswo. In den ganzen siebzehn Jahren Clubleben nicht.

Sechzehn, korrigierte er sich. *Es sind sechzehn Jahre. Im August wären es siebzehn.*

Es war die Feier seines achtzehnten Geburtstags in der Werkstatt der Wizards in Glasgow gewesen, als Will ihm die Prospect-Kutte überreicht hatte.

»Willst du den restlichen Weg zu Fuß gehen?«, fragte Bert.

Duke nickte. Die Hand auf seiner Schulter fühlte sich gut an. Real. Anders als der ganze andere Mist. Eigentlich musste er doch gleich aufwachen. Oder jemand rief »*Cut!*« und die Scheinwerfer gingen aus. Oder so.

»Okay, Bro.« Bert klang heiser. »Du musst nicht allein gehen. Wir begleiten dich. Solange es geht.«

Aus der Ferne hörten sie wieder Motorengeräusche – ein Motorrad und ein Auto. Dann sahen sie Big J heranrollen, gefolgt von Cons kleinem roten Ford. Die Hackerin sprang aus ihrem Wagen, kaum dass sie ihn geparkt hatte, lief auf Duke zu und umarmte ihn.

»Es tut mir so leid, Duke! Ich konnte nicht ...«

»Hey, du hast alles versucht. Das hier ist nicht deine Schuld. Das geht auf Chesters Kappe. Er muss dafür in der Hölle schmoren.«

Sie nickte.

»Hoffentlich. Dieser Dreckskerl.«

»Wie spät?«

Big J warf einen Blick auf seine Armbanduhr.

»Zehn vor zwölf.«

»Mike, Kevin, Leon, Phil, Red ... ihr wisst, was ihr zu tun habt. Geht ...« Berts Stimme brach und er räusperte sich. »Versucht, so nahe wie's geht an die möglichen Points ranzukommen. Und sobald ihr den Schuss hört, rennt ihr los und schnappt euch den Scheißkerl.«

»Sorgt vor allem dafür, dass er nicht noch einmal schießen kann. Danke. Ihr seid großartig. Ich bin stolz, einer von euch zu sein.«

»Fuck, Duke. Rede nicht. Komm wieder.«

Er antwortete nicht. Stattdessen reichte er jedem von ihnen die Hand zum Gruß, umarmte sie, nahm ihren Geruch wahr – Leder, Zigaretten, Motoröl, Farbe. Auf jeden Einzelnen von ihnen konnte er sich verlassen. Und das galt auch für die Zukunft. Sie würden sich auch danach noch kümmern. Um Christina. Um sein Kind. Einen Augenblick spürte er ein Kratzen im Hals, als er daran dachte, dass er das Kind wahrscheinlich nicht kennenlernen würde. Aber es würde leben. Sie würden beide leben. Und dafür würden sie alle hier sorgen. Seine Brüder. Er lockerte seine Nackenmuskeln, straffte die Schultern. Dann nickte er Bert zu.

»Time to go.«

72 - Minus 3 Minuten - Chester

Er beobachtete durch das Fernglas, wie McKinnley mit seinen Kumpanen redete. Gern hätte er gehört, was die einander zu sagen hatten. Berühmte letzte Worte ...

McKinnley kletterte am Tor hoch und schwang sich auf die andere Seite. Eine Weile schaute Chester zu, wie er den Platz überquerte und auf die Halle zuging, dann legte er das Fernglas neben sich auf das schmale Sitzbrett. Alles war gut. Irgendwo in der Nähe raschelte es. Ein Tier.

Komm näher und sieh zu. Du verpasst die letzten Sekunden im Leben eines Zeugen. Und eines arroganten Arschlochs.

Chester setzte die Zieloptik auf, als McKinnley gerade die Halle erreicht hatte. Das Hades 11 hieß ihn in der Welt der Mixed Reality willkommen. Klare Flächen lösten das Chaos der Natur ab. Schade, dass es nicht immer so sein konnte. Er kontrollierte im Sichtfeld die Uhrzeit, Entfernungsangaben, Windstärke und -richtung. Keine Änderung, nichts Unvorhergesehenes. So mochte er den Job.

McKinnley, durch die Zieloptik zu einer grauen Fläche mit den Konturen eines Menschen geworden, blieb vor dem Hallentor stehen, rüttelte daran, schlug gegen das Metall.

Keine Chance. Die Tür ist zu.

Ob die beiden noch miteinander redeten? Ein letztes Mal? Ein letztes, schmalziges »*Ich liebe dich*«? In einem Film würde das so sein. Sie würde weinen und schluchzen, während die Streicher im Hintergrund ihre Trauermusik anstimmten und die Leute in ihren Kinosesseln die Taschentücher zückten. Unter ihm am Fuß des Baumes raschelte es wieder. Dem Tier war offenbar langweilig geworden und es zog von dannen.

11-5-9.

522,7 Meter. Ein grüner Punkt erschien im Sicht-feld der Brille, genau über McKinnleys Hinterkopf, auf Höhe des Kleinhirns. Behutsam legte Chester seinen Zeigefinger um den Abzug, atmete ein.

Da drehte sich McKinnley um. Er stand jetzt mit dem Rücken zur Tür. Chester war überrascht. Aber nur für den Bruchteil einer Sekunde. McKinnley wusste, was ihn erwartete. Und er wollte ihm dabei ins Gesicht sehen.

Auch gut. Eine winzige Justierung und der grüne Punkt im Sichtfeld stand genau über McKinnleys Nasenwurzel. Das Ergebnis blieb das gleiche.

Wieder einatmen. Luft anhalten.

Plötzlich knarrte eines der Bretter. Das Geräusch war zu laut. Zu nahe.

Für den Bruchteil einer Sekunde zögerte er, ob er die Zieloptik gleich abnehmen oder erst seinen Job zu Ende bringen sollte.

Zu lange.

Und als er seinen Fehler bemerkte, war es zu spät.

»Game over«, flüsterte eine Stimme. Zeitgleich spürte er eine Hand auf seiner Schulter, eine andere an seinem Kinn, den warmen Luftstrom eines Atem-zugs an seinem Ohr. Der Griff wurde fester.

Ein Zucken.

Dann das Nichts.

73 - Plus 2 Minuten - Duke

Wo bleibt der Schmerz?

Er spürte den Luftzug, bevor er den Knall hörte. Putz- und Mörtelpartikel spritzten auf. Er hörte die Schreie der Brüder, konnte die Worte aber nicht verstehen. Ein Vogel flatterte über den Platz. Der Wind bewegte die Zweige einiger Bäume. Die Welt hatte sich verlangsamt, war in Slow Motion.

Immer noch kein Schmerz.

Und wo bleibt die Dunkelheit?

Sterben hatte er sich irgendwie anders vorgestellt.

»Duke!«

Er erkannte Berts Stimme. Und dann konnte er sehen, wie der Presi sich am Tor hochhangelte, um auf die andere Seite zu klettern.

Nein. Nicht hierher. Kümmert euch um den Scheißkerl. Er darf Christina nicht ...

»Duke!« Bert sprang auf den Asphalt und kam auf ihn zu.

Jetzt hatte auch alles wieder die richtige Geschwindigkeit. Der Vogel, der Wind in den Zweigen. Bert, der auf ihn zustürmte und dem Steve und Big J folgten. Und er ... Er stand aufrecht und fühlte. Seine Beine, seine Arme, jeden Atemzug. Und immer noch keinen Schmerz. Er wandte den Kopf nach links und sah einen kleinen Krater neben sich in der weiß getünchten Wand.

In diesem Moment wurde Duke klar, dass das Projektil direkt neben ihm in der Mauer eingeschlagen war. Hoka hatte ihn verfehlt.

Warum?

Ein Sniper schoss nicht daneben. Es sei denn, er wollte mit ihm spielen.

»Duke! Bist du verletzt?«

Bert hatte ihn fast erreicht, als ein schrecklicher Gedanke durch sein Hirn zuckte: Wenn Hoka ihn richtig bei den Eiern packen wollte? Wenn er nicht ihn, sondern zuerst Christina umbrachte?

»Duke, was ...«

Er schüttelte den Arm des Presis ab.

»Christina!«

Da – eine Tür, daneben ein Fenster. Duke stürzte zur Tür, rüttelte an dem Knauf, obwohl ihm klar war, dass sie verschlossen war. Dann weiter zum Fenster.

Er schirmte die Augen ab, sodass er durch die Scheibe hindurchsehen konnte. Und da war sie.

Sie saß an einen Stuhl gefesselt in einem Raum, dessen Tür offen stand, sodass er sie gut sehen konnte. Oder Hoka ein freies Schussfeld hatte.

Fuck, fuck, fuck!

Sie hatten falsch gedacht, das falsche Ziel im Visier gehabt, die falschen Points gesucht! SIE war es, die Hoka in Wahrheit umbringen wollte!

»Nein. Baby, nein!«

Duke wurde bewusst, dass er flüsterte. Sein Herz hämmerte, als wollte es seinen Brustkorb sprengen, während durch seine Kehle nichts mehr passte, keine Luft, keine Stimme. Sekunden dehnten sich. Doch diesmal war er es, der sich bewegte, als müsste er sich durch zähen Sirup kämpfen.

Christinas Kopf war nach vorne gesunken. War da etwas? Bewegte sie sich? Atmete sie noch? Er öffnete den Mund, um nach ihr zu rufen, aber der Schrei erklang nur in seinem Kopf.

Nein! Christina!

Dann endlich hämmerte er mit der Faust gegen die Fensterscheibe.

In diesem Moment flog ihr Kopf hoch und sie schaute ihn an mit großen, weit aufgerissenen Augen.

Jetzt gab es für ihn kein Halten mehr. Duke nahm sich nicht die Zeit, nach einem Stein oder einem Werkzeug zu suchen. Taekwondo war vielseitig einsetzbar.

Drei Highkicks, dann gab die Fensterscheibe nach und zersplitterte. Bert und Steve halfen ihm, das entstandene Loch so zu vergrößern, dass er hindurchklettern konnte. Irgendwo surrte ein Handy.

Er schwang sich durch das Fenster in den Innenraum, rutschte dabei beinahe auf den Scherben aus. Trotzdem war er immer noch die Schnecke vom Dienst. Er war langsam. Viel zu langsam. Wie ein hundertjähriger Greis. Gefangen in einem Albtraum.

Und dann war er endlich bei ihr.

Duke sank vor Christina auf die Knie, tastete sie ab, von Kopf bis Fuß, mit den Augen, mit den Händen. Sie atmete. Sie lebte. Sie weinte. Ihr Gesicht war bleich. Tränen liefen über ihre Wangen und das silberne Tape, mit dem das Arschloch ihr den Mund zugeklebt hatte.

Er küsste ihre Stirn, suchte gleichzeitig mit den Fingern nach einem Zipfel, an dem er das Tape packen konnte.

»Das wird wehtun.« Er konnte nur flüstern, seine Kehle war immer noch zu eng für ihren normalen Gebrauch. Mit einem Ruck zog er ihr das Tape vom Mund. Sie schrie kurz auf, dann schluchzte sie.

»Duke, oh Duke! Ich dachte ... ich dachte ...«

»Baby, ist gut.« Er nahm ihr Gesicht in seine Hände und küsste sie. Ihre Stirn, ihre Augen, ihre Nase, ihre Wangen, ihren Mund. »Es wird jetzt alles gut.« Dann sah er sie erschrocken an. Überall in ihrem Gesicht und an ihrem Kopf waren Blutspuren zu sehen. »Du blutest! Was hat er mit dir gemacht? Dieser Scheißkerl! Ich ...«

»Nein. Nein, nein, nein!« Sie schüttelte heftig den Kopf. »Ich bin unverletzt. Mir geht es gut. Aber deine Hände!«

Duke hob seine Handflächen und betrachtete sie. Tatsächlich. Links blutete er aus drei Schnitten. Sein Blick wanderte kurz zum Fenster, wo Steve und Bert warteten. Er musste sich beim Hindurchklettern an einer der aus dem Rahmen herausragenden Scherben geschnitten haben. Er hatte es nicht einmal gemerkt.

»Das ist nichts. Es tut nicht mal weh.«

»Macho.« Christina lächelte unter Tränen. »Wo ist er?«

»Wer? Du meinst Hoka?« Duke zog sein Taschenmesser aus der Hosentasche, klappte es auf und schnitt ihre Fußfesseln durch. »Keine Ahnung. Von mir aus kann er geradewegs in die Hölle fahren.« Er rutschte auf den Knien hinter Christina und befreite sie auch von den Handfesseln. »Nach dieser Scheiße hier kann er froh sein, wenn ich ihn nicht in die Finger bekomme.«

Christina riss sich die Tapereste von den Händen und rieb sich die Handgelenke. Dann legte sie ihre Hände auf Dukes Wangen, strich ihm durch das Haar.

»Ich dachte, du bist tot!«

Wieder schnürte sich ihm die Kehle zu. Er lehnte seine Stirn gegen ihre.

Dasselbe dachte ich von dir!

»Es ist vorbei«, sagte er heiser und küsste sie wieder. »Wie geht es dir? Und dem ...«

»Ich glaube, dem Baby geht es gut«, flüsterte sie. »Ich will hier nur weg!«

»Ja. Dafür sorge ich.«

Sie nickte, dann begann sie wieder zu schluchzen.

Duke stand auf und hob Christina auf. Sie schlang ihre Arme um seinen Nacken, lehnte ihren Kopf an seine Schulter. Und für einen Moment musste er die Augen schließen, überwältigt von dem Gefühl, ihren Atem an seinem Hals zu spüren.

74 - Plus 20 Minuten - **Christina**

»Christina! Oh mein Gott!«

Con kam auf sie zugelaufen. Einen Moment überlegte sie, was die Hackerin hier machte, dann beantwortete sie sich die Frage selbst. Duke hatte nach ihr gesucht und dabei jede Hilfe angenommen, die er bekommen konnte.

Na ja, fast jede. Sie hätte Wetten darauf abgeschlossen, dass Thomas nichts von ihrer Entführung wusste. Wenigstens noch nicht. Diesmal würde es wohl schwierig werden, die Polizei herauszuhalten.

Die Wizards wirkten erleichtert. Sie schlugen Duke auf die Schultern, nickten. Sie grinsten. Doch keiner machte Witze. Man merkte den Männern an, wie nahe ihnen die ganze Geschichte ging. Ein Adrenalinstoß, wie niemand ihn brauchte. Auch Kerle wie die Wizards nicht.

»Und was jetzt?«, flüsterte sie Duke zu, als er sie zu einem roten Wagen trug.

Er war blass und sah müde aus, erschöpft. Trotzdem lächelte er.

»Du lässt dich im Krankenhaus untersuchen.«

»Aber ...«

»Con wird dich bestimmt fahren.«

»Klar mache ich das«, sagte die Hackerin und ging zu ihrem Auto.

»Und was ist mit dir?«

Er räusperte sich. »Noch ein bisschen aufräumen. Ich komme bald nach.« Er gab ihr einen weiteren Kuss auf die Stirn und setzte sie in den Wagen auf den Beifahrersitz. »Bis nachher.«

»Ja. Bis nachher.« Dann fiel ihr etwas ein. »Duke? Was soll ich den Kollegen im Krankenhaus erzählen?«

»Die Wahrheit. Du wurdest entführt. Sag ihnen alles, was du über diesen Wichser weißt.«

»Okay.«

Er beugte sich noch mal zu ihr herunter. Ein Funkeln wärmte seine dunklen Augen.

»Weißt du was?«

»Nein.«

»Ich bin froh, dass nicht du am Steuer sitzt.«

»He, das ist ...«

»Die reine Wahrheit!« Er lachte, als er die Beifahrertür zuschlug.

»Was hat das zu bedeuten?«, fragte Con, während sie sich hinter das Lenkrad setzte und den Motor anließ.

»Nichts. Es ist nur ... Er hält nicht viel von meinen Fahrkünsten.«

»Oh!« Con hob eine Augenbraue und schnallte sich an. »Das würde ich mir aber nicht gefallen lassen, wenn ich du wäre!«

»Ach!« Christina winkte ab und lehnte ihren Kopf gegen das Seitenfenster. Sie fühlte sich müde und ausgelaugt. Wie ein Gefäß oder eine Skulptur aus Blei – leer und trotzdem tonnenschwer. Und doch ... Sie lächelte und legte ihre Handfläche gegen die Fensterscheibe, wo Duke kurz seine dagegenhielt. »Er hat ja recht.«

75 - Plus 30 Minuten - Duke

»Mensch, Bro. Ich dachte, wir sehen dich nicht wieder.«

»Das dachte ich auch.«

Er konnte selbst kaum fassen, dass er immer noch atmete, hier mitten zwischen den Brüdern stand und ihre Gesichter sah. Und dass Christina in einem Wagen saß, auf dem Weg ins Krankenhaus, wo sie untersucht werden sollte. Nicht etwa, weil sie offensichtlich verletzt war, sondern um sicherzugehen, dass mit ihr alles in Ordnung war.

»Ich hatte abgeschlossen.«

Bert klopfte ihm auf die Schulter und schluckte. Auch dem Presi war anzumerken, wie nahe ihm die ganze Sache ging.

»Wir sind alle verdammt froh. Ich denke, an deinem Geburtstag gibt's dieses Jahr eine extra fette Party.«

»Worauf du dich verlassen kannst.« Duke lachte, schüttelte den Kopf und rieb sich das Gesicht. War es vorbei? War es wirklich vorbei? Oder lag er in Wahrheit auf dem rissigen Asphalt vor der Lagerhalle und das hier war nichts als eine Illusion, die letzten Funken und Blitze seines sterbenden Gehirns? »Was ist mit Hoka? Habt ihr ihn erwischt?«

»Komm, das gucken wir uns zusammen an. Ich habe vorhin eine Nachricht von Phil bekommen.« Bert zog sein Handy aus der Tasche, fuhr kurz mit dem Daumen über das Display und hielt es sich ans Ohr. »Phil? Wir kommen jetzt. Kannst du uns lotsen?«

Er lauschte, während Duke die Augen schloss und sein Gesicht in die Sonne hielt. Leben. Er lebte!

»Okay. Also einfach geradeaus? Gut. Wir sind unterwegs.« Bert deutete mit dem Handy in eine Richtung. »Da entlang.«

Sie verließen die Straße und gingen quer in den Wald hinein, bis sie einen alten Hochsitz erreichten, bei dem Phil, Hugger und eine dritte Person warteten. War das Hoka? Im Näherkommen sah Duke, dass etwas zwischen welkem Laub, Moos und Steinen zu Füßen der drei lag. Etwas Großes. Ein Mensch.

»Gut, dich zu sehen, Bro!«

Duke ergriff die erhobenen Hände. Dann sah er den dritten Mann an. Er trug Tarnkleidung, die sehr nach Militärausrüstung aussah, und hatte sich das Gesicht geschwärzt. Trotzdem kam ihm der Typ irgendwie bekannt vor.

»Wer ...«

»Enrico«, sagte der Mann und reichte ihm ebenfalls die Hand.

»Woher ...«

»Er ist der Freund von Isabelle«, erklärte Bert. »Außerdem ist er ziemlich oft bei uns im Clubhaus. Daher kennst du ihn bestimmt.«

»Okay. Aber wie ...«

»Das besprechen wir nachher im Clubhaus, okay? Jetzt konzentrieren wir uns darauf.« Bert stieß mit der Stiefelspitze den Körper an, der regungslos vor ihnen auf dem Waldboden lag.

Es war Chester. Er lag zusammengekrümmt da, ein Gewehrlauf ragte unter ihm hervor. Etwas, das wie eine Cyberbrille aus einem Science-Fiction-Film aussah, hing ihm quer übers Gesicht. Doch am bizarrsten war der Winkel, den Kopf und Hals bildeten. Eine Verrenkung, die mit dem Leben nicht vereinbar war. Um das zu erkennen, brauchte man kein Medizinstudium.

»Wie ist das passiert?«

Enrico zuckte mit den Schultern.

»Ich bin von unten an ihn rangeschlichen. Da muss er sich erschreckt haben und ist runtergefallen. Wie eine reife Pflaume.«

»Was hat er da eigentlich auf ...«

»Nicht!«, schrien Big J, Bert und Duke gleichzeitig.

Hugger, der sich gerade gebückt hatte, um nach der seltsamen Brille zu greifen, zuckte zurück.

»Nicht anfassen. Wir sollten erst überlegen, was wir tun.«

Eine Weile standen sie schweigend da. Duke fühlte Genugtuung. Zu wissen, dass der Kerl, der Christina und ihn selbst beinahe umgebracht hatte, nun selbst den direkten Weg zur Hölle genommen hatte, war gut. Obwohl er sich vorher gewünscht hatte, dass der Scheißer eine lange, intensive Erfahrung mit dem Knast und seinen Insassen machen würde, war es besser so. Seine Lady war sicher vor ihm. Für immer.

»Duke? Was meinst du?«

Erst jetzt wurde ihm klar, dass sie auf eine Antwort von ihm warteten. Seine Angelegenheit, seine Entscheidung. Und die hatte er bereits getroffen.

»Sorry, ich war ...« Er schüttelte den Kopf. »Ich werde zu den Bullen gehen und von der Entführung erzählen.«

»Echt?« Hugger sah ihn überrascht an.

»Wie sollen wir die Spuren an Christina erklären? Die zerbrochene Fensterscheibe an der Lagerhalle? Die Reifenspuren davor? Und mein Blut am Fensterrahmen?« Er zeigte ihnen seine zerschnittene Handfläche. »Nein. Mit jeder Lüge reiten wir uns nur richtig in die Scheiße. Dabei ist die Wahrheit ganz einfach: Ein ehemaliger Rivale aus Glasgow wollte mich erledigen und hat Christina entführt, um sie als Köder zu benutzen. Keine Clubangelegenheit, sondern etwas Persönliches zwischen ihm und mir. Ihr wart nur dabei, weil man bei den Wizards niemanden hängen lässt. Nicht einmal, wenn er bis zum Hals in der Scheiße steckt.«

Bert nickte, ein Lächeln zuckte über seine Lippen. »Gute Entscheidung, Bro. Und was machen wir mit ihm?«

Duke neigte den Kopf zur Seite und sah Chester mit zusammengekniffenen Augen an.

»Was haltet ihr davon, ihn liegen zu lassen? Sollen die Bullen ihn finden. Heute oder morgen ... Bis dahin haben die Viecher hier im Wald was zu knabbern.«

»Und das Gewehr? Diese komische Brille?«

»Lassen wir auch hier.«

»Echt? Aber ...«

»Scheiß drauf. Ich will dieses Ding nicht. Ich will damit nichts zu tun haben. Und wenn wir es nicht anfassen, kann man uns auch keinen Strick draus drehen. Oder wie seht ihr das?« Duke warf Big J und Bert einen Blick zu, beide nickten.

»Ganz deiner Meinung, Bro. Das Ei will ich nicht in meinem Nest liegen haben.«

»Okay. Dann bleiben wir dabei. Lasst uns fahren.«

»Ja, lasst uns fahren.«

Duke starrte auf seine Handfläche. Jetzt, nachdem er allmählich mehr zu sich kam, begannen auch die Schnitte zu brennen. Er fuhr mit dem Finger über die kleinen Wunden, spürte einen Splitter und zog ihn heraus. Beim Fahren würde das nicht angenehm sein. Links war die Kupplungshand. Aber ... es gab Schlimmeres. Eindeutig.

Vering drückte ihm die Hand zur Begrüßung. Der Anwalt hatte seinen Wagen auf dem Parkplatz vor der Polizeistation geparkt, direkt neben Dukes Bike.

»Ist Ihnen in der Zwischenzeit noch etwas eingefallen, von dem ich wissen sollte, bevor wir reingehen?«

Duke schüttelte den Kopf. Er hatte Vering angerufen, ehe sie von der Lagerhalle losgefahren waren, und ihm ausführlich von Christinas Entführung erzählt.

»Gut.« Vering lächelte. »Lassen Sie mich eines sagen: Zur Polizei zu gehen ist das Beste, was Sie in diesem Fall tun können. Es ist eine kluge Entscheidung.«

»Das werden wir sehen.«

»Deshalb bin ich dabei.« Der Anwalt nickte ihm aufmunternd zu. »Wollen wir?«

Duke drückte seine Kippe in einem Kübel mit Sand aus. »Ja.«

Sie gingen die Treppe hoch. Der Polizist im mit Panzerglas gesicherten Empfang hob seinen Kopf und sah ihnen neugierig entgegen. Vering trat an den Glaskasten und schob seine Karte durch den Schlitz.

»Torsten Vering, Rechtsanwalt. Mein Mandant muss sich seiner Auflagen gemäß heute bei Ihnen melden. Außerdem möchte er eine Aussage zu einer Straftat machen.«

»Oh.« Der Polizist nahm die Visitenkarte und warf einen kurzen Blick darauf. »Um welche Art Verbrechen geht es denn? Was hat er ausgefressen?«

»Entführung und ein missglückter Mordanschlag.« Duke konnte das süffisante Lächeln in der Stimme seines Anwalts hören, obwohl er hinter ihm stand und sein Gesicht nicht sehen konnte. »Und in diesem Fall ist mein Mandant das Opfer.«

Kurze Zeit später saßen sie in einem kleinen Raum, wie Duke ihn von anderen Gelegenheiten kannte: Ein Tisch, vier Stühle, kahle Wände. Ein Vernehmungszimmer.

»Wenn ich Ihnen vorher noch einen Rat geben darf: Reden Sie frei von der Leber weg.« Vering holte Notizblock und Kugelschreiber aus seiner Aktenmappe. »Das ist das Beste. Falls Sie sich auf dünnes Eis begeben sollten, werde ich Sie rechtzeitig unterbrechen. In Ordnung?«

»Okay.«

Duke war schon oft vernommen worden – mal mit, mal ohne Handschellen. Meist hatte er geschwiegen oder seinen Anwalt für sich sprechen lassen. Nie wäre er auf die Idee gekommen, den Bullen freiwillig irgendwas zu erzählen. Das jetzt war für ihn eine neue Erfahrung. Und er fragte sich, ob sich die Entscheidung wirklich als klug erweisen würde, wie Vering ihm prophezeit hatte. Normalerweise drehten die Cops aus allem einen Strick.

Die Tür ging auf.

»Guten Tag! Oh.«

Duke sah auf und blickte in ein bekanntes Gesicht. Es war Harder. Der Kunde, dem er gerade sein Bike aufbaute.

Fuck.

Harder schloss die Tür hinter sich und reichte Vering die Hand.

»Guten Tag, Hartmut Gördes. Ich glaube, wir kennen uns noch nicht. Ich arbeite erst seit ein paar Wochen in Flensburg.«

Vering schüttelte ihm die Hand. Dann wandte sich Harder an Duke und streckte auch ihm die Hand entgegen.

»Hallo. Dass wir uns hier treffen ist ... irgendwie blöd.«

Duke ergriff die Hand zögernd. Er wusste nicht, was er davon halten sollte. Natürlich hatte er Harder nie nach seinem Job gefragt. Vielleicht hätte er es tun sollen. Nun kam ihm der Verdacht, dass Harder das Bike nur benutzt hatte, um ihn und die Wizards auszuspionieren. Andererseits wirkte auch er überrascht.

Harder sah nicht anders aus als sonst – Jeans, eine Schnalle von Harley-Davidson an seinem Gürtel. Das T-Shirt mit dem Motorrad-Print hatte Duke selbst in seinem Kleiderschrank. Und doch ... Es war anders.

Harder ließ sich auf den Stuhl gegenüber fallen, stützte die Ellenbogen auf und fuhr sich mit den gespreizten Fingern durch die blonden Locken.

»Darf ich mal fragen, was hier abläuft?« Vering sah aufmerksam vom einen zum anderen.

»Natürlich.« Harder lächelte. »Ich bin – wie ich bereits erwähnte – noch nicht lange in Flensburg.

Außerdem bin ich leidenschaftlicher Motorradfahrer. Ich lasse mir derzeit ein Bike aufbauen. In Kurt's Bikehouse. Von Duke.«

Vering schnalzte mit der Zunge und klopfte mit seinem Kugelschreiber auf den Tisch.

»Das habe ich auch noch nicht erlebt.«

»Tja, für alles gibt es wohl ein erstes Mal.« Harder sah sie beide offen an. »Nur, damit Sie Bescheid wissen: Ich habe prinzipiell nichts gegen MCs und ihre Member. Ich kenne einen ganzen Haufen Leute, die Clubmitglieder sind und denen ich mein Leben anvertrauen würde. Ich sehe grundsätzlich den Mann, nicht das Patch. Kuttenträger sind für mich – im Gegensatz zu vielen meiner Kollegen – nicht automatisch kriminell. Und so arbeite ich bei der Aufklärung von Verbrechen. Eine Straftat ist und bleibt eine Straftat und muss entsprechend geahndet werden. Egal, wer sie begangen hat.« Er beugte sich vor. »Was machen wir jetzt? Herr Vering, Sie sind der Rechtsbeistand. Soll ich wegen Befangenheit oder Interessenkonflikt den Fall einem Kollegen übergeben?«

Vering runzelte die Stirn, dann sah er Duke an.

»Was meinen Sie?«

Duke versuchte, in Harders Gesicht zu lesen. Im Grunde hatte er sich noch nie in einem Menschen getäuscht. Und bei Harder hatte er eindeutig ein gutes Gefühl. Das war von der ersten Sekunde ihres Zusammentreffens, dem ersten Händedruck so gewesen. Und daran hatte sich nichts geändert. Interessanterweise.

»Nicht nötig. Von meiner Seite.«

»Also gut.« Vering nickte.

Harder lächelte schief. »Das Vertrauen ehrt mich. Aber mich stellt es jetzt vor die dämliche Situation, dass ich mir eine andere Werkstatt suchen muss, die mir mein Bike aufbaut. Kannst du mir eine empfehlen?«

Duke schüttelte den Kopf. »No. Kurt's Bikehouse ist die beste hier.«

»Das habe ich befürchtet.« Harder fuhr sich wieder durch die Locken. »Fuck. Das war's dann wohl endgültig mit dieser Saison ...«

77 - Plus 3 Stunden - **Christina**

Das Zimmer mit den dezent grün getünchten Wänden und der hellgelben Bettwäsche, die Jalousien vor dem Fenster, die Funktionsleiste mit den Steckdosen und Anschlüssen für Sauerstoff, der Geruch von Desinfektionsmittel – das alles war ihr vertraut. Und doch war es anders, selbst in einem der Betten zu liegen.

»Hier haben Sie Wasser.« Die Schwester schenkte Mineralwasser in ein Glas und stellte es auf dem Nachttisch ab. »Und hier ist die Klingel. Wenn etwas ist ...«

»Danke.« Christina lächelte. »Ich kenne mich ja aus.«

»Ich weiß, Frau Doktor. Aber gerade deswegen bitte ich Sie: Stehen Sie auf keinen Fall allein auf. Ihr Kreislauf ist nicht stabil. Es ist Sonntag, und auf der Station ist es ruhig. Sie stören uns nicht!« Die Schwester zwinkerte ihr zu, dann ging sie.

Christina atmete tief ein, schmiegte ihren Kopf in das Kopfkissen und schloss die Augen. Noch vor einigen Stunden hatte sie mit dem Leben abgeschlossen – mit Dukes, mit ihrem eigenen. Jetzt lag sie hier, in Sicherheit. Ihr fehlte nichts. Der Blutdruck war niedrig, und wo das Tape direkt auf ihrer Haut geklebt hatte, an den Handgelenken und auf den Wangen, war sie wund. Aber das war nichts, was nicht mit Salbe und Zeit wieder ins Lot zu bringen war. Sie war unverletzt. Unversehrt. Und die Gynäkologin hatte beim Ultraschall versichert, dass es auch dem Kind gut ging. Wie war das noch?

Am Ende wird alles gut ...

Es klopfte. Christina wandte den Kopf, lächelte ...

»Oh. Entschuldige, dass nur ich es bin. Offensichtlich hast du jemand anderen erwartet. Soll ich gehen?«

»Thomas!« Sie setzte sich aufrechter ins Bett. »Red keinen Quatsch. Aber ich hatte gedacht, dass Duke ...«

»Der ist noch auf dem Revier.« Thomas zog sich einen Stuhl näher ans Bett und ließ sich darauf fallen. »Abgesehen davon, dass er seine Auflage zu erfüllen hat, kam er, um eine Aussage zu machen. Er sprach von einer Entführung. Dass du das Opfer bist, hat sich natürlich sofort bei uns herumgesprochen. Einer der Kollegen hat mich angerufen. Wenn ich es richtig mitbekommen habe, wurdest du von einem gewissen Chester Williams entführt?«

Christina schüttelte verärgert den Kopf. Konnte er nicht ein Mal den Bullen zu Hause lassen?

»Muss das jetzt sein? Ich weiß nicht, wie er heißt, Thomas. Er hat sich mir nicht vorgestellt. Am Freitag, als ich ...«

»Ich bin nicht wegen deiner Aussage hier. Der zuständige Kollege wird bestimmt bald kommen, um dich zu befragen.«

»Du bearbeitest den Fall nicht?«

Er schüttelte den Kopf, presste die Lippen aufeinander. »Persönlicher Konflikt. Hartmut Gördes, ein Neuer, kümmert sich um den Fall.« Thomas beugte sich vor und ergriff ihre Hand. Sein Gesicht wurde weich. Und der Ärger, den sie gerade noch wegen seiner Verbohrtheit gehabt hatte, schmolz dahin. »Wie geht es dir, Schwesterchen?«

»Ganz gut.« Plötzlich traten ihr Tränen in die Augen und sie versuchte, sie wegzublinzeln. »Ich bin erleichtert. Hier zu liegen, zu atmen, mit dir zu sprechen ...« Sie faltete die Hände auf der Bettdecke und betrachtete den venösen Zugang, der zwischen der um ihre Hand gewickelten Mullbinde herausragte. Eine Vorsichtsmaßnahme, falls sie in einen Schockzustand geriet und zusätzliche Flüssigkeit brauchte. »Ich lebe. Duke lebt. Ich hatte ...« Sie hob ihren Kopf und sah Thomas an. »Ich habe geglaubt, dass es vorbei ist.«

Seine Augen schimmerten feucht, zart drückte er ihre Hand.

»Weißt du ...« Er schluckte. »Ich weiß, ich bin eine Plage. Und bestimmt oft ungerecht. Das tut mir leid. Aber ... Ich mache mir Sorgen. Um dich.« Er holte tief Luft, seufzte. »Dass er dich wirklich liebt, weiß ich. Aber das Milieu, in dem er lebt, ist gefährlich. Das erlebe ich so oft! Schau, heute wurdest du entführt. In einem Monat wirst du möglicherweise angeschossen, weil sich ein paar durchgeknallte Rocker auf einer Party in die Haare kriegen. Und dann ...« Er drückte ihre Hand fester. »Ich habe Angst um dich. Um dein Leben.«

Christina lehnte ihren Kopf in das Kissen zurück und schloss die Augen.

»Hör zu, Thomas. Ich liebe Duke. Und so eine Entführung könnte jedem passieren. Auch Stefanie. Oder deinen Kindern. Da muss nur ein psychopathischer Krimineller kommen, der dir nicht verzeihen kann, dass du ihn oder einen Verwandten von ihm mal eingebuchtet hast. Und schon ...« Sie atmete aus. »Niemand ist vor solchen Übergriffen gefeit. Niemand. Das müsstest du in deinem Job doch am besten wissen.«

»Ja. Vielleicht hast du recht. Aber man kann versuchen, zusätzliche Gefahrenquellen zu meiden. Ich mache mir doch nur Sorgen um dich!«

Noch vor wenigen Tagen hätte sie die Gelegenheit beim Schopfe gepackt und Thomas auf Briefmarkengröße zusammengefaltet. Aber heute nicht. Sie hatte keine Kraft dafür. Sie war so müde!

»Ich weiß. Aber das ist unnötig. Duke passt auf mich auf. *Er* war es, der mich da rausgeholt hat.«

Thomas nickte, dann sah er das Foto vom Ultraschall, das die Gynäkologin kurz vorher gemacht hatte. Er nahm es in die Hand.

»Ist es das, was ich denke?«

Christina nickte.

»Du wirst endlich Onkel!« Sie versuchte zu lächeln, obwohl ihre Mundwinkel dabei schmerzten. »Sag aber bitte Mama und Papa noch nichts, ja? Ich bin noch in der Frühschwangerschaft. Da kann immer etwas schiefgehen.«

»Das wäre fast ...« Thomas brach ab und legte das Bild behutsam auf den Nachtschrank zurück. »Dann Glückwunsch, euch beiden.«

»Danke. Ich wünschte, du könntest dich mit uns freuen.«

Er schüttelte den Kopf und Christina hatte den Eindruck, dass er resignierte.

»Weißt du, das fällt mir gerade, wenn ich dich hier in diesem Bett liegen sehe, ziemlich schwer.« Er beugte sich vor und strich ihr über das Haar. »Ich werde sehen, was sich machen lässt. Jetzt erhol dich erst mal, Schwesterchen.«

78 - Plus 3 Stunden, 30 Minuten - Duke

Er hasste Krankenhäuser. Allein der Geruch in der Eingangshalle schlug ihm augenblicklich auf den Magen. Umso mehr, weil er wusste, dass Christina hier lag. Und er hatte keine Ahnung, wie es ihr ging. Station 2, Zimmer 223. Da musste er hin.

Um auf den Fahrstuhl zu warten, fehlte ihm die Geduld, also hastete Duke die Treppe in den zweiten Stock hoch. Er riss die Glastür auf. Rechts oder links? Eine Krankenschwester mit einem Klemmbrett kam ihm entgegen.

»Hallo. Wo ist Zimmer 223?«

»Geradeaus, direkt gegenüber vom Schwesternzimmer.« Sie deutete in die Richtung. »Da, wo der Herr gerade herauskommt.«

Duke holte tief Luft. Der »Herr« war Thomas. Ausgerechnet.

»Thanks.«

Er eilte auf das Zimmer zu und hoffte, dass Thomas einfach an ihm vorbeigehen würde. Er wollte zu Christina. Er war müde. Und er hatte keinen Nerv, sich vorher noch mit ihrem Bruder auseinanderzusetzen.

»Ah! McKinnley. Hast du eine Minute?«

Duke biss die Zähne zusammen.

»Hi. Sorry, ich bin in Eile. Ich möchte zu Christina.«

»Dann nimm dir die Zeit. Denn genau darüber will ich mit dir reden.«

»Das muss jetzt sein?«

»Ja.« Thomas verschränkte die Arme vor der Brust und baute sich vor ihm auf. »Was ist da gelaufen, McKinnley?«

Duke atmete tief ein, versuchte, sich zu beruhigen.

»Darüber habe ich bereits mit deinem Kollegen ausführlich gesprochen. Geh hin und frag, wenn's dich interessiert. Oder haben sie dir etwa den Fall entzogen?«

Thomas lief rot an.

»Ich bin nicht im Dienst!«

Das reichte ihm, um seine Vermutung zu bestätigen. Thomas hatte den Fall nicht bekommen. Aus guten Gründen.

»Dann lass mich jetzt zu Christina.« Er wollte zur Tür, doch Thomas trat ihm in den Weg.

»Halt. Lass sie in Ruhe, McKinnley. Du bist Gift für sie. Allein deine Nähe bringt sie in Gefahr. Also schwing dich auf dein Bike und mach dich aus dem Staub. Es wird vielleicht dauern, aber sie wird darüber hinwegkommen. Es ist sicherer für sie. Und für das Kind. Sofern sie es dann überhaupt noch behalten will.«

Eiskalter Zorn packte Duke. Bevor er nachdenken konnte, hatte seine geballte Rechte auch schon Thomas' Gesicht getroffen. Der schrie auf und taumelte zurück, sein Kopf prallte gegen die Wand. Eine Schwester kam aus dem Schwesternzimmer, eine Ärztin kam mit einem kleinen Tablett aus einem Zimmer. Sie erschrak so, dass die mit Blut gefüllten Röhrchen auf den Boden fielen und über den Gang rollten.

»Halte dich aus unserem Leben raus, Arschgesicht. Das ist eine Sache zwischen mir und Christina. Verstanden?«

Langsam sank Thomas auf den Boden. Seine Lippe war aufgeplatzt und schwoll an, Blut lief über sein Kinn.

Duke beugte sich über ihn. Es war sicher nicht die beste Idee, einem Bullen vor Zeugen eine zu verpassen. Aber er war selten so wütend gewesen wie jetzt. Und im Grunde war das längst überfällig gewesen. Thomas hatte den Bogen überspannt.

»Hör mir mal gut zu. Ob Christina und ich zusammen sind, geht nur sie und mich etwas an. Dasselbe gilt für unsere Familienplanung. Da steckt niemand seine Nase rein. Verstanden? Und wenn du gleich zu deiner eigenen Familie nach Hause kommst und Rieke und Hendrik dir entgegenlaufen, dann denk an den Bullshit, den du eben von dir gegeben hast.«

Er ging weiter zu Zimmer 223.

Hinter ihm eilte die Ärztin zu Thomas. Im Augenwinkel konnte er sehen, wie sie neben ihm auf dem Boden kniete.

»Herr Martens! Ist alles in Ordnung mit Ihnen? Soll ich die Polizei rufen?«

»Nicht nötig. Ein Eisbeutel reicht.«

Duke klopfte, schloss die Augen und versuchte sich zu wappnen. Krankenhäuser hatten ihm bisher nichts als schlechte Erfahrungen beschert.

»Duke!« Christinas Gesicht leuchtete auf. Trotzdem wirkte sie klein und blass. Und zerbrechlich. Bei dem Anblick bereute er, dass Chester es bereits hinter sich hatte.

»Hey, Lady!« Er setzte sich an die Bettkante und nahm ihre schmale, kleine Hand. Sanft strich er ihr mit dem Daumen über den Handrücken, dann beugte er sich zu ihr hinunter und küsste sie. »You are safe.«

»Ich weiß!« Sie flüsterte, ihre Augen schimmerten feucht. »Die Gynäkologin sagt, dass alles in Ordnung ist. Der Ultraschall ist okay. Dem Baby geht es gut.«

Duke schloss erleichtert die Augen und lehnte seine Stirn gegen ihre. »And how are you?«

»Ein bisschen durcheinander. Ein bisschen zittrig. Vor allem aber bin ich müde.« Sie strich ihm eine Strähne aus dem Gesicht, dann legte sie ihre Hand auf seine Wange. »Ich bin so froh und dankbar, dass dir nichts passiert ist!«

»Ich glaube, wir hatten viel Glück, wir beide.«

Sie nickte. »Was war denn eben da draußen los?«

Duke schüttelte den Kopf. »Nichts Wichtiges. Ich habe Thomas getroffen.« Er musste grinsen. »Direkt aufs Maul.«

»Du hast ... Duke!« Sie riss entsetzt die Augen auf. »Duke! Thomas ist Bulle! Wenn er dich nun anzeigt ...«

»Hey, das musste mal sein. Er geht mir mit seiner Tour schon lange gewaltig auf den Senkel. Und eben hat er das Fass zum Überlaufen gebracht. Er hat etwas gesagt ...« Wieder spürte Duke, wie ihn der Zorn packte.

»Was? Was hat er gesagt?«

Duke schüttelte den Kopf. Es gab Dinge, die musste Christina nicht unbedingt wissen. Thomas war ihr Bruder und er war außer sich, weil seine Schwester im Krankenhaus lag. Das war verständlich. Da kochten die Emotionen schon mal hoch.

»Das haben wir geklärt.«

»Wirklich?«

»Von meiner Seite ja.«

»Ich werde demnächst auch noch ein Wörtchen mit ihm reden. Heute habe ich es nicht geschafft.« Sie sank in das Kissen zurück. »Wie geht es ihm denn?«

»Er kommt klar. Ein bisschen Eis und ein paar Tage eine blaue Fresse, dann ist die Sache durch.«

Christina schüttelte den Kopf und lächelte müde.

»Eines kann ich mit Sicherheit sagen: Langweilig wird's mit dir nicht.«

»Hättest du es denn gern langweilig?«

Sie sah ihn an, hielt dabei seine Hand fest.

»Weißt du, als mich der Kerl entführt hat und ich gefesselt auf der Matratze saß, hatte ich viel Zeit.

Ich hatte eine Scheißangst. Und anfangs habe ich auch gedacht, dass alles nicht passiert wäre, wenn ich dich nicht kennengelernt und mich in dich verliebt hätte. Aber dann habe ich dich vor mir gesehen. Dein Gesicht. Deine Augen. Deine ...« Sanft strich sie mit dem Finger über seinen Unterarm. »Deine Tattoos. Ich habe an uns beide gedacht. Unseren Umgang miteinander, was wir zusammen erlebt haben. An unser Kind. Und ich habe daran gedacht, wie ich war, bevor du in mein Leben gekommen bist.« Sie presste die Lippen aufeinander und eine Träne lief über ihre Wange. »Ich liebe dich, Duke. Du hast mich stark gemacht. Ich wusste, du würdest alles tun, um mich da herauszuholen. Und wenn du es nicht geschafft hättest – es wäre die Sache wert gewesen. Jede Sekunde mit dir.«

»My words.«

Dann küsste er sie.

79 - Plus 6 Stunden - **Bert**

Er saß auf seinem Stuhl am Kopfende des Tisches und sah in die Gesichter der Brüder. Duke hatte gerade von seinem Gespräch mit der Polizei berichtet. Der Bulle hatte seine Aussage aufgenommen, ohne sie von vornherein anzuzweifeln. Lediglich ein: »Okay. Wir schicken die Spurensicherung hin und warten die Auswertung ab.« Das klang fair. Vering jedenfalls war laut Duke nach dem Gespräch in Hochstimmung gewesen. Die Nachricht, dass ein neutraler Mann Dienst bei der Flensburger Polizei tat, war ein Lichtblick in dem ganzen Mist der letzten Tage. Ein bisschen Glück.

Na ja, vielleicht sogar mehr als nur ein bisschen. Duke saß immer noch bei ihnen am Tisch. Noch vor wenigen Stunden hätte er keine Wetten darauf abgeschlossen.

»Und nun bin ich dran, euch zu erklären, wie es dazu kam, dass Enrico zur richtigen Zeit am richtigen Ort war. Und anschließend müsst ihr entscheiden, wie ihr diesen Alleingang bewertet und ob ihr mir noch vertraut.«

Bert lehnte sich zurück. »Ihr kennt Enrico ja, sodass ich über ihn nicht mehr viel erzählen muss.« Die Brüder nickten. »Ihr wisst, dass er Berufssoldat bei der Bundeswehr war. Was ihr nicht wisst: Er hat eine Einzelkämpfer-Ausbildung durchlaufen.« Bert räusperte sich. »Als nun gestern Abend die Aussichten immer schlechter wurden, den Point des Snipers zu finden, wurde ich nervös. Ich machte mir Sorgen um Duke. Riesige Sorgen. Und da dachte ich, dass es gut wäre, einen Plan B in der Tasche zu haben. Deshalb bin ich nach Hause gefahren. Ich wusste, dass Enrico bei uns ist, und habe mit ihm gesprochen.«

»Okay«, sagte Big J. Das Gesicht des Vice war angespannt. »Und warum hast du uns nichts davon erzählt?«

Bert schüttelte den Kopf.

»Erstens waren alle nervös und gereizt – ich eingeschlossen. Zweitens wusste ich nicht, ob Enrico tatsächlich qualifiziert ist. Und ob er überhaupt dazu bereit wäre. Und drittens wollte ich keine falschen Hoffnungen wecken.«

»Verstehe. Und dann?«

»Ich habe ihn gefragt, ob er in einem Wald ein unbewegliches Ziel finden könne und wie lange er dafür brauchen würde. Die Antwort war so, wie ich mir erhofft hatte. Und als heute Morgen feststand, dass es keine andere Option gab, habe ich ihn angerufen.«

»Und was hast du ihm versprochen?« Big J fixierte ihn mit seinen blauen Augen.

»Dass ich ihn hier am Tisch als Prospect vorschlage.«

»Okay.«

»Das wäre ohnehin über kurz oder lang geschehen, weil er sich bisher bewährt hat, bei den Events und so. Nun ziehen wir die Frage eben vor.« Bert stützte die Ellenbogen auf den Tisch. Er fühlte sich nicht wohl in seiner Haut. »Ich weiß, ich hätte mit euch reden sollen. Zumindest mit dir, Big J. Aber es war so eine beschissene Situation. Jeder von uns war mit sich selbst und der Lösung des Problems beschäftigt. Deshalb habe ich mich für einen Alleingang entschieden. Möglicherweise war das falsch. Das kann ich nicht mehr ändern.«

»Ist es denn beschlossene Sache, dass Enrico Prospect wird?« Big J ließ nicht locker. Aber genau das schätzte er auch am Vice.

»Nein. Natürlich nicht. Ich habe ihm nur versprochen, dass ich die Anfrage an den Tisch bringe. Entscheiden, ob Enrico Prospect wird oder nicht, werden wir hier. Wie immer, einstimmig. Zuerst aber solltet ihr entscheiden, ob ihr mich weiterhin als euren President akzeptiert. Ihr wisst, was mir der Club und jeder Einzelne von euch bedeutet. Deshalb ist es mir wichtig, dass wir das hier und jetzt klären. Und wenn einer von euch durch diese Aktion Zweifel an mir hat, ist das sein gutes Recht. Ich werde der Letzte sein, der sich dagegen sträubt.« Er sah in die ernsten Gesichter um sich herum: Red, Mike, Hugger, Duke, Steve, Renegade, Mütze, Phil, Big J. »Stimmt ab. Ich gehe so lange vor die Tür.« Er stand auf, doch Big J hielt ihn zurück.

»Quatsch. Bleib hier, Bert. Also.« Der Vice sah in die Runde. »Machen wir's kurz: Wer ist dafür, dass Bert unter diesen Umständen sein Amt niederlegt?«

Keiner meldete sich. Big J sah in die Runde.

»Wer ist dafür, dass Bert weiterhin unser President bleibt?«

Alle Hände hoben sich.

Big J grinste und schlug ihm auf die Schulter. »Einstimmig. Ich weiß ja nicht, ob du darauf gehofft hast, aber du kannst dich noch nicht zur Ruhe setzen, Bro!«

»Okay.« Bert musste schlucken. »Ich danke euch für euer Vertrauen.«

»Genug Süßholz. Kommen wir jetzt zu Enrico und der Frage, ob er Prospect werden soll.« Big J beugte sich vor. »Bisher hat er sich als zuverlässig erwiesen. Und die Aktion heute ... Das hatte schon was.«

»Yepp.« Duke inhalierte tief und blies den Rauch zur Decke. Er sah beschissen aus. »Volle Zustimmung. Wenn Enrico nicht gewesen wäre, hättet ihr meine Beerdigung ausrichten dürfen. Er hat mir den Arsch gerettet. Und meiner Lady gleich mit.«

Alle am Tisch nickten.

»Dann wollen wir zur Abstimmung schreiten?«
Bert sah in die Runde. »Wer ist dafür, dass Enrico
unser neuer Prospect wird?«

Einer nach dem anderen hob seine Hand. Zum
Schluss auch Big J. Er nickte Bert zu. Und Bert
fühlte sich plötzlich leichter.

Montag

80 - Plus 22 Stunden - **Duke**

Den Helm unter den Arm geklemmt hastete er die Stufen zum Polizeirevier hoch. Schon wieder hatte er es eilig. Um 13 Uhr fand Tobys Beisetzung in Rendsburg statt, und wegen der besonderen Umstände war es eine Ehrensache, dass die Wizards aus Flensburg daran teilnahmen. Vorher hatte er Christina aus dem Krankenhaus abgeholt und nach Hause gebracht. Und dann hatte Bert ihn an die Auflage erinnert: Er musste sich am Revier melden.

Fucking shit!

Aber bis diese dämliche Schikane nicht aufgehoben wurde und Vering grünes Licht gab, musste er jeden Tag diesen Weg auf sich nehmen – ob er wollte oder nicht.

Er ging zum Diensthabenden, der in seinem Glaskasten irgendwelche Dokumente stempelte, und schob seinen Ausweis durch den Schlitz.

»Moin. McKinnley, tägliche Meldung wegen der Auflage.«

Der Cop nahm seinen Ausweis entgegen, dann schaute er auf einen Zettel und nahm den Telefonhörer in die Hand.

»Eine Sekunde, Herr Gördes wollte Sie noch kurz sprechen.«

Duke fuhr sich nervös durch das Haar.

»Muss das jetzt sein? Ich bin in Eile und ...«

Der Polizist hob einen Zeigefinger und wartete. »Herr Gördes? McKinnley ist hier ... Ja, ich sage es ihm.« Er legte auf. »Einen Moment Geduld. Herr Gördes holt Sie gleich ab.«

Fuck. Geduld. Ich hab's eilig, Mann!

In diesem Augenblick öffnete sich die Tür und Harder kam heraus.

»Herr McKinnley! Gut, dass ich Sie erwische.« Er winkte ihn zu sich, hielt die Tür dabei offen und schüttelte im Vorbeigehen seine Hand. »Ich habe noch ein paar Fragen zur Entführung Ihrer Frau.«

»Dauert das lange?«

Harder schüttelte den Kopf.

»Fünf Minuten, länger nicht.« Er ging den Gang voraus und öffnete eine Tür. »Kommen Sie.«

»Setz dich, Duke.« Der Übergang in die vertrauliche Anrede erfolgte, sobald die Tür hinter ihnen geschlossen war. »Sorry, ich muss Theater spielen, damit wir beide keinen Ärger bekommen und mir der Fall nicht doch noch entzogen wird. Ich hoffe, das ist okay für dich?«

»Klar.« Duke setzte sich in den Besucherstuhl vor dem Schreibtisch und streckte seine Beine aus.

»Du hast es eilig?«

»Yepp. Wir fahren zur Beisetzung nach Rendsburg.«

»Zu den Rascals?« Duke nickte. »Spätestens jetzt wüsste ich, dass ihr mit Schneiders Tod nichts zu tun habt.« Harder grinste und schüttelte seine Locken. »Wir machen's kurz. Zuerst: Wie geht es deiner Frau?«

»Sie ist okay. Ich habe sie vorhin aus dem Krankenhaus geholt. Sie ist vor allem müde und ein bisschen durcheinander. Diese Woche ist sie krankgeschrieben. Wegen ...«

»Wegen der akuten Belastungsreaktion.« Harder nickte. »Sehr vernünftig. Freut mich, dass die Sache für euch beide so glimpflich abgelaufen ist. Hätte auch ganz anders enden können.«

»Wem sagst du das.«

Harder nahm einen Stapel Papier und blätterte darin.

»Ich möchte dich nur kurz über den Stand der Ermittlungen unterrichten. Wenn dich jemand fragt, habe ich mit dir noch mal die genaue zeitliche Abfolge besprochen. In Ordnung?«

»Okay.« Duke grinste. Harder bewegte sich damit jenseits der Legalität. So unterschiedlich konnten zwei Cops sein: Auf der einen Seite Thomas, der jede Chance genutzt hätte, um ihn aus dem Weg zu räumen. Und auf der anderen Seite Harder.

»Deine Aussage stimmt bisher eins zu eins mit den Ergebnissen der Spurensicherung überein. Im vorläufigen Obduktionsbericht wurde bei Chester Williams Tod durch Genickbruch festgestellt – tatsächlich stehen da ein paar Fachwörter, aber das ist es letztlich, was sie bedeuten. Unserer bisherigen Vermutung nach war Williams voll konzentriert, als ihn etwas erschreckt hat. Dadurch ist er von seinem Hochsitz gefallen und hat sich das Genick gebrochen. Interessant ist einerseits das Gewehr, das er bei sich hatte. Es handelt sich um einen Prototyp oder so. Ein Scharfschützengewehr, das mit einer Cyberbrille verbunden ist. Die Leute in der KTU sind völlig aus dem Häuschen wegen dem Ding. Was mich persönlich daran viel mehr interessiert, ist das ungewöhnliche Kaliber. 8,2 Millimeter. Mit diesem Kaliber wurden sowohl Tobias Schneider als auch Axel Bender getötet. Außerdem deckt es sich mit einem noch ungeklärten Fall aus dem Jahr 2013. Da wurde ein gewisser Daniel Bauer erschossen. Im Wohnmobil in der Lagerhalle fanden wir einen Stapel gefälschter Ausweise, mit denen Chester Williams offensichtlich unterwegs gewesen ist. Unter einem der Namen hat er das Fahrzeug bei einer Wohnmobil-Vermietung angemietet. Wir vermuten, dass er als Profi-Killer in ganz Europa tätig war. Entsprechende Anfragen laufen bereits.« Harder lehnte sich in seinem Stuhl zurück. »Da ist uns ein Riesenfisch ins Netz gegangen, mit dem wir wohl noch eine Weile beschäftigt sein werden. Schade, dass er tot ist.«

»Ja. Ein bisschen schon.«

»Kann ich mir vorstellen. Leider kann er uns nichts mehr über seine Auftraggeber erzählen. Auch wenn ich nicht glaube, dass wir viel aus ihm herausbekommen hätten. Übrigens wurde die Identität des rätselhaften Bikers, der zur Tatzeit in der Nähe von Bender gesichtet wurde, ebenfalls geklärt. Es handelt sich dabei um einen Herrn, der auf dem Rücken seiner Weste das Emblem eines Tattoo-Ladens spazieren fährt.«

Duke musste lachen. »Der war das? Den habe ich auch schon oft gesehen.«

Harder zuckte mit den Schultern.

»Ein harmloser Kerl. Aber ein Laie kann das aus der Ferne schon mal mit einem Patch verwechseln.

Was letztlich zählt, ist, dass es eindeutig ist, dass das nichts mit der MC-Szene zu tun hat. Gar nichts.«

»Danke.«

»Hey, keine Ursache.« Harder erhob sich und auch Duke stand auf. »Dann gute Fahrt. Hoffentlich lassen euch die Kollegen in Rendsburg in Ruhe. Und wenn ich etwas für euch tun kann ...«

»Ja. Eine Frage kannst du mir noch beantworten«, sagte Duke, als er Harders ausgestreckte Hand ergriff. »Warum? Warum hilfst du uns?«

Harder lächelte breit.

»Weil nicht alle Bullen gleich sind. Weil ich Vorurteile verabscheue. Und weil es richtig ist.«

81 - Plus 25 Stunden - **Torben**

Er hatte schon an diversen Beerdigungen teilgenommen. Doch zum ersten Mal saß er in der ersten Reihe. Vorne stand der Sarg, keine drei Meter von ihm entfernt. Auf der gelben Kiste stand in blauen Buchstaben »RFFR« – »Rascals forever, forever Rascals«. Blumengestecke in den Clubfarben waren überall aufgestellt, auf den Schleifen waren die Namen der Chapter aufgedruckt: Münster, Köln, Berlin, Freiburg, München, Stuttgart, Essen ... Sie waren alle da. Und die Trauerhalle war gerammelt voll.

Neben ihm saß seine Mutter. So dicht, dass er an seinem Ellenbogen ihr Zittern und Schluchzen spürte. Trotzdem hätte sie ebenso gut meilenweit weg sein können. Da war eine unsichtbare Wand zwischen ihnen, eine Barriere. Seine Eltern hatten lange diskutiert, ob der Club an der Trauerfeier teilnehmen sollte – bis ihnen klar wurde, dass die Rascals den Sarg und manches andere bezahlen wollten. Plötzlich waren alle Zweifel ausgeräumt gewesen. Beim Geld hörte jede Moral auf.

Und er selbst? Er konnte sich beim besten Willen nicht vorstellen, dass sein Bruder in dieser Kiste lag. Immer wieder sah er sich das Foto an, das neben dem Sarg aufgestellt war. Toby lächelte. In seiner typischen, leicht spöttischen Art, die ihn immer an Bruce Willis erinnert hatte.

Nein. Das konnte nicht sein. Der Sarg war leer. So musste es sein. Gleich würde Toby hereinkommen und rufen: »Hey, Leute, toll, dass ihr alle da seid. Und nun lasst uns den Scheiß hier vergessen und ordentlich feiern.«

Aber das geschah nicht.

Der Redner beendete seine Traueransprache, ohne dass Torben ein Wort davon gehört hatte. Erst als der Song der Rascals gespielt wurde – »Ride on, Rascal, ride on« – und acht Clubbrüder nach vorne gingen, um den Sarg über den Friedhof zur Grabstätte zu tragen, wurde ihm klar, dass es so weit war. Gleich würde die hölzerne Kiste in einer Grube versenkt werden. Und Erde würde das bedecken, was von Toby noch übrig war.

»No matter where the road may lead you,
into heaven or straight to hell,
keep on counting on yellow and blue,
and R-F-F-R we spell.«

Und dann stand er plötzlich vor der Grube, in die langsam der Sarg hinabgelassen wurde. Die Brüder zogen die Stricke aus den Griffen und traten zur Seite. Seine Eltern gingen nach vorne. Sein Vater musste dabei seine Mutter stützen. Sie versuchte, die Schaufel anzuheben, um Erde in die Grube zu werfen, wie es irgendein seltsamer Brauch verlangte.

Es gelang ihr nicht.

Sein Vater musste ihre Hand nehmen, und gemeinsam schaufelten sie dreimal Sand in das Loch. Dann spürte er einen Stoß. Er hob den Kopf und sah seine Mutter neben sich, ihr Blick vorwurfsvoll. Warum? Weil nicht er dort unten lag, sondern Toby? Und dann begriff er, dass er jetzt an der Reihe war, seinen Bruder symbolisch zu begraben.

Er trat vor. Räumlich trennten ihn nur wenige Handbreit von der Dunkelheit, von der Ruhe, vom Nichts. Tatsächlich aber lag ein ganzes Leben dazwischen.

Unter ihm lag der Sarg, das Gebinde mit den gelben und blauen Blumen und der Schleife vom Chapter Rendsburg darauf.

Hey, Toby. Wenn ich dir die Wahl gelassen hätte – du oder ich, Leben oder Tod. Was hättest du gewählt?

Er hob den Blick zu dem Foto auf der Staffelei, die neben dem Grab stand.

»Was denkst du denn? Das Leben natürlich! Der Tod ist doch scheiße. Keine Bikes, keine Frauen. Nur rumliegen und sich von Würmern auffressen lassen. Ich sage dir, Spaß sieht anders aus.«

Meinst du ...

»*Ey, Tobbe. Jetzt ist es an dir. Leb für uns beide.*« Tobys Lächeln auf dem Foto schien breiter zu werden.

Torben nahm die Schaufel. Das Geräusch, als der Sand auf das Holz traf, war seltsam. Es klang hohl. Und für einen Moment hatte Torben wieder den Verdacht, dass sein Bruder gar nicht dadrin lag, dass dies einfach nur einer seiner Scherze war.

Aber dieser Moment verging.

Er trat zur Seite und machte Platz für die, die hinter ihm standen. Eine lange, schier endlose Reihe von Leuten, die Toby die letzte Ehre erweisen wollten.

Langsam zog er sich zurück von dem Gräberfeld mit den aufrecht stehenden Steinen, den Männern, auf deren Kutten heute die Skeletthand ein schwarzer Stoffbalken zierte. Er hatte das Gefühl, nicht zu ihnen zu gehören. Im Grunde gehörte er zu niemandem.

Da entdeckte er die Wizards. Er konnte es nicht genau beurteilen, hatte aber den Eindruck, dass das ganze Chapter angerückt war. Mitten unter ihnen der Schotte. Der President wechselte ein paar Worte mit Andy, sie reichten einander ernst die Hand. Mehr geschah nicht. Trotzdem fühlte Torben sich bei dem Anblick besser.

»Hey, Toby? Ich glaube, ich probier's doch noch mal mit diesem Scheiß, der sich Leben nennt.«

Epilog

Es war kurz nach Mitternacht, als Enrico die Tür zu seiner kleinen Zweizimmerwohnung aufschloss. Er streifte sich die Stiefel von den Füßen und ging in die Küche. Im Kühlschrank stand noch ein Energydrink. Er holte die Dose heraus, öffnete sie und trank sie in einem Zug leer. Dann zog er die Jacke aus und legte sie auf den Küchentisch, sodass er das Patch sehen konnte.

Die Verleihung der Prospect-Kutte war deutlich weniger feierlich gewesen, als er es sich vorgestellt hatte: Alle Wizards waren im Clubhaus gewesen, als Bert ihm die Weste mit dem Aufnäher überreicht hatte. Er hatte sie über seine Lederjacke gezogen, die anderen hatten ihre Gläser erhoben und mit Whisky, Wodka und dem Ruf »Wizards forever, forever Wizards« angestoßen. Das war's, kurz und schmerzlos.

Noch fehlte einiges auf der Kutte. Der gehörnte Totenkopf in der Mitte, zum Beispiel. Und die Aufschrift »Wizards of Doom MC«. Aber der Bottomrocker mit der Aufschrift »Prospect« war in grünen Buchstaben auf weißem Grund. Und somit war kein Zweifel möglich: Jeder, der sich auskannte, würde ihn in Zukunft zu den Wizards rechnen. Langsam fuhr er mit dem Finger über den Stoff des Bottomrockers. Weißer Satin, die grünen Buchstaben aufwendig aufgestickt. Erstklassige Arbeit.

Ja, er konnte stolz sein.

Enrico zog sein Handy aus der Tasche und tippte eine Nummer ein. Er musste nicht lange warten, bereits nach dem zweiten Klingeln meldete sich eine ihm wohlbekannte Stimme.

»Ja?«

Er grinste.

»Ich bin drin.«

Liebe Leserin, lieber Leser,

danke, dass Sie sich die Zeit für das Death Game genommen haben. Ich hoffe, dass Sie beim Lesen ebenso viel Spaß hatten, wie ich beim Schreiben. Diesmal lief mir die Story zeitweise buchstäblich unter den Fingern davon, und ich kam kaum mit dem Tippen hinterher. Jetzt ist endlich der Moment, um mich zurückzulehnen und auf die Zeit zurückzublicken, die mich das »Death Game« begleitet und beschäftigt hat: Von der ersten Idee, dem ersten Plotentwurf, den ersten Kapiteln bis hin zum Schluss. Schön war's. Ein langer, emotionaler Weg voller Höhen und Tiefen und rasanter Rides.

Zum Glück musste ich diesen Weg auch diesmal nicht allein zurücklegen. Und so nutze ich die Gelegenheit, den vielen hilfreichen Geistern um mich herum zu danken, ohne die ich mich auf der Strecke unweigerlich verfahren hätte.

Da sind meine Kolleginnen, ein ganzer Schwung Autorinnen, deren eigene Romane ich liebe und schätze. Sie haben mich als Testleserinnen und auf dem Weg ins Selfpublishing unterstützt und mich als Freundinnen begleitet:

Meine liebe Freundin Susanne Lieder. Mit deinem wunderbaren Gespür für Figuren und Dramaturgie hast du mir oft den Weg gezeigt. Und dein Timing, wann ich Aufmunterung oder einen hilfreichen Rippenstoß brauche, ist geradezu legendär. Ich kann immer auf dich zählen. Danke!

Meine Freundin Melanie Metzenthin. Vielen Dank, dass du dich dem Death Game angenommen hast. Mit deinem Background und Fachwissen hast du nicht nur Schwachstellen und Fehler im Text aufgespürt und ausgebügelt, sondern mir jede Frage zum Thema Psychiatrie und Psychologie beantwortet.

Neu an meiner Seite war diesmal Charlotte Lyne. Vielen Dank, dass du die Zeit zwischen deinen eigenen Romanen gefunden hast, dich mit Christina und Duke zu beschäftigen. Deine Meinung bedeutet mir viel, sie hat mir Flügel verliehen.

Dann ist da noch The One, der wieder - lucky me! - an meiner Seite unterwegs war. Einen besonders fetten Dank an dich. Du hast korrigiert, deine Meinung geäußert, Ideen beigesteuert, Tausende von Fragen beantwortet. Und das mit einer Geduld und Zuverlässigkeit, die ich aufrichtig bewundere. Biker to the bone! Was das bedeutet, lebst du.

Danke, dass ich auf euch zählen konnte. Eure Rückmeldungen, eure Begeisterung und eure Kritik haben mir geholfen, mich weitergebracht. Und wenn den Lesern dieser Roman gefällt, habt ihr einen maßgeblichen Anteil daran.

Dass das Death Game überhaupt seinen Weg zu seinen Lesern gefunden hat, verdanke ich meinen wunderbaren Kolleginnen Christiane Lind, Katrin Rodeit und Lilith van Doorn. Ihr habt mich mit euren Erfahrungen unterstützt und mir Mut gemacht, den Schritt ins Selfpublishing zu wagen. Ich durfte und darf euch jederzeit mit meinen zahllosen, naiven oder dämlichen Fragen löchern. Immer und immer wieder. Euer Enthusiasmus gibt mir den nötigen

Antrieb. Danke, danke, danke! Ihr seid einfach wunderbar!

Ich danke auch meinen beiden lieben Schreibschwestern Joyce Summer und Claudia Wenk, die hautnah Lust und Frust am Schreiben und ihre eigenen Erfahrungen in der Verlagswelt und im Selfpublishing mit mir teilen. Das bedeutet mir sehr viel. Und ich freue mich auf das, was da heranwächst (aufmerksame Leser dürfen an dieser Stelle gespannt sein!).

Und natürlich ist da der harte Kern, meine Tankstelle, meine Werkstatt, mein Clubhaus, mein ganz persönlicher Mini-MC: Meine Familie.

Joshua und Marie-Madeleine, vielen Dank für eure Geduld, eure Unterstützung, eure Gespräche, eure Fröhlichkeit. Und dir, Jens-Michael, danke ich vor allem. Dass du mich unterstützt, mir den Rücken frei hältst, meine Launen und Schrullen erträgst. Und mich im richtigen Moment packst, auf den Sozius setzt und mit mir Motorrad fährst. Das alles und noch mehr macht dich zum besten Ehemann von allen. Ich liebe dich. Und das wird sich nicht ändern.

Der Roman ist jetzt zu Ende. Die Geschichte der Wizards ist es nicht. Vielleicht sieht man sich beim nächsten Mal wieder?

Ich würde mich freuen.

Herzliche Grüße, ride safe, G.b.y.
Yvonne Asmussen.

Hamburg, März 2017

PS: Besuchen Sie mich gern für News rund ums Schreiben, Motorräder und meine Romane auf meinen Blog unter www.yvonnes-romanwelten.de oder auf facebook unter Yvonnes Romanwelten.